Le château des insensés

Du même auteur

ROMANS

N'entre pas dans mon âme avec tes chaussures, Liana Levi 2013
(et « Piccolo » nº 108)

Venus d'ailleurs, Liana Levi, 2015
(et « Piccolo » nº 132)

Des orties et des hommes, Liana Levi, 2019
(et « Piccolo » nº 158)

Et ils dansaient le dimanche, Liana Levi, 2021
(et « Piccolo » nº 178)

POÉSIE ET NOUVELLES

Le Ciel à rebours,
Presses de la Cité, coll. « Jalons », 1999

Concertina, Le Rocher, 2006

Indovina, éditions La Passe du vent, 2014

(Se) correspondre : Tandem Rhône-Alpes / Suisse romande
avec Bettina Stepczynski, coll. « Lettres frontière »,
éditions Jean-Pierre Huguet, 2015

Le Cœur des mortels, éditions La Passe du vent, 2019

La Renouée aux oiseaux,
éditions La Boucherie littéraire, 2019

La Chaise de Van Gogh,
éditions La Boucherie littéraire, 2021

Les Dormeurs de la forêt, photographies de Sophie Zénon,
éditions d'art FMA, 2022.

Blog personnel : http://paolapigani.hautetfort.com/

Paola Pigani

Le château des insensés

Liana Levi

L'auteure a bénéficié d'une bourse de résidence
du CNL pour l'écriture de ce livre.

Les références des phrases suivies d'un astérisque sont listées
en fin d'ouvrage

ISBN : 979-10-349-0878-3

www.lianalevi.fr

Sans la reconnaissance de la valeur humaine de la folie,
c'est l'homme même qui disparaît.

François Tosquelles

Quarante enfants dans une salle,
Un tableau noir et son triangle,
Un grand cercle hésitant et sourd
Son centre bat comme un tambour.

Des lettres sans mots ni patrie
Dans une attente endolorie.
[…]
« Mathématiques », in *Gravitations*
Jules Supervielle

Je pense à la chaleur que tisse la parole
autour de son noyau de rêve qu'on appelle nous.

Samuel Rosenstock dit Tristan Tzara,
« L'Homme approximatif », in *Œuvres complètes*

1

On l'avait posée là, entre le jour et la nuit. Dénudée de tout. Et rhabillée avec trois fois rien : une chasuble de toile grise, des chaussettes en grosse laine et l'ordre de dormir *sans poser de question, on parlera demain.*

Au début, Jeanne écoutait leurs pas, des raclements de galoche comme sur les chemins d'avant. Peu à peu, elle avait pu distinguer le bruit des souliers, ceux des docteurs, des infirmières avec leurs talons qui lui martelaient le cœur. Puis elle n'avait plus entendu que des pas de fantômes, telles des feuilles poussées par le vent, pantoufles, espadrilles, pieds nus, la peau des insensés traînant au sol. Elle n'avait qu'à peine souvenance des premiers jours.

Jeanne n'avait rien vu de cet archipel de bâtiments dans l'enceinte dure de grilles et de hauts murs : l'asile de Neuilly-sur-Marne, Ville-Évrard, à dix kilomètres de Paris. Entouré de cultures, de bestiaux, d'étangs pour la pêche et d'une forêt plus loin.

Deux saisons s'étaient écoulées, son corps pris dans une camisole ou des bains froids. On lui avait rapporté qu'elle criait toujours les mêmes choses, *Enterrez-moi avec lui.* Lui, c'était le bébé, mort à la naissance, enseveli en l'absence de sa mère, dans une fosse commune, non advenu, non baptisé, sans nom. *Interdit au ciel* avait crié

Jeanne, enfermée sur décision de Lucien, son époux. Il ne pouvait plus la faire taire, lui jetait de l'eau bénite en pleine figure.

Il avait fait venir la maréchaussée chez eux deux jours après l'avoir trouvée à la cave, agenouillée devant le tas de charbon, un couteau de cuisine à la main. Elle avait déjà commencé à se tailler de gros épis de cheveux. C'est de là qu'il l'avait traînée à confesse pour que le curé entende sa folie. Lucien avait cru qu'il pourrait la lui ôter à force de prières. Peine perdue. Effrayé, il avait fait interner son épouse suivant la mesure d'un placement volontaire sous contrainte. Pour son bien et la paix du faubourg où ils vivaient. C'est ce qu'il lui avait expliqué lors de sa première visite après des semaines d'isolement : « Tu te serais tranché la gorge. »

Lucien avait repris le travail au fournil. Son patron savait mais ne disait rien à ce boulanger qui se faisait oublier dans un nuage de farine où personne n'aurait pu le voir pleurer.

Des matrones impitoyables circulaient dans les allées et les couloirs de l'asile, une énorme grappe de clés ballottant à leur ceinture. Jeanne était captive de sa douleur et d'un bataillon d'infirmières et de gardiennes qui veillaient sur elle.

« Tu déraisonnes encore, tiens-toi tranquille que je te pommade. »

Seule une jeune gardienne sans clés, qui n'avait pas la voix des ordres, prenait le temps de la regarder dans les yeux. À ses poignets, Jeanne avait encore les traces des liens qui lui faisaient des bracelets brûlés. Après, la petite gardienne la poussait doucement dans la cour avec les autres, les plus calmes. Mordeuses, crieuses et démentes restaient enfermées au pavillon des agitées.

Un jour Jeanne apprit qu'elle pourrait écrire des courriers, on s'occuperait de les envoyer mais il fallait des timbres et quelques sous pour ça. Tant pis, elle attendrait la prochaine visite de Lucien. Tant qu'elle n'avait pas l'assurance de pouvoir les envoyer, ses lettres n'avaient pas de fin et n'étaient adressées à personne. Elle les pliait dans un torchon arraché aux cordes à linge et les cachait sous sa paillasse, puis déchirait sa chasuble, voulait se fendre, être deux à nouveau avec le souvenir des doigts minuscules palmés de nacre. L'invisible enfant. On la conduisait alors au bain thérapeutique où elle ne sentait plus battre le sang du petit.

Dans l'eau qui apprend à se taire, Jeanne revenait au temps où elle n'était pas mère, avant l'effroi de sa naissance. Au sortir de sa flottaison, Lucien n'était pas là pour lui tendre la main. C'était un grand froid qui l'étreignait. Personne n'entendait sa douleur.

Les cris de malades traversaient les murs. On avait recours à des bâillons de toute sorte, mais au fond de leurs entrailles fermentait un silence immuable. Qui regardait Jeanne dans les yeux, qui avait des gestes pleins envers elle, un soupçon de chaleur dans la voix ? Seule, la petite gardienne sans clés lui touchait parfois une épaule, effleurait sa douleur d'une parole légère.

Dehors les murmures incessants des arbres centenaires l'appelaient. Elle rêvait de pouvoir en toucher au moins un.

Jeanne aurait voulu être sourde pour résister aux litanies des végétatives, des séniles, aux ordres des gardiennes, aux cris des furieuses, de celles qui n'avaient plus que des mots cassés à la bouche. Ne pas se laisser gagner, envahir, rester de bois. Elle luttait avec une force aveugle contre ces voix, ces gémissements, ces plaintes, autant d'échos d'une humanité renversée.

Quand elle pouvait reconnaître son reflet dans une vitre, Jeanne parlait seule. Sortir sa voix d'un puits sans fond, s'écouter vivre pour ne pas que la folie la dévore. En attendant de retrouver Lucien. Mais la moindre glissade, le moindre signe de nuisance envers elle-même la condamnait en cellule, sans visite, à l'abri de tout, hors du vivant.

Avant de s'endormir, quand des prières lui revenaient, elle les chassait de son esprit. S'ensuivaient des gestes hagards autour de sa gorge, de ses épaules, évitant la plaine aride du ventre pour atteindre ses genoux puis ses pieds qu'elle serrait nus entre ses mains crispées, leur implorant de l'accompagner encore, un peu plus loin que cette forteresse. Mais quand elle levait la tête vers le plafond, un vertige la prenait.

En ces jours enchaînés, elle avait du mal à voir la saison, la vraie. Les eaux d'avant la naissance de son petit se perdaient encore dans le sommeil, ces eaux de cristal où il avait grandi lentement. Ses eaux d'espérance. Le bébé revenait brouiller l'aube, du lait encore du lait sur sa petite tête d'oiseau, sur son ventre doux immobile comme un galet. Dès qu'elle s'en approchait pour toucher ses poings minuscules, Jeanne se réveillait, regardait le ciel pâle et ses restes de nuit à travers les barreaux. Son bébé avait encore glissé des étoiles jusqu'à la flaque en bas de son lit. Elle devait encore frotter le plancher, s'enrouler dans son drap froid.

On lui donnait des barbituriques pour oublier le petit corps d'os et de ténèbres. En vain.

Elle essayait de s'encorder la poitrine avec un pan de son drap déchiré à pleines dents. Il ne fallait pas que son lait s'égoutte et la trahisse. On craignait qu'elle s'étrangle avec un rien de filasse, on la fouillait chaque matin, « soulève-moi tout ça », et c'était une honte d'être nue comme une pierre sous le regard des folles. Cachée dans un repli du temps, peu lui importait ce qui se tramait dehors. Lucien ne voulait plus parler de la guerre qui venait, ni de rien. Jeanne n'accrochait personne avec ses questions, pas plus que celles qui bavaient en silence et attendaient leur écuelle aux heures dites. Les demeurées là, sans joie.

Deux mois plus tard, on avait estimé que Jeanne pouvait travailler quelques heures par jour sous haute surveillance.

Mais elle n'était allée que trois jours à l'atelier de couture où elle s'arrêtait tous les vingt centimètres, regardait ses pieds sur le pédalier, essayait de reprendre un rythme régulier. Comment actionner une machine à vitesse humaine ? Elle ne savait déjà plus marcher, s'était habituée à piétiner dans ces rondes lentes et heurtées parmi les autres femmes.

Le médecin avait redonné sans tarder la consigne de ne pas laisser Jeanne sans occupation. De plus on manquait de bras et de malades calmes à la buanderie. Elle pouvait très bien faire l'affaire. *La fatigue du corps épuise aussi les idées noires*, entendait-on souvent.

Pour Jeanne, lessiver c'était disparaître, frotter les draps gris, creuser la nuit, ce que le sommeil n'avait pas pris et dans le brouillard d'âmes montant des lessiveuses, toujours les mêmes gestes, s'oublier dans l'eau sale, espérer le blanc, ne plus sentir son corps évidé. Ne plus se souffrir. Frotter, essorer, écarter. Les jours de lessive, son corps s'égouttait pendant des heures. Elle se sentait à la fois endolorie et apaisée.

Un après-midi de mai, Lucien était enfin revenu la voir après des semaines d'interdiction. C'était pour le bien de sa jeune épouse, l'isolement, les traitements de choc, le bain de stupeur. Cet homme simple faisait confiance aux gens de médecine. Ils tenteraient tout ce qui était en leur pouvoir. Jeanne avait perdu la notion du temps, ne se rendait compte de rien, lui avait-on dit.

Depuis la dernière visite, l'un et l'autre ne s'étaient pas espérés.

Lucien avait juste deux pommes flétries pour elle et sa honte qui lui baissait les paupières. Un mot après l'autre, un silence après l'autre, lentement, ses mains dans les siennes, il avait essayé de lui narrer sa peur de cette maladie des nerfs et de cette force du diable qui l'avait retournée, elle, pour jeter le berceau en l'air et toutes les belles choses douces qu'elle avait cousues pour le bébé. Et combien de fois elle s'était échappée du sommeil, toute en cheveux et en tourments à la recherche de la madone des chemins. Il la suivait, l'entendait jeter ses prières dans les fossés et supplier que leur revienne l'enfant.

Jeanne ne l'écoutait plus, mordait la plus grosse pomme le regard fixe, défriché d'émotion, puis revenait par à-coups à sa vie d'ici. Mais ici, il n'entrait toujours pas son Lucien. Il restait tout au bord, avec cette femme aux yeux vides qui mâchait un fruit avec des bruits de bouche désagréables. Elle faisait tourner doucement le trognon par la queue, comme une petite mécanique pour remonter des phrases entières à l'orée de ses lèvres, à la surface du réel :

« Une femme m'attrape toujours après le passage à la salle d'eau. Quel jour on est, elle me sort avec sa bouche tordue. Si je lui dis lundi, elle répond merci, ferme les yeux et me redemande lundi quand ? J'en ai assez de son refrain idiot, lundi kan, mardi kan, mercredi kan, elle attend le reste. Pour le dimanche, pas de problème. C'est un jour à se mettre à genoux… à la chapelle.

« Les jours ont un nom, les gens ont un nom, les saints aussi mais les dates, on ne les sait plus. Ça ne tient plus les chiffres, ça tombe comme des vieilles dents, des vieux clous. Moi, je n'entends pas le bruit du temps qui passe, juste l'autre qui égrène son chapelet lundikan mardikan mercredikan…

– Arrête avec ça ! »

Son mari s'était penché vers elle, avait saisi ce qui restait de la pomme pour la jeter le plus loin possible dans les rosiers de la clinique pour les riches malades. Puis il était reparti à la hâte après l'avoir embrassée sur le front comme une petite nigaude.

Jeanne était restée sur le banc à serrer très fort l'autre pomme entre ses mains jusqu'à ce que retentisse la cloche du repas. Le lendemain matin, elle avait redemandé un crayon de bois à la petite gardienne sans clés. On n'avait pas le droit de leur laisser ce genre d'objet de crainte qu'elles en usent pour attaquer les autres.

« Vous pourriez vous écorcher vives avec ce truc, ordre des chefs. »

Jeanne avait écrit très vite sous le regard de la gardienne.

« Tu ne diras pas où je cache mes feuilles, hein, dis-moi que tu garderas le secret ?

– Bah, du moment que c'est toi qui refais ton lit, personne ne les verra. »

Elle avait tendu son papier à la petite gardienne, avait suivi son regard qui courait d'une ligne à l'autre. Dans un soupir, la jeune fille avait plié la feuille en quatre.

« Si les médecins lisent ça, ils vont te garder encore longtemps. Je les emporte avec moi tes écritures, personne n'y touchera. Redonne-moi le crayon. Allez, va vite à la lingerie. »

2

Depuis deux jours, ça grondait dans les couloirs du quartier des femmes, dans ceux des hommes jusqu'aux ateliers, aux cuisines, à la buanderie, à la ferme. Un magma de voix indistinctes. Sauf les dernières consignes d'évacuation lancées à voix nerveuses.

« Les gâteux en dernier… préparez leurs tenues… pas de pantoufles, des souliers… pour les durs, camisoles, harnais… caisses de traitement, casse-croûte… ne rien dire avant demain matin, toilette la veille… les familles qui ont le téléphone ont été averties… pas mal vont repartir chez eux… pour les autres, affichage des noms dans la loge des concierges, un avis sera publié dans la presse. »

Plusieurs asiles seraient évacués les jours prochains suivant les directives préfectorales. La rumeur détalait de Paris aux provinces : des soldats allemands déjà prêts à déferler sur le territoire.

Au matin du départ, ce 30 août 1939, les malades rassemblés devant chaque pavillon semblaient tombés du ciel, à l'air libre, hirsutes, leurs corps raides comme des bois flottés. Jeanne s'était habillée à la hâte, avait tiré et tressé ses cheveux jusqu'à sentir une petite pointe douloureuse à la naissance de la nuque. Ne pas ressembler à Mme Kan qui laissait les siens lui dévorer la figure. Sœur

Rose des Épines, la cheffe du pavillon des femmes, elle, avait pour une fois sa coiffe mal ajustée, une mèche de cheveux gris s'en échappait comme une queue-de-rat. Jeanne espérait ne plus jamais la revoir.

Suivre les autres, ne pas penser à ce qu'elle laisserait entre ces murs, la petite gardienne sans clés, Lucien, les branches des grands ormes qui dansaient sous le vent, sa dépouille de mère, son non retour de couche, les cristaux de sel aux sillons de ses joues et ce filet de lait trop clair qui s'écoulait de sa poitrine. Elle allait partir sèche, maigre, résolue à tout oublier.

Des ordres affluaient de toutes parts : « Faites-leur tenir une corde par groupe de dix, gaffe à ceux qui voudraient se jeter dans le canal… On n'a pas le temps d'aller à la pêche. »

Des gardiens tentaient de les rassurer : « Là-bas au Sud, on ne risquera plus rien. »

Un malade gigantesque avait maugréé les mâchoires serrées : « On n'est pas des bestiaux. Vous nous menez à l'estive ?

– Oui ça même, où vous dormirez comme des agneaux, loin des Allemands. En Lozère. »

Eux, si longtemps enfouis dans leur ombre, on attendait qu'ils déplient leurs corps, se remettent en mouvement. Quoi ? S'en aller, quitter ces murs, ces grilles, franchir les sauts-de-loup ? Oublier les grandes serres, les chevaux, la pension des riches fous, la maréchalerie, les pavillons de l'enfer, les douves ?

Allait-on vers un autre royaume ou retrouver là-bas les mêmes geôles ? Hébétés, ils piétinaient comme des animaux tristes. Le soleil distillait une lumière de fin d'été sur leurs visages encore brouillés de sommeil. Des saillies de lucidité en agitaient quelques-uns. Jamais la vie ne reviendrait pareille. D'autres refusaient d'avancer de toutes leurs forces, se figeaient, cloués à leur colère, à leur stupeur, raclant le sol avant qu'il ne se dérobe.

Jeanne réclama son paquetage, la robe, le gilet, l'alliance qu'elle portait à l'arrivée. Il fallait qu'on lui redonne son chagrin, la clé de sa maison. Si on la sortait d'ici, elle devait redevenir la femme d'avant, cette mère inusitée dont le mari aurait bien besoin un jour. Et lui, est-ce qu'il savait qu'on vidait l'asile et leur jeune histoire à tous deux ?

« Non, avait tranché sœur Rose des Épines. Tu arriveras là-bas comme les autres, pas de différence entre vous… et puis, c'est encore l'été. Plus tard, vous serez vêtus en fonction du ciel. La guerre nous dira quand vous pourrez revenir. »

Jeanne n'avait perçu que des bribes de ses paroles dans le brouhaha des autres voix. *Vous serez vêtus en fonction du ciel,* elle se répétait. Une vision d'anges sales s'agrippant aux nuages l'avait traversée. En filigranes, le visage de son bébé montait plus haut, toujours plus haut, un petit corps que bousculaient des corbeaux freux.

On l'avait poussée vers un autocar avec d'autres femmes d'âges et de frayeurs confondus. Ni griffes ni morsures, pas de cris, pas de pleurs. On déplaçait un seul et long corps sans nervure vers l'inconnu jusqu'à la grande gare parisienne peuplée d'inquiets et de curieux. Nourris de peu tout au long du voyage par crainte des vomissements, emmaillotés d'un sommeil artificiel, tous dans le même charroi.

Au dernier moment, la direction de l'asile avait décidé de redonner aux malades leurs affaires personnelles. On craignait vraiment, une fois la guerre déclarée, les bombardements, la destruction des bâtiments, les pillages.

Jeanne serrait contre elle son baluchon de toile grise, châle, jupon, bas usés, culotte et une robe qui sentait encore l'air libre d'avant. L'alliance, les épingles à cheveux, la savonnette à la rose apportée par Lucien lors de sa dernière visite avaient été rangées dans un caisson par la cheffe du pavillon. Ainsi, pas de risques de convoitises, marchandages ou pertes dans les trains successifs.

Ce voyage serait-il effrayant, salutaire? Nul ne le savait. L'urgence, la précipitation gouvernaient chaque mouvement, chaque décision renvoyant les uns à leur insuffisance, les autres à leur pauvre pouvoir sur des êtres à leur merci.

Ballottée entre les corps agités ou amorphes des uns et des autres, Jeanne se tenait sage. Elle ignorait tout de sa destinée mais on l'avait sortie du pire, du puits où, dans sa chute, elle avait perdu son identité d'épouse et de mère sous un matricule à trois chiffres.

Là-bas n'était qu'un mot en deux temps. Sa vie s'était refermée sur l'asile de Ville-Évrard.

Là-bas peut-être, elle ne se reconnaîtrait plus. On leur avait donné du sirop sédatif pour éviter les soubresauts d'angoisse, d'agressivité, les cris. Dormir, voir le moins possible, manger et boire le moins possible. On leur avait dit encore:

«Le Sud, on vous attend dans un autre hôpital… au grand air… vous verrez sur place… tenez-vous tranquilles.»

Sur le quai de la gare, Jeanne avait remarqué un jeune gars qui se déplaçait sur la pointe des pieds, bras ouverts, il écartait des rideaux invisibles en avançant. Contrairement aux autres, il ne se résignait pas à rejoindre la masse grise des fous; c'était comme si, détaché de l'asile dans cet espace flou et sans grilles, il était rendu à la légèreté de ses premiers pas. Après le départ, il prit Jeanne à témoin de son ravissement.

On avait affrété un wagon spécial pour les malades. Hommes femmes divisés autant que possible mais on leur permettait d'aller se dégourdir les jambes dans les couloirs. Dès que les gardiens percevaient quelque frôlement, tassement ou rire, ils étaient raccompagnés de main forte à leur place, avec ordre de ne plus bouger. Mais personne n'aurait pu s'envoler. La plupart portait des chaussettes de couleur différente. Ainsi dépareillés, ils auraient été vite repérés en cas de fuite. Seuls les paysages couraient derrière les vitres, une fondue de feuillages, de champs moissonnés, de villages sans noms ; la désolation des lointains qui ne renvoyait à rien de natal.

Jeanne était déjà ailleurs.

Mais soudain, une voix la tira de sa torpeur. Cela venait du couloir :

« Si on se laisse couler dans le fleuve, on descendra vers la mer », avec un rire qui roula jusqu'à son compartiment.

Elle se redressa, le dos plaqué contre la banquette dure. Il était là, bras écartés, à la porte du compartiment, le garçon du quai, prêt à partir en mer. Un matelot sans bateau, mais une vague dans ses yeux clairs au limon très doux. Quelque chose l'avait emporté, déjà.

Un gardien le saisit par les épaules :

« Allez, va t'asseoir, tu vois bien qu'ils dorment, les autres.

– Je m'appelle Victor et toi ? »

Le gardien se montra plus rude :

« Retourne t'asseoir, bon sang de bois !

– Je m'appelle Victor, Victor-pour-la-vie. »

Il répétait en tirant alternativement chaque lobe de ses oreilles. Jeanne eut un infime mouvement vers lui :

« Je suis Jeanne. »

Et comme si elle en doutait soudain, elle répéta *Jeanne*. Jeanne tout court sans nom de jeune fille, sans nom d'épouse. Jeanne sans état civil ni sac à main.

Bientôt, les exclamations de Victor-pour-la-vie n'eurent plus aucun écho dans le wagon, des envolées vite perdues. Personne ne faisait attention à lui. Il pointait des choses invisibles, des éclats de tôle ou de zinc sur un entrepôt et c'était un palais d'argent, *dommage, toutes les portes sont fermées*. Il s'effrayait à chaque ralentissement du train pour s'égayer l'instant d'après à l'entendre siffler :

« On a encore gagné. »

Gagné quoi ?

Victor s'éloigna à reculons dans le couloir, le même gardien le tira par le bras et l'obligea à se rasseoir. Le garçon finit par s'endormir la bouche ouverte jusqu'à la gare suivante où on le vit s'agiter à nouveau, mains écartées sur la vitre à vouloir toucher l'impossible. Son crâne de lune strié d'une longue cicatrice luisait en plein jour. Tout son être transpirait. Sa chemise marquée au nom de l'asile lui collait au ventre et aux aisselles, il la relevait jusqu'au menton, la faisait claquer, recommençait toutes les dix minutes, réclamait à boire, en avait marre de vivre dans cet intervalle. D'être patient. C'est pourtant ce qu'il était depuis son internement quelques semaines après Jeanne : patient d'un vieux docteur à moustache dont il avait oublié le nom.

À présent, il fallait attendre d'être arrivé.

« Arrivé ? Où ça, où ça ? »

Personne ne réagissait plus à ses questions et piaillements. Qui aurait su lui dire : On a quitté un asile pour un autre et pourquoi ?

Il ne fallait pas les inquiéter, les alarmer, les remuer, raviver des peurs enfouies. Abandonnés, ils l'étaient depuis belle et vilaine lurette. On les mettrait à l'abri de tout, d'eux-mêmes, tels des objets précieux, des objets inanimés. Et finalement être fou en Seine-et-Oise ou être fou en Lozère, quelle différence ?

Puis de nouveau le silence des humains. Seuls le bruit des wagons, leur refrain d'acier et de fonte. Le grand sommeil jusqu'à l'arrivée *au Sud,* entrecoupé de distributions de pain fourré de camembert au goût de plâtre, de figues sèches. Les bruits de mâchoires hachaient le silence en brisures et soupirs.

On attendit l'arrêt du train à Clermont-Ferrand pour leur donner à boire dans des timbales en aluminium. Leurs tintements sonnaient les matines en milieu de journée. Sur les rails, le convoi avait perdu le fil du temps.

3

À la gare de Saint-Chély-d'Apcher, un autocar les attendait pour les emmener à Saint-Alban. Tous avaient été saisis par la fraîcheur. L'été touchait déjà à sa fin. On franchissait les derniers kilomètres pour pénétrer un nouveau pays à l'heure des vêpres. Tour à tour, les fous s'étaient enfin ébroués, marmonnaient, râlaient, quelques-uns assaillaient de questions les accompagnateurs.

À présent, Jeanne semblait vouloir avaler le paysage : les collines que partageaient l'ombre et la lumière, des silhouettes de granit agenouillées dans les prés, les troupeaux de vaches brunes. Jusqu'à ce pont étroit où le véhicule avait ralenti et l'éclat d'étain d'une rivière à peine devinée.

Le chauffeur cria presque :

« Nous y voilà, à Saint-Alban-sur-Limagnole, hé, hé, ça va vous déchanter de Paris ! »

Personne ne réagit sauf Victor-pour-la-vie, nerveux, impatient au bord d'applaudir.

« J'ai fait le voyage, mon premier voyage, c'est fini, fini… merci la guerre qui nous a pas suivis ! »

Le chauffeur sourit avant de lâcher pour lui-même : « Heureux les pauvres en esprit… », puis plus fort :

« Attention, tenez-vous bien, ça va grimper et tourner jusqu'au château ! »

Au mot château, quelques visages s'aimantèrent aux vitres. À chaque tournant de la traversée du village, les malades se tassaient les uns contre les autres, amollis et languides. Seul Victor-pour-la-vie se tenait droit sur son siège, énumérait tout ce qu'il voyait, interpellait avec force gestes les villageois.

Les maisons, l'église et les quelques magasins étaient de pierre triste à peine effleurés par le soleil bas. Les bruits de moteur résonnaient dans les rues étroites. Des gens suspendaient leur fatigue ou leur conversation pour observer ce convoi inattendu. Non ce n'était pas des véhicules militaires. Pas encore, pas déjà. Derrière les vitres, point de soldats mais de sages voyageurs, sauf ce garçon sans cheveux qui les saluait comme s'il rentrait au pays.

On les conduisit à l'arrière du fameux château, un édifice moyenâgeux aux ouvertures de grès rose qu'éclairaient les derniers rayons du jour, les autres bâtiments granitiques aux toits de lauze paraissaient a contrario froids et austères.

Là, ils se retrouvèrent face à une haie blanche de médecins, religieuses, infirmières, et une haie sombre de malades et gardiens en retrait, qui tout aussi inquiets assistèrent au débarquement. On percevait une agitation sourde à l'intérieur des murs, des visages brouillés aux fenêtres des pavillons. Une religieuse s'avança vers les réfugiés avec le directeur, le Dr Balvet, son épouse et un interne qui se présentèrent rapidement.

À l'appel simple des malades, un sur deux ou trois répondait seulement. Il fallut s'approcher de chacun, s'assurer de leur identité avec l'aide des quelques gardiens qui les avaient accompagnés. Première rencontre véritable entre des êtres humains arrivés de là-haut, autant dire de l'étranger, et ceux qui ouvraient les portes de leur asile de Saint-Alban, Lozère. Des grimaces de vieux enfants perdus, quelques sourires voilés de crainte, des poignées de mains et même des révérences.

Victor voulut embrasser toutes les religieuses. Deux d'entre elles reculèrent, la plus jeune réprima un petit rire avant de sentir les joues brûlantes du garçon. Un baiser furtif sur une oreille, *voilà*, et quand il eut fini sa ronde, il réclama à boire mais il lui fallait être patient encore, patient parmi les patients.

Avant de les distinguer vraiment, on les dispersa dans plusieurs pavillons en fonction de leur état et des fiches transmises par le directeur de Ville-Évrard. Une femme hurla qu'elle avait perdu son chapelet en route. Une nonne s'avança vers elle pour la rassurer. On ne manquait pas de ces choses-là, ici. Des malades s'assirent par terre, las d'écouter ces inconnus. La plupart avaient les jambes gonflées, tout le corps ankylosé, ils prenaient peine à marcher à nouveau, l'aigreur au ventre, faim ou angoisse, les yeux fatigués d'avoir tant vu.

Jeanne sentait le crépuscule descendre de ses épaules à la plante de ses pieds. Un homme d'une cinquantaine d'années semblait porter son attention sur elle. Était-il un gardien, un des chauffeurs ? Il avait sur la tête un curieux képi noir piqué de breloques, des habits propres mais un regard intense et froid. Elle s'en détourna, mal à l'aise, et chercha Victor-pour-la-vie qui s'était sauvé en douce vers le parvis du château. Un gardien le ramena sur-le-champ. Le garçon moulinait ses bras dans l'air et la lumière du soir, heureux d'être parvenu il ne savait où.

Une voix cria :

« Les guerriers ont pris le château ! Arrière, arrière les ennemis ! »

Des volets furent crochetés à la hâte. Peu à peu, un grand silence reflua vers les bâtiments emportant les fous de la Seine-et-Oise vers leur première nuit en Margeride.

4

Cette nuit-là, Jeanne continua le voyage, des rêves heurtés sur les rails, des visages inconnus, une traversée dans la lumière froide de paysages flous, l'obscurité soudaine, le cri lointain d'oiseaux nocturnes. Elle se réveilla à plusieurs reprises, la chambrée était calme malgré des bruits de gorge, des hoquets de source souterraine. La respiration des femmes l'apaisa enfin jusqu'à ce qu'elle sente une présence tout près.

Une femme immobile aux cheveux blancs interminables, qu'un infime rayon d'aurore distinguait de la masse inerte des autres dormeuses, s'était penchée sur elle sans un mot, sans un geste. Toutes deux restèrent ainsi à se toiser sans même voir leurs regards. Jeanne releva sa couverture jusqu'au front, la femme regagna sa couche. Plus tard, un long froissement de draps et de chemises, un bruit de pas hasardeux sur le plancher la tirèrent tout à fait de son mauvais sommeil.

Une sœur avait écarté les volets, jeté un regard circulaire sur les malades avant de s'approcher de Jeanne :

« Après la toilette, vous irez déjeuner au réfectoire, Mme Vialatte vous y conduira. Soyez la bienvenue dans votre nouvel asile. »

Ces mots déroulés dans un filet de voix neutre mais d'un geste doux, elle la poussa vers les lavabos et lui tendit deux serviettes. Le souvenir de la petite gardienne sans clés de Ville-Évrard troubla Jeanne et lui tira des larmes vite cachées entre ses poings qu'elle frotta sur ses yeux. Elle s'approcha du miroir. Depuis combien de temps ne s'était-elle pas regardée vraiment ? Pas de glaces dans les salles de l'autre asile, des fenêtres si hautes, des barreaux si épais. Se revoir enfin, se reconnaître, cela suffirait-il pour renouer avec la Jeanne d'avant ? Avant qu'elle ne se sente cousue de la bouche au vagin, rendue incapable, insensée.

Était-ce bien elle, ces pommettes pâles, ces grands yeux chagrinés, ces fanes de lèvres, ces cheveux serrés en une tresse dure qu'elle sentait dans son dos comme une épée ? Elle se débarbouilla le visage si vite que le pain de savon lui échappa. Une femme se mit à rire très fort, se jetant dessus pour le lui rendre.

« L'est cher le savon, faut pas le cabosser, ça doit durer. »

Jeanne le rinça sous l'eau froide avant de le reposer.

« Vous en manquez ?

– Oh, non pas encore mais paraît qu'on va être privé de tout… Bientôt la toilette à l'eau nue, la soupe claire et le café au jus de chapeau. »

Son rire repartit de plus belle. Une petite flambée éphémère puis rien, dos tourné.

Jeanne traversa ces premières heures du premier jour à Saint-Alban droite et silencieuse. De loin, on remarquait, sa blondeur si rare dans les Cévennes, sa lenteur et, en l'approchant, la prégnance de son regard. Elle tenait debout certes mais on ne pouvait deviner les lacunes dans ses entrailles, son grand corps à l'élan retenu d'une biche aux aguets. Tous autour d'elle, étaient-ils ses semblables, trempés de solitude jusqu'aux os, ne parlant qu'à eux-mêmes sauf Victor-pour-la-vie ?

Le garçon revint vers elle en début d'après-midi. Jeanne observait ses mimiques, son regard effrayé entre deux sautes de joie douteuses. Est-ce qu'il tirait ses oreilles pour mieux entendre ou pour se punir ?

« C'est les autres qui me sortent par les oreilles, il faut… y a trop de bruit, je suis jamais tranquille, trop de bruit. »

Pourtant c'était lui le plus bruyant du convoi hier. Par moments, il était beau garçon avec son crâne de poupon, ses petits yeux mobiles et son sourire transparent.

Les réfugiés de la Seine, on les désignait ainsi, s'ignoraient malgré eux, perdus dans ce nouvel asile qu'on leur suggérait d'arpenter d'un pavillon à l'autre. Une religieuse se présenta comme étant la mère supérieure. Elle se distinguait à peine des autres nonnes, gardiennes historiques des lieux et des malades, mais elle seule portait une sorte d'escarcelle reliée à un long cordon de cuir qui lui traversait la poitrine sous le christ métallique commun à toutes les nonnes de l'Ordre de Saint Régis. Ses yeux couleur d'ardoise lui donnaient le regard fatigué d'une pèlerine qui aurait déjà tout exploré de cette contrée hors du temps. Elle s'adressa aux malades d'une voix claire et dure comme du verre.

« Ici vous ne serez pas enfermés. Vous pourrez travailler, prier, manger, dormir selon vos besoins et surtout on vous soignera. Vous vous retrouverez en dehors des repas et des ateliers. »

On n'entendit aucune réaction des malades que tant d'espace soudain effrayait. Victor-pour-la-vie se détacha du cercle à l'arrière du château. Reculant à petits pas.

« Moi, je veux aller à la rivière.

– Vous n'irez pas seul. »

Il s'agrippa à Jeanne.

« Toi de la Seine, tu iras avec moi ?

– Je ne sais pas s'il y a une rivière, on est tout en haut… dans la vallée peut-être… on se perdrait… lâche-moi, je suis fatiguée. »

Tous s'éparpillèrent lentement pour regagner les bâtiments. Les hommes vers le haut, les femmes vers le bas. Trop de soleil, trop d'air et d'inconnus les étourdissaient et les épuisaient déjà. C'étaient comme s'ils n'existaient pas, pas encore, ici et maintenant.

Jeanne voulait rester dehors le plus longtemps possible, écouter la vie loin des murs. Elle avait changé de pays. Ici point de bruits de chaîne, trousseaux de gardiens et lourds chariots des repas. Ça gueulait moins aussi, on pouvait entendre les coqs et les chiens de la vallée, la volée de cloches de l'église qui remontait du village et surtout des enfants. Des petits curieux qui déboulèrent au coin de la cour suivis d'une nourrice échevelée. C'était les enfants des médecins logeant sur place.

Jeanne s'était avancée de quelques mètres. L'homme au képi qui l'avait dévisagée la veille les observait d'un œil torve jusqu'à l'approche d'un garçonnet :

« M'sieur Forestier not' sarette tu l'as finie ? »

La nourrice attrapa le gamin par l'épaule.

« Laisse M. Forestier tranquille, veux-tu, il est fatigué.

– J'suis point fatigué mais c'est tous ces gens qui ont débarqué hier… y en a trop. »

Les plus petits s'enroulèrent autour de lui, l'un tiraillait sa jambière, l'autre ses longs doigts. La femme les écarta à nouveau d'un geste rude.

« Y en a trop », répéta Auguste. Il ne parlait pas des petits réclamant la charrette promise mais des déplacés de l'hôpital de Rouffach attendus d'un jour à l'autre.

Il reprit sa besace à outils puis à l'attention de Jeanne, de Victor-pour-la-vie et de quelques malades qui le regardaient sans rien dire :

« On m'a demandé d'aller reclouer les vieux châlits au grenier du château… au cas où y ait pas assez de couchages pour les prochains qui vont nous arriver. »

Il avait entendu gronder les gardiens, n'avait retenu que le nom de leur provenance, Alsace. Depuis le siècle dernier, n'étaient internés ici que des gens de Lozère, vagabonds, gens des terres, des forêts et des villes voisines, des natifs comme lui, placés d'office le plus souvent, abandonnés aux bons soins des religieuses. Et voilà qu'après ceux de Ville-Évrard, il en venait d'encore plus haut, de cette France méconnue, du ventre de la guerre qui à peine déclarée rejetait déjà les plus fragiles aux confins des Cévennes.

Toute la journée, on vit circuler des charrettes de linges, matelas, couvertures. Le va-et-vient des religieuses, leurs coiffes qui voletaient dans la précipitation. Des malades participaient aux préparatifs, mi-excités mi-rageurs, certains se lâchaient :

« On est bien assez ici, *perdequé saique, nos metre d'autres malauts, e d'estrangiers de mai*[1] !

– Quelle guerre ? »

Les simples d'esprit balayaient les dortoirs en silence, s'arrêtaient le temps de regarder s'agiter les autres. Un homme s'agenouillait tous les quarts d'heure pour observer le tas qu'il venait de faire, se relevait satisfait avant de reprendre la danse lente du balai. Serait-il payé au poids de la poussière ramassée ?

1. En occitan : *Pourquoi nous mettre d'autres malades, des étrangers en plus ?*

Chaque malade travailleur recevait un pécule en fin de mois, une monnaie n'ayant cours qu'ici. Un système interne mis en place par la directrice de l'asile avant l'arrivée du Dr Balvet. Gagner, dépenser, c'était vivre au milieu des autres, avoir des besoins, des envies : une savonnette, du tabac, un peigne, des pastilles, une eau de Cologne…

Jeanne descendait vers les remparts en surplomb de la vallée et du village. Face aux grilles, elle fut prise de vertige sous la lumière crépusculaire, *Me voilà si loin, ce n'est pas mon pays ici, Lucien ne me retrouvera jamais.*

Un sentiment de solitude montait de ce paysage immense, bien au-delà de ce que pouvait embrasser son regard. Elle se sentait si perdue.

5

Depuis toujours sœur Rolande, la mère supérieure, luttait contre le désordre, celui des âmes et celui de l'asile. Elle en connaissait la préhistoire, la fragilité, l'érosion lente.

Il fallait rassurer les malades, les anciens, les nouveaux, s'organiser au mieux et éviter de parler pour ne rien dire. Sous sa responsabilité, vivaient une vingtaine de religieuses de tous âges, originaires de l'Aubrac ou du Gévaudan. Nées pauvres, à défaut de grand rêve et d'autre horizon, elles avaient embrassé une vie de sacrifice, la rudesse du pays, la folie des autres. Sous leur tenue, on aurait pu deviner des pattes de chèvres infatigables toujours à gravir les pentes du village et les escaliers du quartier des femmes.

Depuis l'arrivée des malades de Ville-Évrard et de Rouffach, elles comptaient et recomptaient les lits à préparer, les draps, les couvertures, reprenaient sans cesse les inventaires. Sœur Rolande courait de pavillon en pavillon, faisait descendre des paillasses des greniers pour les faire aérer, allait taper à la porte de l'économat plusieurs fois par jour. Malgré la constance de son humeur et son calme apparent, on pouvait voir autour de son voile de fins timbres de transpiration. Élancée et costaude, entre deux âges, elle faisait face quoi qu'il advienne.

Ses pieds d'homme, nus dans des sandales de cuir brun, impressionnèrent Jeanne dès qu'elle fit sa connaissance. Moins cependant que ses yeux. En un instant, ils sondèrent ce qui avait fait d'elle *une aliénée.* Sœur Rolande ôta ses lunettes cerclées de métal, et laissa couler le silence nécessaire à l'approche. La jeune femme se sentit en confiance.

« Je suis là parce que… je ne peux pas défendre ma vie… »

Une main s'agrippa à la base de son cou, elle ravala la salive qui retenait les mots à venir :

« Je… je… il… on me l'a pris, mon bébé, aussitôt né, aussitôt mort… là. »

Sa main trembla, glissa lentement jusqu'à sa poitrine. Elle répéta *là* et se pencha en avant. Un poids la déséquilibra. La religieuse crut à un malaise, se rapprocha d'elle, la saisit par les coudes, émit un long soupir en fermant les yeux :

« Vous vivez, Dieu merci.

– Non… Je ne sais plus vivre… Il m'attend. »

Qui attendait Jeanne ? Dieu ou l'enfant ? Sœur Rolande eut un doute, elle n'était pas psychiatre, n'émettait que rarement son avis sur le comportement des malades, et seulement si on le lui demandait. Mais elle recueillait parfois des paroles qui l'éclairaient ou la déroutaient. Ce pourquoi, elle avait besoin de noter sur un petit carnet qu'on pouvait prendre pour un missel ce qui l'étonnait ou la tourmentaient. Ce qu'elle ne pouvait partager ni avec ses consœurs ni avec les médecins. Prier ne lui suffisait pas.

Les deux femmes se quittèrent sur le parvis du château. Des feuilles de tilleul dansaient dans le vent et la poussière de cette fin d'été.

La mère supérieure avait beaucoup à faire et Jeanne rien.

Septembre 1939

La Grande-Bretagne et la France se sont déclarées en état de guerre avec le Reich.

Le Dr Balvet vient de nous le confirmer : mobilisation de 36 gardiens. On va devoir faire appel à des hommes plus âgés ou inaptes au combat.

En attendant, je suis obligée d'envoyer des sœurs aux pavillons des hommes, même si elles sont paniquées par leurs pulsions. La visite ce matin m'a découragée, quelle saleté mon Dieu ! Donner des consignes plus strictes. Plus de 50 lits à préparer chez les femmes, encore plus du côté des hommes. Vérifier réserve de draps et couvertures. Prévoir brocs de chicorée sucrée pour leur arrivée, pain à tremper. Compote pour ceux qui ne peuvent pas mâcher.

Plus de 400 femmes et autant d'hommes. Une trentaine d'enfants au Villaret et 9 tout à fait perdus qui ne feront jamais de progrès.

Nous sommes bien trop peu pour l'organisation.

La jeune Jeanne Rouaud, plus fragile qu'il ne semble, se tient à l'écart, marche seule entre les pavillons, parle peu. Il faut lui inculquer le devoir d'exister.

Je ne parviens pas à oublier les mots qu'elle m'a confiés au lendemain de son arrivée : « Je ne peux pas défendre ma vie. » J'ignore si on lui donne le même traitement qu'à Ville-Évrard. Un garçon de là-bas, le plus jeune de nos patients, lui fait démonstration d'une affection pour le moins débordante. On les croirait frère et sœur.

Nouvel arrivage des malades de Rouffach. Certains ont un accent terrible. Seigneur, si je n'écris pas tout ce qui nous arrive depuis quinze jours, je vais m'égarer comme tous ces aliénés.

Tout ce travail supplémentaire aux quartiers des hommes. Le mot péché n'est pas le bon mot, l'envie, la faim, la soif, ne sont pas fautes.

20 septembre 1939

Mme Vialatte a repris crises de somnambulisme, Jeanne R effrayée n'en dort plus. M. Forestier curieux des nouveaux. Pas causant d'habitude, je l'ai vu discuter avec Jeanne R, pourtant n'a jamais trop approché les femmes de l'asile avant.

6

Quand ils se voyaient dans les communs, Auguste – M. Forestier – et Jeanne ne se parlaient guère, s'adressaient un vague signe furtif. Je vous ai vu, reconnu, passez votre chemin. Jeanne le prenait pour un ouvrier bien qu'il fût coiffé comme un agent des chemins de fer. Auguste, lui, était surpris de voir cette jeune femme toujours dehors, les bras ballants, les yeux tournés au ciel. Il en était venu par dizaines des nouvelles depuis la fin de l'été mais il lui semblait bien qu'elle était la plus jeune. Ce jour-là, il voulut en savoir plus.

« T'es descendue de Paris toi aussi ? Y a pas eu de bombes encore chez vous… pourquoi on nous envoie tant de gens encore plus mal fichus que nous ? »

Il avait toisé Jeanne, pfiitt, une gamine…

« Toi la Fauvette, c'est à toi que je cause. T'as pas rien où rester ? »

Elle ne voulait pas répondre aux questions de cet homme plus âgé et froid de partout, ça se sentait, une épaisseur de peau, le cœur et le regard lointains malgré la parole qui lui venait par secousses. Il l'intimidait avec son képi bosselé de capsules et de médaillons. Et pourquoi l'appelait-il « fauvette » ?

Ses chaussures à la main, elle avait parlé plus pour elle-même qu'à son adresse en regardant ses pieds nus.

« J'habite nulle part. »

Elle avait attendu que l'homme lui tourne le dos pour remettre ses souliers tout craquelés et déformés qui lui comprimaient les orteils depuis leur long voyage. Elle enviait les sandales grossières des sœurs et leurs pieds libres, même si leurs têtes étaient prises dans un voile blanc serré sur les tempes.

Puis s'étaient écoulés des jours informes, des nuits sans étoiles. Jeanne avait fait connaissance du vent et de toutes les nonnes qui couraient pareillement d'un bout à l'autre de l'hôpital. Pour la première fois elle se trouvait en altitude, dans une contrée inconnue. Certains matins, elle avait envie d'étendre ses bras, de porter sa voix au loin mais la force lui manquait. C'était comme si elle marchait le corps en croix, il lui fallait rester encore à sa plus simple expression, ne s'épandre en rien, oublier qu'avant elle enserrait sa poitrine dans un drap déchiré.

Auguste apparaissait ici ou là à la croisée des courants d'air, soucieux de trouver des bricoles à assembler, de n'avoir jamais les mains vides. Il impressionnait moins Jeanne à présent et quand ils se retrouvaient, lui déroulait un silence calme et deux ou trois paroles passerelles qui la retenaient un court instant.

Un après-midi pluvieux, en sortant de l'atelier de menuiserie, il avait évité de justesse de la heurter avec une cagette remplie de pièces de bois mal dégauchies :

« Bon sang, là-dedans, y en a tant qui ont le mal de terre… savent même pas raboter une galoche… y m'ôtent le goût de la vie, te… »

Pour la première fois, elle s'était accrochée à son monologue.

« Le mal de terre ça me connaît mais d'où je viens, c'était autre chose… tous là-bas, ils bavaient, et se fendaient et pissaient leurs breuvages à peine avalés… moi aussi quand je perdais les eaux de mon bébé… maintes fois, je l'ai fait naître… pour voir encore sa petite tête douce… les apparitions du petit, c'est fini… la vie me revient et quand mon ventre se réveille, c'est juste la faim. »

Auguste s'était détourné d'elle, le visage impassible. La brise froide avait fait voleter un peu de sciure de bois dans son sillage et ses mots marmonnés au ras de son cache-nez :

« La Fauvette, elle ne restera pas longtemps ici. »

Auguste n'avait que peu de raison et peu de mots pour être certain d'exister. Il lui fallait semer autour de lui des petits êtres durs comme du bois, des maisonnettes, des bateaux et leurs marins minuscules, des rois-soldats, des animaux frères. Un monde de sa fabrication.

Bébé, sa mère le posait sur la brouette de linge sale pour le conduire au lavoir. Puis le laissait sur l'herbe, avec rien à faire, rester sage. L'enfant cherchait des mains dans les branches des arbres. Ça tombait avec le vent, les feuilles volantes et les taches de soleil.

Il essayait de suivre celles qui battaient les chemises et les draps dans l'eau qu'il ne voyait pas. Le regard de sa mère disparaissait pour réapparaître mais il était trop long à revenir vers lui. Il criait de toutes ses forces impuissantes.

« Mais viens donc au lieu de bramer ! »

L'enfant se hissait alors contre la pierre du lavoir dont le froid gagnait son ventre.

Il criait plus fort de ne pas sentir son ventre à elle. Quand il se retournait, une grande pointe du piquet de clôture tendue vers le ciel devenait une menace. Pour lui et la mère.

Un pieu qui les séparait des seigles, des frères et des bêtes. Il criait de plus belle jusqu'à ce que les deux grands bras humides de la mère le saisissent et le posent à nouveau étalé sur l'herbe. Il se reprenait alors à chercher des mains dans les feuilles.

Septième d'une fratrie de neuf, il avait grandi sans se faire remarquer. Plus tard, adolescent, sur les chemins de Pomeyrols d'où il voyait une voie ferrée, il brûla de partir en train, loin des siens. Il aimait se grossir les yeux sur les grains de grés, les lamelles de schiste, les caressait. Du plus petit au plus gros. Chaque échelle de l'univers l'intriguait mais la roche, il ne la sentait pas respirer, elle n'était pas assez vivante. C'est tout l'horizon qui palpitait quand il rêvait à l'inconnu, dans le lointain de son cœur impatient, au-delà des voies de chemin de fer et des clôtures des prés.

Un jour il partirait, il serait un autre gars.

Mais ses premières échappées bien au-delà des champs ne l'avaient convaincu en rien de sa place dans ce monde-ci, ni à Mende, Nevers ou Clermont-Ferrand, ni sur les routes dures et grises, ni sur les quais de gare, ni dans un lit de rivière. Aucune trouée dans le ciel, aucun mystère, aucune beauté à rattraper. Pauvre et seul, il resterait.

«Je suis celui qui déraille, avait-il déclaré aux médecins à son arrivée. Parce qu'elles me font mal à moi, les lignes droites, les rails qui mènent nulle part où on m'attend… Laissez passer, je vous demande, ce qui me vient à main droite, à main gauche, ce qui tombe, je le relève du vent, ce qui tient pas debout, ce qui reste des choses qu'on croit mortes.»

Il se faisait oublier quelque temps jusqu'à remonter de son esseulement, de son mutisme avec une nouvelle sculpture. Personne n'en faisait cas, les premières années.

Jeanne croyait qu'il n'avait que ses mains pour penser. Elle l'avait entendu dire à un gardien :

« J'ai à faire, moi, je sais pas me tourner les pouces… y a que mes idées de travail qui me relancent. C'est pas un tourment, je suis pas fou, faut pas croire. »

Octobre 1939

Nos réfugiés plutôt bien acclimatés mais ne connaissent pas encore la saison froide. Pénuries de charbon à craindre. Faire descendre du grenier les pierres réfractaires et les mettre à chauffer sur les fourneaux, bien ficelées dans des serviettes, ça tiendra les lits chauds une partie de la nuit. Demander aux tricoteuses de faire des grosses chaussettes et aux familles d'apporter ou d'envoyer des caleçons de nuit. Il y a si peu de visites, encore moins de colis. Que de pauvreté chez nous. La guerre ne va que l'empirer.

Vu Dr Balvet et nouvel interne à propos de Jeanne R : se nourrit à peine, donne son pain à Mme Chabert toujours aussi vorace. Pas de mal à comprendre pourquoi elle est surnommée la Rillette.

Changer Mme Vialatte de dortoir, risque de crises plus rapprochées, voire plus violentes. Décision fin de semaine en réunion.

Jeanne R encore de nombreux cauchemars mais n'a d'autre folie que la douleur de la perte. M'est avis qu'elle la comblera. La foi, la prière ? N'a point de médaille ni chapelet.

Le jeune de la Seine, Victor F, réclame toujours qu'on le mène à la rivière. Quand on lui dit de patienter jusqu'au printemps, il compte sur ses doigts. Un innocent. Je le vois souvent dehors avec Jeanne R, il leur vient des sourires quand ils sont ensemble. Ma vue est trompeuse ou bien c'est l'espoir d'imaginer au moins deux malades remonter vers la vraie vie.

À force de les écouter, j'ai compris que c'est Mme Vialatte qu'ils surnomment la Caille ; somnifères inutiles, de même, camomille, tilleul, se lève toujours la nuit. Victor F l'a vue dans le brouillard hier, a crié croyant voir la dame blanche. Légende de sa région ?

7

Le pays était en neige. Il lui semblait voir des croûtes de sel sur les chemins comme des traces d'anges perdus. Jeanne aurait voulu prier la Vierge Marie mais l'amertume remontait de son sommeil sans rêve. Pourquoi n'avait-elle pas reçu ce don, d'enfanter dans la clarté humaine ? Elle se revit enfuie et furieuse dans cette nuit lointaine, ses cheveux lui battaient le visage, elle courait pour rejoindre une Madone surplombant la route des Brés, la toucher, lui parler. Marie aussi avait perdu un fils mais elle n'était qu'une lune froide dans le noir. Lucien avait rattrapé Jeanne et l'avait arrachée à sa rage, la serrant très fort contre lui pour étrangler leur douleur avant de la ramener chez eux sans un mot.

Au réveil, la respiration des malades, l'alignement des lits et l'odeur d'orge grillée venant du réfectoire la rassuraient à peine. Elle guettait l'aurore sur les murs pâles du château avant de mettre pied à terre et d'aller vider sa bouillotte au lavabo. Son outre froide contre le ventre, jusqu'à ce que la lumière aux carreaux la tire vraiment vers son pesant de jour.

Au début des grands froids, sœur Rolande l'avait surprise en cheveux un matin dans la cour, transie, ébahie.

« Malheureuse, vous allez attraper une pneumonie !

– Je tends ma face au ciel pour qu'ils restent sur mes yeux, les baisers de la neige. »

La religieuse l'avait sermonnée et raccompagnée au réfectoire avec ordre de ne plus bouger en attendant qu'on lui porte une tisane de thym. Seule, les mains crispées autour du bol fumant, Jeanne s'était laissée aller à la brûlure sur ses lèvres jusqu'à ce que le breuvage atteigne ses entrailles, jusqu'à ce qu'elle devienne un corps tiède, vidé de sa nuit.

Puis elle était ressortie pour rejoindre la salle commune où des malades venaient une heure ou deux, rompre à bas bruit leur solitude. Sur une grande table, étaient posés journaux, manuels de cours moyens et supérieurs, cahiers lignés, un dictionnaire et même deux livrets de cantiques jaunis. Mais personne ne semblait s'y intéresser.

On tremblait de froid, les mains cachées entre les jambes. La neige faisait parler autant que la misère dans ce pays du Gévaudan. Elle ravivait des sentiments de vulnérabilité, des instincts de repli. Un homme se levait de sa chaise régulièrement pour vérifier s'il restait assez de bois dans le poêle. Vigile du feu à défaut de sa propre raison consumée depuis longtemps, il psalmodiait dans une langue inconnue. Près de la fenêtre trois femmes observaient les volées de neige dans la cour, en commentaient l'épaisseur, le rythme, l'éternité. *L'hiver même le loup ne peut pas le manger,* disaient les gens d'ici pour prendre leur mal en patience. Parler du temps était aussi important que respirer. Il fallait bouter le silence dehors. Certaines mémoires sortaient de leur glaciation pour se répandre là entre les cartes à jouer et les cigarettes qu'on roulait avec application.

Monsieur Jean, dit le Sourcier, était assis sur le banc une baguette à deux branches sur les genoux, à qui il parlait comme à un chien fidèle. *On reste tranquille aujourd'hui, là.* Il la posait à côté de son assiette et sur son oreiller chaque soir. Maintes fois, on avait voulu lui confisquer au prétexte que c'était sale ou qu'il pouvait blesser quelqu'un mais il s'y opposait farouchement. *Vous ne pouvez pas m'ôter un bras!* De guerre lasse, on l'avait laissé vivre avec sa baguette magique vingt-quatre heures sur vingt-quatre.

Victime de visions nocturnes qui le terrifiaient et l'épuisaient, il s'était assoupi, offrant un peu de répit aux autres. Chacun évitait de s'en approcher car il appuyait souvent sa branchette de coudrier contre leur poitrine pour y sonder leur volume d'eau afin d'en déduire leurs chances de guérison:

« Toi tu vas couler… toi tu es sec, tu rendras rien… l'autre là, il a jamais vu la mer, pas même une rivière… elle, c'est de l'eau salée, des larmes toujours, toujours, sait que pleurer… »

Jeanne le soupçonnait d'avoir des pouvoirs obscurs sur le corps des femmes. Quand il la croisait, elle faisait volte-face et lançait dans son dos: *Je n'ai rien à donner.*

Installée à l'opposé de lui, elle essayait de l'ignorer, les yeux rivés sur un morceau de journal qu'on avait visiblement découpé en rond à l'aide de lignes pointillées à l'aiguille, ce qui lui donnait l'aspect d'un napperon brodé. L'œuvre d'une tricoteuse sans doute. À l'intérieur, Jeanne reconnut une publicité pour Kub Or entourée de mots écrits à la main avec application: sauté de veau vin blanc champignons beurre chocolat farine de froment de toute urgence. Elle la reposa au même endroit. Aucune envie, aucune gourmandise ne remontaient à elle. Le dictionnaire à la couverture bistre ne lui disait rien non plus.

Les mots lui reviendraient un jour ou l'autre, pas ceux du boire et du manger, des qui tomberaient de sa tristesse et rempliraient le vide jusqu'à déborder, se changer en paroles, des vraies qui ne feraient peur à personne. Pas des mots de malade.

Une femme poussa la porte brusquement, faisant sursauter les assoupis. Elle s'ébroua, frappa ses souliers neigeux, voulut se faire plus grosse qu'elle n'était, poitrine en avant et mains sur les hanches.

« Ma liste de courses. Qui a pris ma liste de courses ? »

Jeanne la lui désigna d'un doigt pointé.

« À la bonne heure ! Ma viande, mon vin blanc, ceci est mon corps pis le chocolat pour ma crème... »

Le Sourcier sortit de sa torpeur, se leva d'un coup et s'approcha d'elle sa baguette en l'air.

« C'est pas une épicerie, ici !

– C'est que je dois aller en courses moi, j'ai toute ma famille à manger dimanche. Ôtez-vous de là que je fasse le point... donc, oui des champignons... »

Penchée sur son bout de papier qu'elle tournait dans tous les sens, elle énuméra encore ce qui manquait à son festin futur. Entre chaque mot elle salivait. *M'en faudra plus de la viande et du pain blanc aussi.*

L'homme promenait sa fourche de coudrier dans son dos d'un air expert.

« Aïe mais laissez-moi, M'sieur Jean ! Je suis à sec, même pas un sou pour acheter mon manger. »

Celle qu'on surnommait la Rillette fondit en larmes, s'essuyant les yeux avec sa liste de courses. L'encre du papier journal lui faisait des traces noires sur les joues. Quand ce ne fut plus qu'une charpie humide, elle s'affala sur une chaise et psalmodia :

« On me laisse plus aller dans ma cuisine, pas même dans ce château triste... Y m'attendent pourtant, dimanche en huit, la communion... y aura donc point de dragées ? »

Elle renifla, se tourna vers les autres et, dépitée, se pencha tête en avant. Le Sourcier la lui releva d'un mouvement de baguette sous le menton.

« Mais vous pleurez ? Tout n'est pas perdu, mon amie. »

Jeanne vit ce qui tremblait entre leurs deux paires d'yeux. Ce n'était pas seulement un morceau de bois. On entendit craquer une allumette, un homme aspira une bouffée de tabac. La fumée flotta sur tant de silence soudain. Le vigile remit une bûche dans le poêle. On ne savait plus à quoi s'attendre.

C'est le moment que choisit Jeanne pour quitter la salle commune. Elle resta sur le seuil glacé le temps de regarder des corbeaux freux traverser le ciel blanc et d'imaginer le repas dominical sans convive de la Rillette autour de belles assiettes vides.

Elle lui envia ses rêves de douceurs. Comment retrouver le goût des choses ?

Dans ses pensées roulaient aussi deux œufs tièdes qu'elle rêvait de gober, une pomme un peu surie et le visage muet de Lucien. Avait-il cherché à la revoir, demandé à la mairie, aux gendarmes où se trouvait Saint-Alban-sur-Limagnole ? Avait-il été mobilisé lui aussi comme tant de gardiens de l'asile ? Elle se rappela quand il l'amenait sur la Marne au printemps, un tour de barque le dimanche, ses bras forts qui ramaient, l'eau verte et bleue, le courant calme des jours, les arbres et les oiseaux au plus près de leur vie… Il l'avait abandonnée. Tous deux ne s'appartenaient plus désormais, éloignés de leur rivage. Elle aurait voulu attacher une pierre à ces souvenirs, qu'ils coulent au fond de la rivière là-bas.

8

Ce jour de janvier, le Dr Balvet fit le tour des pavillons avec un homme sans blouse blanche, vêtu d'un costume sombre un peu fripé. Ses mains parlaient aussi fort que lui. C'était Francesc Tosquelles Llauradó, arrivé la veille du camp de réfugiés espagnols de Septfonds dans le Tarn-et-Garonne avec une petite valise, un accent à faire sourire tous les résidents de l'asile et pour seul laissez-passer son nom francisé, François Tosquelles, la version originale d'un livre d'Hermann Simon, psychiatre allemand, et quelques pages abîmées de la thèse de Lacan.

« Nous sommes tous liés à la folie du monde, personne ne peut l'ignorer. » C'est ce qu'il avait essayé d'exprimer au Dr Balvet dans un français hésitant, haletant entre deux bouffées de tabac, le regard nerveux. Il s'en était fallu de peu pour qu'on envoie à la rescousse de l'hôpital en manque de gardiens plutôt des manœuvres issus du même camp, mais Balvet savait que Tosquelles avait créé un service de psychiatrie sur le front républicain en Catalogne puis au camp de Judes pour soigner les traumatisés de la guerre d'Espagne. L'esprit empli de ses recherches incessantes, la fièvre ne le quittait jamais, à l'arrière des lignes de combat.

On vit les deux collègues enjoués aller à la rencontre des malades et de leurs gardiens, des religieuses, parcourir les cuisines, les infirmeries, les ateliers. Balvet avait trouvé son homme, il ne le lâcha qu'en fin de soirée aussi enthousiaste que soucieux du travail qui les attendait pour rendre cet asile plus vivable et surtout éviter que les malades se fossilisent dans une folie sans retour. Mais, avant toute chose, Tosquelles désirait comprendre quel était ce pays où il venait de débarquer. Un hôpital psychiatrique n'était pas une île, il voulait savoir comment parlaient les gens d'ici, comment ils travaillaient, ce que les paysages, les saisons et la guerre faisaient d'eux.

Durant deux semaines, il partit par tous les temps, à pied ou avec l'auto de Balvet, parcourut les champs de foire, observa et écouta les paysans, les bergers, les maquignons parler, jurer en occitan, découvrit la tourmente et les hameaux ployés sous le poids de la neige.

La grande aventure de sa vie commençait déjà, en Margeride. Margarita, Marguerite, il n'aurait point le temps d'en effeuiller une seule, songeait-il avec un sourire triste. Sa femme était loin, retenue à Reus avec leur bébé.

Il pensait en catalan, écrivait chaque soir dans sa langue, toujours distant d'avec l'officielle, celle des franquistes et de leur satané *Caudillo*, avant de pouvoir maîtriser le français. Pourquoi un réfugié espagnol se retrouvait-il à Saint-Alban ? Sœur Rolande ne le comprendrait que plus tard.

Puis il s'attela à la tâche à bras-le-corps. Insensible au froid, allant d'un bâtiment à l'autre d'un pas vif, il lui fallait tout connaître. Faire l'inventaire des dommages et des chantiers de renaissance. Vite.

Ce matin-là, Jeanne fut surprise de sa visite à l'infirmerie. On l'avait encore pesée, réévalué son dossier.

Tosquelles avait pris connaissance du premier en provenance de Ville-Évrard : *Orpheline à 7 ans confiée à sa grand-mère paternelle jusqu'à son mariage avec Lucien Rouaud… aboulie, anorexie, aménorrhée, délires de lactation, visions nocturnes, suicidaire, etc.* Il l'avait refermé avant de s'adresser à la jeune femme. Elle ne comprit pas ce qu'il lui voulait, n'osa lui faire répéter, se sentit idiote. L'interne qui l'accompagnait évoqua à voix basse un *tableau mélancoliforme, sommeil appétit irréguliers, pas de troubles mnésiques, plus de TS.* Jeanne n'eut pas de mal à l'entendre mais ce mot mélancoliforme glissa de son oreille comme une limace. On la pria de se revêtir.

En sortant, elle ne put éviter une femme minuscule, Mme Chaumette.

« Qui veut un petit mendiant… un sou le petit mendiant. »

Au nez de chaque malade croisé, elle agitait ses petits carrés de drap grossièrement ourlés de fil à repriser. *Un sou le petit mendiant, il vous prendra vos larmes aux yeux.*

« Un sou pour cacher vot' morvelle. »

Une dizaine de mouchoirs effilochés débordait de son tablier. Sa voix qui semblait remonter d'un fond de carafe s'enroula un instant autour de Jeanne, un fil de joie.

« Un sou le petit mendiant. »

Voulait-elle vraiment les vendre ses mouchoirs ? Faire commerce avec le chagrin des autres jusqu'à sa mort ? Jeanne fut tentée de déposer une pièce imaginaire au creux de sa paume tendue mais se ravisa. Pourquoi la prendre pour une idiote ?

La petite dame n'aurait jamais assez d'années à vivre pour fournir des petits mouchoirs à tous ceux qui chaque nuit s'égouttaient en silence. Mille détresses attendaient d'être absorbées dans ces plis épais.

Jeanne ressentait de plus en plus le besoin de s'écarter de la petite marchande. Dès qu'elle l'entendait trottiner dans les couloirs, elle se hâtait d'aller rejoindre l'autre pavillon pour se poser au milieu des séniles et de leur sabir essoufflé. Pourtant, la couseuse de petits mouchoirs ne se décourageait jamais. Même quand une malade la poussait jusqu'à la faire chanceler contre une autre, qui à son tour la griffait.

Sœur Rolande observait Jeanne à la dérobée, cette jeune femme triste devait-elle rester au milieu de ces Caille, Rillette, couseuse de mouchoirs, catatoniques et autres hystériques ?

Quand la jeune femme fut sortie de l'infirmerie, Tosquelles expliqua à la mère supérieure qu'elle souffrait d'une psychose puerpérale. Sœur Rolande eut du mal à comprendre ce terme « puerpérale », l'associa à vespéral, en ressentit un frisson. Elle le pria de bien vouloir lui répéter *psychose puerpérale, beaucoup de jeunes mères en souffrent, une maladie de langueur et de mélancolie profonde parfois à l'origine de pensées suicidaires.* La religieuse n'avait connu qu'une poignée de jeunes mères depuis qu'elle travaillait à l'asile. Si elles défaillaient, leur bébé était confié à une grand-mère, une nourrice, jusqu'à ce qu'elles recouvrent esprit et vigueur. Jeanne R était la première internée ici suite à la perte d'un enfant mort-né.

Après avoir quitté l'infirmerie, laissant les médecins discuter du traitement le mieux adapté, sœur Rolande demeura perplexe, embarrassée de pensées confuses qu'elle aurait eu du mal à exprimer face à eux. La mort avait pulvérisé cette venue au monde avant qu'elle ait eu lieu mais ce petit être, Jeanne R le portait encore. La nonne aurait pu le voir en transparence lorsqu'elle marchait ou s'asseyait les mains jointes contre son ventre.

Il fallait surveiller Jeanne Rouaud, ne pas la laisser seule trop souvent, lui proposer de travailler en atelier.

Un jour, Jeanne restait suspendue aux paroles d'un seul malade, le lendemain, elle demeurait dans un brouillard sonore sans pouvoir, ni vouloir distinguer l'origine des voix. Elle refusait que la folie ait un visage plutôt qu'un autre et laissait son regard blanc traverser les couloirs, les allées jusqu'à la nuit tombée.

Auguste, lui, n'avait jamais le mal de terre. Depuis que les rails avaient traversé sa vie, transpercé ce qui lui restait d'enfance, il savait tenir debout même si d'une démarche un peu lourde, il avançait à pas mesurés dans les couloirs, sur les chemins aux alentours de l'asile, à l'affût des restes de vie, résidus, traces éparses pour rassembler *de quoi faire*. Partir un jour, une nuit sur un bateau en bois de tilleul, sur une mer oubliée comme la sienne de mère qui n'avait jamais réclamé son retour à la ferme de Pomeyrols. Il avait du mal à se rappeler un seul de ses sourires. D'ailleurs, il n'en prêtait aucun à ses créatures. Pourtant il devait bien lui en venir, même fatigués, des sourires à la mère quand elle regardait trembler la luzerne haute et grasse, les bruyères mauves en menant les chèvres par les chemins avec son dernier-né sur la hanche.

Après tant d'années vécues à l'asile, Auguste ne pensait plus à *se tailler*. Au retour de sa dernière fugue, il avait déclaré aux docteurs :

« Plus besoin de partir, pour aller où ? Personne m'attend, je leur ai fait du tort chez moi, ils veulent plus d'un piètre gars qui méconnaît leurs terres et leurs misères. Ailleurs, qui saurait me causer comme on me cause ici où personne plus m'engueule pour mes copeaux ? Y en a même qui trouvent joli ce qui me vient entre les mains, mes bêtes à moi, mes rois qui font peur à personne. »

12 février 1940

Depuis l'arrivée de ce Dr Tosquelles, je me demande pourquoi le Dr Balvet a accepté un réfugié politique qui vient d'un camp de révolutionnaires et parle si mal. Il est condamné à mort par Franco. Cet homme m'inquiète. Pourquoi vouloir changer tant de choses ici en pleine guerre ?

Rien ne lui échappe, il connaît déjà les surnoms de plusieurs malades. Le pire, c'est qu'il s'en amuse. Le Dr Balvet pourtant tient absolument à ce qu'on les appelle par leur nom véritable. Les médecins ont bien fait d'imposer le vouvoiement et surtout d'interdire les mots comme idiots, gâteux, irrécupérables. J'entends encore tout de même dans les couloirs des qualificatifs odieux. Les gardiens s'oublient parfois... Mais les malades s'inventent aussi de curieux noms entre eux. La Caille, la Rillette, le Boutiquier, Fauvette, le Sourcier, le Maître. Est-ce une façon de marquer la nouvelle vie qu'ils s'inventent ici ? Après tout, on s'est bien soumises à cette règle en entrant dans les ordres.

J'ai à peine le temps d'aller prier seule à l'église.

9

Sœur Luce avait conduit Jeanne à l'atelier de cardage où déjà travaillaient quelques malades, lui avait tendu un tablier qui lui arrivait aux chevilles. Elle s'était assise auprès des autres un peu hagarde après une nuit traversée de visions affolantes, un galop d'images et de visages dans une ville inconnue, la couseuse de mouchoirs essayant de la bâillonner avec l'un d'entre eux, Auguste clouant ses chaussures sur le plancher, un train immobile dans une gare déserte, un bol de bouillie couleur de vase qu'on lui ordonnait d'avaler.

Au réveil, épuisée, elle avait eu du mal à garder les yeux ouverts sur ce qui l'entourait, la chambrée aux mouvements poussifs, les ablutions au lavabo, le réfectoire où on lampait le café d'orge, toutes ces bouches qui avalaient à grand bruit le pain trempé. Elle avait rejoint l'atelier sans même regarder le ciel, tête baissée en suivant les traces des autres dans la neige.

La petite sœur replète avait expliqué à Jeanne les gestes à suivre en désignant le monceau de laine de mouton posé sur une grande table recouverte d'une toile à matelas :

« C'est pas compliqué, vous en prenez un peu, vous étirez, il faut clarifier, fin, fin, aérer, on ne doit plus y voir de saletés et après quand on vous en redonnera, bien lavée et séchée, vous n'aurez plus qu'à y passer la carde. »

Mais les mains de sœur Luce, elles, ne disaient rien, des menottes grassouillettes et délicates, pas faites pour ce genre de tâche. Elle devait les garder propres et blanches. On l'attendait pour la toilette des végétatives qui n'avaient plus usage des leurs. « Regardez les anciennes, madame Rouaud, c'est simple et ça vide la tête. »

Travailler aux ateliers, c'était oublier le sang noir de la peur qui pénétrait chaque brèche, les assiettes creuses, les esprits fragiles, l'attente. Et comment exister avec le corps entier, survivre avec ses mains, entrer dans leur danse même si le cœur n'y était pas ? On allait à l'osier, au cœur du bois, à la douceur des laines, matières vivantes nourrissant l'attention jusqu'à remonter les veines du geste. Aller au bout de ses doigts, au bout du bout. Là vibraient des petites choses qui emportaient le regard, relançaient l'histoire de son corps laissée sur un chantier, un établi, entre des outils qu'on renommait à voix haute comme de vieux frères d'apprentissage. Certains se mettaient à la tâche, surpris de ne plus avoir une carcasse désaccordée qui hier encore battait le vide.

Jeanne imita les autres du mieux qu'elle pût, irritée par l'odeur animale qui se dégageait de ce magma graisseux et sale qu'on jetterait après dans un sac pour le porter à laver à la buanderie. Puis ses doigts s'oublièrent, les deux mains dans ces nuages de laine grise, elle peignait et cardait le silence dans leur poussière. C'était triste et doux.

Qui filerait cette laine ? Aucune de ces femmes autour d'elle ne semblait s'en soucier, bercées par des gestes sans cesse recommencés qui leur donnaient raison pour quelques heures.

Victor-pour-la-vie n'était jamais bien loin. Son rire le précédait ou le suivait et, dans son sillage, Jeanne enviait cet être sans pesanteur, si léger qu'il ne retenait rien sous ses pieds. Les chemins s'évanouissaient. Comme Jean le Sourcier, il cherchait de l'eau pour y voguer toujours plus loin, se détacher, se perdre. Innocent, il mimait la joie mais la joie était absente de ses yeux.

En début d'après-midi Jeanne aperçut sa silhouette s'élancer dans une direction insensée, elle le suivit de loin à petits pas inquiets. Il s'immobilisa et secoua très fort ses lobes d'oreille. Il se tourna d'un quart, Jeanne vit déjà son demi-sourire ahuri, il se tourna aux trois quarts, son rire éclata.

« Hou hou, je suis là, tu me cherchais ?

– Non, mais tu es toujours au travers de mon chemin.

– Pas vrai ! Je suis toujours tout seul, laisse-moi partir.

– Où ?

– Ben… là-bas… je veux la mer.

– Quelle mer ? Ici c'est les murs, plus loin des rochers, plus loin encore les montagnes, plus loin après, on ne sait pas. C'est la guerre. Il faut retourner aux ateliers. »

Chaque jour les malades se répartissaient où ils pouvaient donner de leur temps. Et du temps, ils en avaient par-dessus tête, qui aurait pu les engloutir. Certains renouaient avec des gestes qu'ils avaient connus avant, d'autres apprenaient avec les gardiens. Ici on fabriquait aussi des chaussures en raphia, des sabots, des ustensiles de ménage et des outils en bois, râteaux à foin, manches de pelle ou de balai… rien qui ne les dépayse.

Victor se précipita sur un établi où étaient posés des plumiers, en tripota un dans tous les sens, fit coulisser le couvercle, se fit rabrouer :

« Pose-toi ici plutôt que je t'apprenne à en poncer d'autres. »

Il frotta, et ponça et souffla tant sur la poussière de bois qu'il en oublia de tirer ses oreilles. Auguste était là aussi, occupé à dégauchir une paire de sabots, il regardait Victor-pour-la-vie à la dérobée d'un air mauvais.

« Des saletés, encore des saletés ! »

Un gardien demanda à M. Forestier s'il voulait bien fabriquer un beau garde-manger avec une poignée de corde et un étage pour les œufs, un autre pour les fromages :

« Je te le paierai, c'est pour ma sœur qui va se marier.

– C'est bien triste à fabriquer ça ! lui répondit Auguste. Faudra me trouver du grillage. »

Ça l'énervait un peu qu'on lui demande de faire des choses utiles, *J'suis pas du métier*, répétait-il.

Il n'était d'aucun métier, ça l'arrangeait bien de laisser ses mains finir ce que ses rêves lui avaient servi sur un plateau de nuit quand dans le sommeil, il reprenait le cours de ses voyages suspendu sur des rails entre Naussac et Mende, à travers les bruissements d'arbres et ses pensées volantes comme les akènes du tilleul sur le parvis du château. Mais fabriquer quelque objet utile et monnayable lui permettait d'acheter du tabac ou une plaquette de chocolat de ménage.

Le nouveau docteur qu'on entendait venir de loin, toujours à interpeller une religieuse, un malade ou un gardien, aurait remué des tombereaux de neige. *Cet hiver va nous assommer, on doit ne pas laisser nos malades s'enfoncer dans le silence.*

Il fallait faire feu de tout bois avec la parole des fous, l'attiser, l'entretenir avant qu'ils ne meurent *de ce froid mental, la solitude. On va les rapprocher et pas seulement au travail.* Veillées, bibliothèque, de quoi écrire, dessiner, peindre, se rendre utile, inutile même mais selon soi, se gêner, s'oxygéner, s'approcher, s'éloigner, au milieu des autres *même si c'est pour s'engueuler* répétait Tosquelles que sœur Rolande écoutait en ouvrant des yeux effarés.

Avec le Dr Balvet ils étaient convaincus de la nécessité, de l'urgence de créer des liens entre tous. Dans la salle commune, on leur avait proposé un journal mural où tout le monde pouvait dessiner, écrire. Des informations sur la vie quotidienne, les réunions, le carnet du jour, etc. Les patients y laissaient toute sorte de traces. De l'expression la plus rudimentaire aux éclats les plus vifs de leur souffrance ou de leur créativité.

Jeanne se rappelait ses feuillets à Ville-Évrard emportés par la petite gardienne sans clés, des fragments de solitude envolés pour toujours. Ici, sur de larges bandes de papier, s'étendaient une cartographie bizarre, des mots isolés, des phrases montantes, descendantes aux graphies disparates, des croquis, des palissades de toutes les couleurs, deux mains en négatif, des opérations de calcul. Un paysage humain.

« Priez pour moi
Il faut ramasser les feuilles
Trop de bruit sous mes pieds
Mon fiancé viendra à Pâques
Le soleil est trop fort
Misère de mon âme
On veut danser le dimanche »

Jeanne s'approcha d'un grand dessin qui représentait une caserne de plusieurs étages, suivit d'un doigt les innombrables fenêtres comme autant d'yeux enfoncés dans la façade ; certaines étaient coloriées, d'autres non. La pulpe de son index était grise du chemin parcouru, elle entendit derrière elle des bruits de chaises qu'on déplaçait légèrement, les soupirs des affalés.

Victor-pour-la-vie poussa la porte et frappa bruyamment ses chaussures sur le paillasson avant de les ôter.

« Faut pas que j'attrape la mort par les pieds », dit-il très sérieusement en tâtant ses chaussettes déjà humides. Il chercha des vieux journaux et se mit à faire des pliages. D'autres que lui étaient attirés par le papier. Un petit homme recueillait les morceaux qu'il n'utilisait pas et en faisait une liasse :

« C'est pour mon feu… On manque de lumière chez nous… faut allumer sinon on fait que se deviner, c'est pas bon pour l'amour. »

Victor ne l'écoutait pas, absorbé par les reliefs des pliages qui naissaient entre ses mains.

Dans la salle, deux malades tournaient en rond au même rythme, s'arrêtaient devant les fenêtres, d'autres restaient prostrés ou observaient ceux qui s'activaient. Il neigeait de plus en plus fort. Personne ne travaillait à l'extérieur. L'hiver était leur hôte, on entendait renifler, tousser… et surtout ronfler. Près du poêle, deux femmes se balançaient d'avant en arrière en silence. Jeanne suivait leur mouvement hypnotique. Dans ces mécaniques, peut-être n'y avait-il plus de place pour la peur ou la douleur songeait-elle. Soudain la voix de Victor-pour-la-vie surgit de toute cette torpeur :

« Eh ! Regarde ! »

Il brandit un long accordéon de papier sous les yeux de Jeanne, avant de le lui poser sur la tête : « Vive la mariée ! » Il l'embrassa trois fois sur les joues et déchira en confettis son rêve du jour.

15 mai 1940

Le Dr Tosquelles a tout perdu et doit se réinventer une autre vie. Sans l'aide de Dieu. Cette question me brûle. Un jour, je la lui poserai mais quand vais-je pouvoir le voir en tête à tête ? Peut-être à l'enterrement de cette pauvre Émilienne ? Depuis son arrivée, il refuse que les morts soient portés en terre en silence. Je lui en sais gré. Avant, on enterrait les malades le plus vite possible, comme des suicidés ou des criminels. On les faisait disparaître une seconde fois. Pas de nom sur les croix de planche. Ce mécréant catalan, ce rouge a plus de foi en l'humain que la plupart d'entre nous. Peut-être cet homme a-t-il du bon ?

10

À ses côtés dormait toujours la Caille qui se berçait chaque soir dans sa barque de silence, enserrée entre ses bras secs. Une présence vide qui cependant grinçait sur le sommier métallique. Jeanne se demandait si cette femme avait été enfant un jour, avec ses cheveux de lune en longs filaments, ses yeux à peine bleus à peine gris, couleur de pluie, et son odeur de baptistère. La Caille avait peut-être vieilli dès le berceau aussi vite que possible. Durant plusieurs semaines, elle n'avait pas entendu le son de sa voix, l'avait cru muette. Les gardiennes disaient qu'il valait mieux la laisser tranquille :

« Elle couve. Quand ça va sortir, attention à vos oreilles. »

Jusqu'au jour où Jeanne entendit les paroles de la Caille échappées de son sommeil, des adresses au diable qu'elle redoutait d'attraper. Par la suite, quand elle la trouvait immobile ou chancelante dans un couloir, elle lui prenait la main, la poussait au soleil. Même si c'était peine perdue.

Les repas devenaient de plus en plus pénibles. Jeanne suivait dégoûtée des mains sèches et nerveuses qui couraient d'écuelles en écuelles comme des araignées. Un soir, elle avait même vu son biseau de pain s'engouffrer dans une bouche d'ombre. Une vieille femme à qui il ne restait guère de dents tentait de le mâcher en roulant des yeux fautifs et enfantins. Jeanne s'en était écartée, dégoûtée. Elle se moquait d'être rassasiée.

Il lui importait de garder toujours un creux au ventre en souvenir de son bébé. De cela, elle ne pouvait parler à personne. C'étaient des mots de malade. Sa douleur devenait un secret, son secret devenait un souvenir et une attente dans l'échancrure de sa robe. Il lui fallait garder ce nid à l'intérieur d'elle-même, s'abandonner à un vœu de bourgeon ; même si son homme était loin, porté disparu, même si elle ne le retrouvait plus qu'en des rêves hachés par les insomnies. Quelque chose en elle trouvait encore à se nourrir en dépit des privations.

« On sent un courant qui passe avec les autres, soyez vigilante, mettez-lui du travail, de la joie de faire plein les bras, elle a besoin de porter cette jeune femme, il ne faut pas qu'elle reste à l'ombre des séniles. Sortez-la des tricots, des couseries », avait conseillé le Dr Tosquelles à sœur Rolande.

La religieuse se familiarisait peu à peu avec ses tournures de langage un peu fantasques, sonnantes et désarçonnantes, s'en agaçait, s'en amusait et commençait même à en jouer. Elle lui avait répondu alors que les couseries étaient aussi des causeries et que de fil en aiguille les malades se raccommodaient peut-être en racontant leurs délires.

Cette nuit-là, Jeanne se faufila pieds nus hors du dortoir, traversant les sommeils si différents des unes et des autres, à l'affût d'un passage de gardienne. Enroulée dans son drap, elle demeura longtemps sur le seuil, les yeux perdus dans le ciel. Jamais elle n'avait vu un tel peuplement d'étoiles sans rien pour entamer cette vision de pures ténèbres.

Elle aurait voulu approcher ce millier de phosphorescences, tirer vers elle ces voiles lactés. Là, Jeanne oubliait l'envers du monde qu'elle avait quitté, cette vieille doublure à l'odeur de sueur et d'urine. L'étouffoir et la honte, la folie sans partage. Ici, le vent, la pierre, la montagne, rien ne semblait avoir de fin. Son regard pouvait aller toujours plus loin.

Jeanne pressentit qu'elle irait au-devant de ce pays, toucher de tout son être l'au-delà de la folie, son corps délesté du bébé fantôme s'ébrouait déjà comme après une trop longue nuit. Elle avait été mère d'un instant, fugitive, en exil dans sa chair béante. Elle serait une autre femme, ne réciterait plus *Je vous salue Marie pleine de grâce… et Jésus le fruit de vos entrailles est béni.* Jamais plus on ne l'enfermerait à double tour. On ne la verrait plus à genoux sur un banc d'église, nouée de consomption, paupières baissées.

La fraîcheur de la nuit se diffusait dans tous ses os et le sommeil la gagnait à nouveau. Elle rejoignit son lit en passant devant la Caille qui dormait profondément dans sa longue chevelure blanche.

Le lendemain à la salle commune, quelqu'un annonça la mort de la couseuse de petits mouchoirs. Personne ne voulut en connaître la cause, c'était comme si la mort coulait de source. Mme Chabert dite la Rillette n'exprima pas plus de chagrin que les autres mais affirma qu'*ils étaient vilains ses mouchoirs et trop petits, à peine de quoi torcher un museau d'enfant de chœur.*

Algarin, le grand fou d'Armentières, aurait aimé qu'on lui en donne un, au cas où elle aurait laissé son héritage aux bonnes sœurs. Depuis son arrivée à Saint-Alban, il avait changé. Volontaire auprès du vieux jardinier, le père Alexandre, il pouvait s'oublier de longues heures nettoyant les parterres de fleurs ou creusant des sillons dans le jardin botanique de Mme Balvet, docteur elle aussi et épouse du directeur.

« La terre est bonne même noire, comme la vie que je traîne, je suis pas encore tout à fait mort, je m'en rends compte quand il me vient des larmes. »

Mais on ne le voyait jamais rire ni pleurer. Jamais. Un grand socle de tristesse.

7 juin 1940

Encore une partie des greniers du château à déblayer, faire monter des couches aérées, rechercher les vieux édredons en attendant des couvertures de l'hôpital de Mende. Les nuits sont encore trop fraîches. Aide possible de M. Forestier, innocent mais brave, m'est avis qu'il faut le sortir de ses chimères, parle de moins en moins, ne va pas à la messe ; toujours plus proche de Jeanne R.

Une malade a voulu m'arracher mon escarcelle, le carnet a failli tomber ; demander à M. Schneider de me refaire un cordon solide et de garder les chutes pour Auguste. Ses créatures sont d'une laideur effroyable mais ça le tient.

11

À l'angle des terrasses, un homme était posté comme une sentinelle une canne à la main. « Avancez avancez, mes petits, au niveau des pavillons des hommes, nous sommes au point le plus haut de notre... institution... 1012 mètres d'altitude. À retenir. Allez, allez, ça grimpe certes mais un peu d'vaillance que diable ! »

C'était M. Ziegler, réfugié d'Alsace surnommé le Maître. Il croyait dur à un complot du temps, tous autour de lui étaient restés enfants et lui seul vieillissait. De fait, il avait été instituteur mais n'était pas si âgé qu'il le prétendait.

« On me doit le respect. J'ai toujours eu du mérite et j'enseignerai jusqu'au bout de ma vie. »

Certains malades suivaient ses instructions, crédules et peut-être heureux d'être considérés comme des enfants. Mais qui disait maître et élèves, disait punitions, brimades, et là les gardiens n'hésitaient pas à le renvoyer au tableau noir de sa réalité :

« Tu vas leur foutre la paix maintenant ! »

Personne ne le suivit ce matin-là, chacun se dirigeant vers la salle commune, un atelier ou la ferme. Le Maître maronnant dans sa barbe grise remonta tout seul au quartier des hommes. Un instant plus tard, on le vit trotter dans l'autre sens, son bâton à l'épaule comme un fusil.

Il ne tarda pas à entrer dans la salle commune en criant.

« Où est votre professeur ? »

Pas plus que la Rillette, Jeanne et le grand Algarin, il ne reconnut le Sourcier qui le repoussa vers la porte en lui disant qu'on était dimanche, jour sans classe et sans casse-pieds. On rit à grands bruits. « Mais faites-les taire ! Il faut leur taper sur les doigts ! »

Le Maître voulut faire évacuer la salle et brandit son bâton.

Quand sœur Luce reçut un premier coup, elle crut à une maladresse car il voyait de moins en moins bien mais, quand il s'en prit à une malade, elle le poussa vers la porte et appela un gardien.

Une seule personne pouvait le rassurer, sœur Rolande, qui représentait pour lui un ordre immuable tandis que *les blouses blanches changeaient tout le temps.*

Ce jour-là, au sortir de la salle commune, il croisa Victor-pour-la-vie, l'attrapa par une oreille et le secoua jusqu'à ce qu'il chancelle.

« Tu croyais m'échapper, hein ? »

Le garçon paniqué chassa la main osseuse du Maître et se protégea la tête de ses deux bras pliés. Après avoir reculé de quelques pas, il regarda le vieil homme et d'une voix blanche, lui déclara qu'il n'était élève de personne et que sa tête était remplie de cristal.

« On touche pas à ma tête, jamais.

– Fariboles, fariboles, s'énerva le Maître. Encore un que je ne présenterai pas au certificat d'études… Quelle engeance ! »

Victor-pour-la-vie s'assura qu'il s'éloignait vraiment avant d'aller s'asseoir sur le muret d'enceinte, en plein vent. Il tremblait encore, les deux mains en conque sur ses oreilles quand Jeanne vint vers lui. Elle avait surpris la scène de loin, était restée interdite, apeurée à son tour par l'attitude de M. Ziegler :

« Il faut rentrer maintenant, Victor, il n'y a plus de maître. »

12

Ils en avaient parlé jusque tard dans la nuit docteurs, sœurs, gardiens. Même le maire qui avait déjà fait paraître un avis à la population invitant toute bonne volonté à venir en aide pour lever les récoltes en l'absence des paysans ou journaliers mobilisés.

Le lendemain, sœur Rolande se tint prête à participer à l'assemblée avec les malades. Les médecins expliquèrent la situation due aux restrictions des denrées et les moyens proposés pour y faire face. Du fait des réquisitions, ce qui restait du troupeau bovin et des vaches laitières ne suffirait pas à les nourrir. Tous les Français étaient pareillement touchés.

« Tout ce que vous pourrez faire pour les paysans sera un bénéfice pour la communauté, avait insisté Balvet. Sabots, outils, plumiers, tricots, napperons et même vos tickets de rationnement de vin. On fera des échanges avec leurs produits. On aura aussi besoin de volontaires dans les fermes alentour et à la colonie agricole du Villaret. »

On leur proposa également de participer à des cueillettes de champignons sauvages. Des religieuses les accompagneraient ainsi que Mme Balvet, passionnée de botanique et de mycologie, qui pourrait leur apprendre à différencier les bons des mauvais.

Tosquelles réclama des aides pour les enfants du Villaret, convaincu qu'il était plus facile d'attendrir l'administration avec des gosses perdus qu'avec des fous. Les médecins faisaient de plus en plus de faux certificats de tuberculeux pour obtenir des tickets de rationnement supplémentaires.

L'économe précisa qu'on allait augmenter la production à la ferme de l'hôpital, étendre la surface des cultures maraîchères. Dans les prés labourés, on ferait pousser des raves, des poireaux, des oignons, des aulx, des haricots, des choux-raves, des pois, des carottes et surtout du chou. « Réjouissez-vous, on aura souvent de la choucroute au menu ! » lança Balvet d'un ton faussement joyeux.

La Rillette s'indigna :

« C'est les Alsaciens qui vous ont demandé de cultiver encore plus de choux pour faire de la choucroute en veux-tu en voilà mais les saucisses et le lard, ça sort pas de terre, misère de misère ! »

Véhémente parfois envers les réfugiés *qui nous prennent nos rations*, il lui arrivait d'en claquer un en riant quand elle percevait un accent étranger. Un jour elle s'était même accrochée à Victor-pour-la-vie.

« Toi le gamin de Paris quand tu iras aux champs, tu me décrocherais pas une pomme ou quelques noix ? »

Victor lui avait répondu sans malice :

« Je sais pas grimper aux arbres mais si je trouve une pomme, c'est pour Fauvette.

– Et moi je vais crever ? »

Les docteurs craignaient son œil qui furetait partout. Il fallait être prudent envers le personnel également. Le marché noir exigeait autant de discrétion que d'organisation.

Jeanne n'avait pas tardé à s'adresser à la mère supérieure :

« Je suis volontaire pour aller travailler dehors, envoyez-moi où y a du besoin, je n'aime pas coudre ni repriser mais je ne crains pas le vent, ni le froid. »

En vérité, elle suffoquait au pavillon des femmes entre les cliquetis des aiguilles à tricoter, les babillements obscurs des unes, les saloperies des autres, l'odeur de farine éventée des corps immobiles, le raclement des souliers usés sur le plancher, sans compter les intrus invisibles qui traversaient les murs pour venir souffler à l'oreille de certaines, fadaises, mots d'ordre ou d'amour. La Caille avait entendu Jeanne, voulut la suivre.

« N'importe où, hors d'ici… juste une heure, le temps d'aller porter mes cendres au sapin là-bas. »

Personne ne comprenait de quelles cendres elle parlait ni de quel sapin. Sans âge, elle baguenaudait dans sa folie, ni méchante ni tendre mais son regard atterré, ses jupons superposés et son allure de femme des bois pouvaient laisser penser qu'elle vivait depuis toujours en lisière du monde.

Le chef de culture fut d'accord pour que Jeanne et Mme Vialatte donnent un coup de main aux jardins mais refusa de surveiller les échanges entre hommes et femmes, encore moins de rendre des comptes en cas de rapprochements sensibles. Une des nonnes se proposa de les accompagner les premiers jours.

À peine arrivée aux jardins, la Caille se montra apeurée devant l'étendue de l'espace. Elle reculait devant les hommes. Jeanne s'approchait d'elle, lui parlait à voix basse tout en continuant à butter la terre autour des plants de légumes mais ce n'était jamais assez ; la piarde lui tombait des mains, elle se déchaussait, piétinait le travail de Jeanne, demandait sans cesse :

« Quel jour on est ?

– Ici on ne compte pas sa peine, ni les jours », lui répondait la jeune femme en regardant les orteils de la Caille s'enfoncer dans la terre et ressortir comme des petites têtes d'ail. Incrédule, elle plissait ses paupières et remontait sa jupe autour du ventre, une toile désoleillée qui retombait vite sur ses chevilles maigres. Jeanne dépitée se résigna à continuer le travail seule :

« Reste au moins jusqu'à la fin du repiquage des poireaux. La prochaine fois, je viendrai sans toi… Tu ferais mieux d'aller arracher les pissenlits autour du château demain.

– Le diable s'est arraché les yeux… Il lèche tout, le diable… tout ce qui pousse, faut rien manger du dehors, même pas les pissenlits. »

Jeanne ne voulait plus l'écouter, ni revenir avec elle à la colonie agricole. Faire n'importe quoi, lessiver les planchers, trier les lentilles, plier les draps mais sans la Caille ni personne d'autre.

Les jours suivants, elle s'était détournée de tous les malades, avait marché de longues heures autour des bâtiments guettant les moindres mouvements des arbres, des oiseaux. Quel monde renaissait autour d'elle ? Elle avait perdu ses lunes depuis la mort de son bébé, avait peur de ne plus jamais être en espoir. Pourquoi cela remontait-il en elle ?

Sœur Rolande l'avait trouvée assise au pied du tilleul face au château, les bras noués autour des genoux, elle ne regardait rien, avait le visage d'une aveugle que traversait la petite ombre d'un sourire. La mère supérieure lui avait demandé de se lever en vitesse.

« Voulez-vous attraper le mal de pierre à rester ainsi clouée au sol ? L'humidité du granit et des arbres à cette heure… Vous êtes encore fragile, allons relevez-vous.

– Croyez-vous ma sœur qu'il ne me viendra plus d'enfant ?

– Faudrait mieux vous nourrir… cesser d'y penser… et puis votre époux qui a disparu.

– Ce n'est pas lui qui a disparu, c'est moi.

– Vous renaîtrez avant votre enfant futur par la grâce de Dieu.

– Ma sœur, de quel Dieu vous parlez ? »

13

Jeanne avait croisé plusieurs fois la Rillette à la salle commune. Elle ne parlait que de ce qu'elle cuisinait la nuit, s'inquiétant des odeurs de roussis et des chats qui pourraient manger ses plats, promettait un festin en l'honneur de chacun et faisait régulièrement l'inventaire de ses réserves imaginaires sur des listes qu'elle montrait à sœur Rolande pour qu'elle corrige les fautes et les calculs. La Rillette avait repéré cette jeune femme qui contrairement aux autres ne se jetait jamais sur son assiette ou la repoussait. Depuis quelques jours, elle avait pris l'habitude de s'asseoir à ses côtés au réfectoire.

« Tu manges comme un oiseau toi… Moi, j'peux pas… comme un oiseau, tu veux t'envoler ? Faut pas laisser tes restes. »

Elle se pencha vers Jeanne pour lui murmurer :

« Donne-m'en de ton pain si tu veux bien… On nous fait boire de l'eau chaude avec des herbes des montagnes… Veux pas devenir un chaudron d'eau, pisser clair tout le temps. Mme Balvet dit qu'il faut boire encore, mais la faim on l'éteint pas comme un incendie… Allez, donne-m'en de ta croûte. »

Jeanne avait beau l'éviter, s'asseoir à l'opposé de la table, elle revenait toujours la coller. Les femmes s'installaient toujours au même endroit par accord tacite.

« Au moins, elles sont assurées d'avoir une place en ce bas monde », avait dit la petite sœur Luce dans un sourire toujours plus grand qu'elle. Du haut de son mètre cinquante, elle dominait les malades de ses bavardages, ses sermons avec une joie aussi têtue qu'inextinguible. Sœur Rolande s'en agaçait :

« Gardez-vous de toute familiarité avec les malades, de grâce !

– On ne peut m'ôter la vie que je porte, ma mère. Ils vont si loin parfois, faut les rappeler… ceux qui ne reviennent pas vers nous, ils sont perdus. On ne sert donc à rien ? »

Depuis quinze ans, sœur Luce suivait son devoir : veiller à ce que les internés soient propres, ne se battent pas, n'aient pas de relations intimes, n'attentent pas à leurs jours, ne s'enfuient pas. Empêcher le pire, c'était acquis, et après ? Comment espérer plus ?

Mais ce jour-là, il lui fallut séparer Jeanne de la Rillette qui persiflait :

« T'es qu'un piaf, tu pèses rien, tu tiens à peine debout. T'es pas de chez nous en plus… le pain d'ici tu l'aimes pas, il est pour moi. »

Elle l'avait poussée et renversée de sa chaise. Jeanne s'était relevée aussitôt face au visage de la Rillette encore bombé de l'énorme bouchée de pain qu'elle lui avait arrachée. Elle cria à cette laideur soudaine, ce rictus, ces yeux avides :

« Ne me touchez pas, ni mon pain ni ma peau… je ne suis pas des vôtres ! »

Jeanne quitta la table sans que la sœur Luce pût l'en empêcher.

Elle monta jusqu'aux pavillons des hommes. À cette heure-là, aucun risque d'en croiser un. Personne n'aurait manqué son repas. Il fallait tenir entre celui de midi et celui du soir avec une petite ration de légumes bouillis, si peu de viande ou quelques lamelles de lard, une seule tranche de pain. La colère avait avalé la faim de Jeanne, elle marchait de plus en plus vite, les nerfs tendus sous la plante de ses pieds. « Moi j'ai toute ma raison, moi j'ai toute ma raison. » Elle répétait ces mots, sa vérité, comme pour les ficher au sol. « Toute ma tête… oui… pas méchante… je ne délire pas moi, pas de grimace… plus une seule perle de lait au bout des seins… je prendrai ma place. »

Plus jamais elle n'avait pensé attenter à ses jours depuis qu'on l'avait retrouvée avec des ficelles volées autour du cou. C'était là-bas, c'était il y a si longtemps. Il fallait vivre maintenant.

Elle avançait de plus belle entre les bâtiments, entendait à peine les bruits de vaisselle par les fenêtres ouvertes. L'air était lourd à plus de midi sonné. Elle avait soif mais il lui fallait aller plus loin encore pour ne plus entendre les remuements de l'asile. Elle longea le cimetière des fous sans tourner la tête. Elle connaissait ce jardin de croix de planches, la terre à peine tassée sur les cercueils en bois brut que les malades eux-mêmes clouaient, elle savait l'absence de fleurs, de noms, l'absence de christ, de madone et la couseuse de mouchoirs enterrée là avec ses petits mendiants qui réclamaient tant de larmes. Derrière le muret, Jeanne aperçut des pommiers. Un souvenir de Lucien lui revint, le dernier, deux pommes de fin de saison, fripées et tendres, qu'il avait posées entre ses mains. Celles-ci là-haut étaient vertes, tant pis. Elle se hissa sur la pointe des pieds, s'étira, s'agrandit jusqu'à sentir la force revenue dans ses bras, ses cuisses jusqu'aux doigts qui firent vriller la première pomme et la détachèrent.

Elle mordit dans cette chair verte et acide, la mâcha doucement le temps de sentir le suc rafraîchir sa bouche puis recracha au fur et à mesure chaque bouchée. C'était comme une belle amertume qui lui donnait des frissons.

Désormais Jeanne prendrait chaque jour sa part du monde vivant.

10 juin 1940

Hier, sœur Luce est venue me trouver au château, navrée et très contrariée de n'avoir pu retenir Jeanne R après l'altercation avec la Rillette. Le plus grave n'est pas le comportement de cette femme, c'est le vertige de la faim et du vide. N'ai pas voulu m'attarder sur l'incident, même si Jeanne R (loin d'être sanguine, par moments trop calme) a surpris tout le monde en quittant le réfectoire si brusquement, réaction salutaire qui ne manquera pas d'intéresser nos psychiatres pour qui rapprochements et éloignements entre patients ont toujours beaucoup de sens. Nous avons mésestimé certaines choses ; les réactions primaires de cette Mme Chabert en auraient effrayé plus d'un. Le Dr Tosquelles n'a-t-il pas dit la semaine dernière : « Elle va tous nous bouffer. »

14

Jeanne descendait avec d'autres malades sur la place de l'église où les attendait un petit groupe de paysans, hommes, femmes des hameaux voisins. On les suivrait à pied ou en charrette.

Les villageois à peine étonnés les considéraient comme *ceux d'en haut,* l'asile était dans leur vie comme les genêts, les roches dans leurs champs. Ses remparts étaient les leurs aussi. Derrière, se tenaient autant d'âmes que dans la commune et personne n'avait oublié que des fous avaient prêté main-forte dans les fermes lorsque l'épidémie de typhoïde avait frappé la région quelques années auparavant. La guerre déjà troublait les usages. Résistants, maquisards, dénonciateurs, marché noir et combines. Seulement quelques pas, quelques peurs séparaient les fous des autres. La faim se partageait mieux que l'espoir.

Victor-pour-la-vie qui baguenaudait d'un trottoir à l'autre rattrapa Jeanne en sautillant.

« Toi Fauvette, tu restes ici ou tu y retournes là-bas dans la Seine ?

– Je ne sais pas… C'est la guerre qui nous dira. On est encore des réfugiés. Tu viens aux champs toi aussi ?

– Ben oui, je suis fort. Faut que j'arrête de tourner en rond, on m'a dit. »

Tous deux suivirent un jeune gars à la tignasse rousse qui lui faisait une crête de coq. Direct, sans ménagement, il les pressa avec trois femmes et deux hommes de le suivre jusqu'aux prés à faner :

« Faudra faire vite, y risque de faire vilain d'ici deux jours. Ma sœur va vous montrer. »

Une gamine de quinze ou seize ans, d'un roux plus clair, s'avança sans façon vers Jeanne.

« Moi, c'est Eugénie et lui là-bas c'est mon frère. Toi tu as l'air bien réveillée, pas comme les deux autres. T'as pas de chapeau ? Misère, fais-toi un calot avec ton mouchoir au moins. »

Sitôt parvenue au champ, la faneuse raconta sa vie à Jeanne.

« Chez nous, on a l'habitude des fous. Ils nous ont bien aidés quand la typhoïde nous est tombée dessus. Si je m'en souviens ! Mon père, il en est mort. J'étais encore petiote mais c'est resté là. »

Déjà essoufflée, elle ôta son chapeau de paille avant de se taper le front du plat de la main. Puis elle reprit son râteau pour rassembler les andains et des images de son enfance encore si proche.

« Ô oui, ma mère, elle en a pleuré des bassines de larmes. On me laissait chez la vieille voisine pour pas que je prenne le mal du père. La mémé, elle me faisait de la purée de châtaigne avec du miel pour me consoler. Quand j'avais tout mangé, j'avais droit de rester dans son giron. Là elle déroulait ses pelotes de peines et de prières jusqu'à ce que le sommeil nous emporte loin de cette maladie de malheur. Sans les fous, la mère aurait jamais tenu le coup avec tout le travail ici. Y en avait qui menaient les vaches au pré avec la chienne, d'autres qui curaient l'étable. Pis on a perdu le père, c'est l'oncle qu'a travaillé pour deux. »

Eugénie s'arrêta encore un instant pour pointer du menton son frère qui bramait après Victor.

« Lui, là-bas, c'est l'aîné. Depuis ça, il a grandi il se sent fort et veut commander tout le monde, même les fous de là-haut. Moi, je lui dis c'est pas des manières ça, en plus il veut donner que des patates ou des châtaignes en échange de leur peine. Dès que je trouve un jules au bal, je m'en irai. »

Mais des bals, il n'y en avait plus dans la commune, ni ailleurs. Interdits. La faneuse avait ouï dire qu'il s'en tenait parfois dans les granges isolées avec un seul accordéon. Fallait y mettre du cœur pour entrer dans la danse des clandestins.

Jeanne se releva à plusieurs reprises, moins pour dérouler son dos que pour contempler à la dérobée les rochers aux courbes sombres qui semblaient n'être là que pour clouer genêts et bruyères, alentir le vent. Elle n'avait jamais connu de tels horizons chaotiques où le regard n'est jamais en paix. Ils la ramenaient aux destins malmenés, le sien, ceux des malades blessés de guerre ou de naissance. Des vies lourdes aux lignes jamais droites avec leurs amas de chagrin à chaque croisée. Elle imagina Auguste enfant titubant ici, le regard empêché par ces pierres immenses. Pas plus tard qu'hier, il lui avait confié :

« Je voulais m'en aller loin de la ferme, voir s'il faisait moins noir ailleurs. Juste une vraie plaine avec un chemin de fer et peut-être des ailes de moulin. Ça coûte de partir quand personne nous attend… nulle part.

– Et les rivières, ça vous disait rien ? Il y en a une bien jolie tout près. »

Jeanne n'osait le tutoyer. Sa mine triste, ses silences, ses mains capables de tout lui inspiraient un respect étrange même quand il avouait les yeux baissés en réajustant son vieux képi :

« J'ai jamais eu de tête. »

Eugénie parlait, parlait, tandis que Jeanne peignait sa mélancolie et l'herbe fauchée qui l'étourdissait d'un vieux parfum dont elle avait à peine souvenance. Elle n'écoutait plus ses bavardages et respirait en silence le foin légèrement humide des rosées matinales. Le soleil y pénétrait à chaque brassée humaine, à la fourche, au râteau, à pleines mains. L'herbe dansait dans la poussière heureuse et Jeanne ne pensait plus à rien jusqu'à l'instant où des cris traversèrent une longée de noisetiers au fond du champ. C'était Victor-pour-la-vie qui s'était perdu en voulant suivre la Limagnole, personne n'avait fait attention à lui. On le retrouva dans l'eau tout habillé, trempé jusqu'au ventre, se frappant la poitrine à poings fermés. Il riait et hurlait en même temps :

« J'vous suivrai pas, j'vous suivrai pas. »

Difficile d'imaginer s'il s'adressait aux poissons, alevins ou truites, aux gardiens ou à des ennemis invisibles. Le frère de la faneuse le tira de là en gueulant plus fort que lui :

« Çui-là, j'en veux plus... Allez ouste, remonte là-haut... gare à toi si tu reviens... »

Après deux bonnes heures à rassembler le foin, vint midi à la cloche :

« Faut monter prendre votre manger à l'asile, vous reviendrez pour la ramasse. »

Jeanne aurait bien voulu rester avec Eugénie, travailler encore un peu, se couler dans ses gestes et ses refrains tantôt en patois tantôt en français, ses pépiements, ses petits rires... Mais Victor-pour-la-vie se perdit sur le chemin du retour, tapant à toutes les portes du village.

« C'est là-haut », on lui disait mais il s'entêta avec cette idée :

« La route était plate quand on est partis avec Fauvette. »

Une nonne partit à leur rencontre inquiète de ne pas les voir rentrés à l'heure convenue. Aucun n'avait de montre et ils étaient trop affairés à leur nouveau travail pour compter les coups sonnés à l'horloge de l'église. L'air était si lourd, le soleil si puissant que plus personne ne levait la tête de crainte d'être dévoré par ses flammèches. C'était le premier été de Jeanne en Lozère, le premier été de Fauvette. Elle s'était résolue à ce qu'Auguste l'appelle ainsi et tant d'autres à présent. Le Dr Tosquelles avait dressé la liste de ces petits noms et déclaré qu'il en ferait un cordel, que tous ces doubles poétiques allaient désormais s'agiter, vagabonder et ne plus parler seuls.

Le soir, Jeanne regarda le ciel déployer ses fastes dans une traînée de lueurs entre les nuages fauves. Les étoiles resteraient immobiles dans la nuit. Rien ne se détacherait de ce grand espace qui la nourrissait de lumière, d'air et de silence.

Elle revit alors la faneuse siffler sur un brin d'herbe entre ses doigts serrés et lâcha un long soupir, une main contre son plexus solaire. La laisserait-on revenir aux champs ?

Jeanne rêva de Lucien cette nuit-là : il ne parlait que de la guerre et des tickets de rationnement. « On a de la chance, à la mairie on sait pas que tu es à la charge de l'hôpital, j'en ai pour deux. Pourquoi t'as pas dit que t'étais allaitante, on t'en aurait donné plus ? » Elle vit Lucien pleurer dans ses mains. Son visage était méconnaissable. Puis plus rien que le grand noir du dortoir et les respirations dysharmoniques des autres femmes. Elle toucha ses deux seins, l'un après l'autre. Taris, sans aucun doute. Combien de mois écoulés depuis son arrivée et combien encore depuis la naissance de son enfant ? Le temps avait serré des nœuds impossibles à défaire. Jeanne resta longtemps les yeux ouverts jusqu'à ce que le clocher du village sonne cinq heures. Un son d'aurore froide…

23 juin 1940

Première descente à la ferme des Vanel. Jeanne R est revenue avec les joues et les épaules rouges mais sa bonne fatigue lui a fait le visage riant. Certains s'étonnent de leurs propres forces. Ressentent-ils une fierté, une bravoure ? On a tout de même averti les fermiers de ne pas s'attendre à ce qu'on leur envoie de vrais ouvriers agricoles. Peu de constance pour certains. M. Klintz, le grand Algarin à son retour, est arrivé vers moi, tout trempé de sueur : « Je suis redevenu terrestre, ma sœur ! » Que lui répondre ? Il va et vient entre les vivants et les morts comme tant d'autres. Éprouver leurs forces, arrêter la mécanique des idées fixes et des tourments, c'est inespéré.

Évidemment Victor F s'est encore perdu entre la ferme et le village. La liberté qu'on donne aux malades est parfois dangereuse. Ce garçon voudrait-il nous quitter ? Je ne crois pas. Il veut s'abandonner lui-même ; je n'ose pas m'en ouvrir au Dr Tosquelles.

15

À la une des journaux, les Français pouvaient lire *22 juin : convention d'armistice franco-allemande.* Envahis qu'ils étaient par d'autres désordres, les pensionnaires n'avaient pas pris acte de cette ligne de séparation du territoire : zone occupée, zone libre étaient aussi abstraites qu'un premier dessin d'enfant. Mais pour ceux qui allaient régulièrement aux champs, les paysages au contraire s'ouvraient et à l'intersection des chemins, la croix n'était là que pour montrer le soleil*. On brassait le temps présent sans penser aux lignes de démarcation.

Le soleil était déjà haut quand un gardien les rassembla aux grilles de l'hôpital. Deux hommes et une seule femme, Jeanne, à qui on avait donné un coupon de coton pour enrober sa tête. L'air était lourd et chaud comme leur propre sang, on aurait pu croire qu'ils descendaient au village à reculons. Victor allait devant, une gourde enfoncée dans la poche de son pantalon trop large, qui lui donnait l'allure d'un bonhomme cabossé. Avant le premier pont le grand Algarin et Victor-pour-la-vie s'arrêtèrent, déjà fatigués après avoir sifflé toute leur eau. Ils voulaient descendre à la rivière, boire encore. Il fallut les retenir, les orienter vers le pré à faner. Le gardien qui les accompagnait se fâcha en occitan. Ils n'y comprirent goutte mais détalèrent sous son regard furieux.

Après deux ou trois heures de travail le matin, Eugénie invita Jeanne à se rafraîchir un peu à la ferme. Le frère toujours pingre lui donna trois œufs « pour la peine ». Sa sœur se fâcha avant de se précipiter dans la souillarde derrière la cuisine pour en prendre trois de plus :

« C'est pas toi qui les as pondus ces œufs ! T'en auras d'autres demain ! »

Elle voulut raccompagner Jeanne jusqu'au calvaire de granit à la croisée des derniers hameaux du village, un repère pour elle car de là, elle pouvait voir la route de Saint-Chély-d'Apcher.

« Je viens y guetter les Boches mais mon frère me dit que ça sert à rien, que je n'aurais même pas le temps de me cacher ni de donner l'alarme si je les vois, que je ferais mieux de retourner à la tâche que de galoper sur les chemins… y m'a traitée d'idiote aussi parce qu'on est en zone libre. Tu y crois toi qu'ils viendraient pas jusque-là ? »

Jeanne l'écoutait rouspéter puis gazouiller sur tout sur rien mais, étourdie de fatigue, elle n'avait pas envie de lui répondre.

Sur le chemin du retour, elle s'assit sous un frêne pour déplier le papier journal autour des œufs, en prit un délicatement. Personne ne la voyait, les autres étaient loin devant, elle n'entendait que la voix du grand Algarin braillant qu'il avait bien gagné sa croûte et mériterait double ration ce soir. Jeanne détacha une épingle de ses cheveux et creusa un trou minuscule dans la coquille blonde puis aspira de toutes ses forces le cru de l'œuf comme une promesse. Ça coulait dans sa gorge, c'était sans goût sans saveur, elle n'aurait su dire ce qui pénétrait vraiment son corps mais la jeune femme franchit l'enceinte de l'asile plus légère qu'au matin.

À peine arrivée, elle voulut faire halte au château. La couleur des murs lui parut presque tendre dans l'ombre à peine née. Elle fit quelques pas dans la cour intérieure, appuya sa joue contre la pierre encore tiède de soleil. Une roche composée de sable et d'argile, veinée de rose : l'arkose. Et ce n'était pas le nom d'une maladie. Ces mots névrose, psychose qui revenaient toujours à la bouche des médecins, elle ne voulait plus les entendre. Jeanne frotta sa joue et sentit au bout de ses doigts les particules de grès rose. Un peu de la beauté de ce lieu sur sa peau.

Pour la première fois depuis la perte de son enfant, elle reprenait corps. Ce fut presque une douleur heureuse à l'aine dans le bas-ventre, une douleur de recommencement. Une pesanteur douce. Sa poitrine, son ventre n'étaient plus de pierre. D'infimes tensions, un murmure de source sanguine lui rappelèrent ses premières menstrues. À qui le dire ? À la petite faneuse ? Elle avait besoin de son rire, de ses râleries. Cette fille lui offrait bien plus que sa jeunesse et ses exclamations chantantes en occitan. Tout ce que portait Eugénie, les senteurs et la poussière des champs, l'agitation du labeur, sa fatigue heureuse, le petit-lait de ses paroles, son envie de danser et d'aimer, soulevait en elle un désir de ressemblance. Étourdie, fatiguée, Jeanne était en souci de se laver, se changer, manger un peu plus si possible. Elle se porterait volontaire à nouveau pour la ferme des Vanel aussi longtemps qu'il y aurait des champs à peigner.

26 juin 1940

Drôle d'armistice. Pauvre France coupée en deux, depuis hier c'est officiel. Zone occupée, zone libre. Point de ligne de démarcation entre ceux qui souffrent de l'Occupation et ceux qui souffrent de la folie. Les séparés.

Les malades ne risquent pas de regagner la Seine-et-Oise avant longtemps. Le détachement de Jeanne R m'étonne. Sans doute a-t-elle laissé la moitié de sa personne là-bas, la partie la plus gâtée par le chagrin.

16

Tous les dehors de l'été, les échappées dans les champs, les jours longs fenêtres ouvertes étaient déjà loin. On ne voulait pas que les pensionnaires de l'asile perdent leur allant, se nichent de nouveau dans leurs propres ombres ou leur silence. Il fallait à tout prix maintenir vivante la communauté. Faire masse.

Chacun venait à la veillée avec son attente, son pas mal assuré ou son envie d'en découdre avec l'inconnu, son écheveau de mélancolie, ses doléances. Balvet et Tosquelles tenaient à ce lieu d'expression et de partage. Les murs s'y éventaient, on faisait corps avec la différence. Personne ne se ressemblait mais entre joie passive et excitation, on pouvait jouer, chanter, danser avec l'altérité. Voilà ce qui importait dans ces soirées préparées tour à tour par les patients d'un pavillon. Le rythme était encore irrégulier mais on essayait d'être à l'heure et de participer. Les équipes se retrouvaient au milieu des pensionnaires côte à côte sans hiérarchie ni place attitrée pour discuter de l'organisation de la vie quotidienne, arrivées, départs, on ne cachait pas la mort. Rires, plaintes, envolées lyriques, rengaines sur le même plateau et surtout liberté de parole.

L'installation des uns et des autres n'allait jamais de soi. On hésitait entre le banc et la chaise. Un tel voulait éviter le Sourcier et sa baguette, Jeanne se placer le plus loin possible de la Rillette, le grand Algarin près de la porte *en cas d'alerte.* Les religieuses prenaient par la main les simplets ou les apeurés et les asseyaient d'autorité pour gagner du temps. Le Maître s'énervait déjà : « Du calme, du calme, mettez-vous en rang diantre ! » Quand un silence relatif s'installa à son tour, l'attente devint palpable. Tout le monde était prêt à se laisser surprendre.

Un malade se leva et d'une voix calme s'adressa à toute l'assistance :

« Est-ce qu'on attend la fin de la guerre pour la fête des gueux ? »

Une nonne assise à sa droite tenta de le faire taire :

« Allons, allons mon brave, il n'y a pas de gueux ici.

– Laissez-le dire ma sœur… parlez-nous de la fête des gueux, monsieur, intervint Tosquelles.

– Ben, ça n'existe pas… Mais je crois bien, moi, qu'il faudrait chanter pour donner des poumons à la joie. Avant on savait, même sans vin, ça nous réchauffait le sang. »

Un autre patient enchaîna :

« C'est quand qu'on aura droit à notre verre de rouge à nouveau ? On nous a pris nos tickets et on mange toujours plus de raves, ah ça on pisse clair ; moi je vous dis c'est comme si j'avalais un nuage de choux, de navets mais je me sens pas nourri ; je suis comme qui dirait rempli de ciel jusqu'à la nuit. »

Un ange passa puis un autre.

Certains s'enguirlandaient tandis que les médecins revenaient sur les difficultés d'approvisionnement, les rassuraient sur ce qu'on obtenait de la colonie agricole. Malgré le nombre de bêtes réquisitionnées par les Allemands, on avait multiplié la production par cinq.

Grâce aussi aux malades qui y travaillaient, près de quatre-vingts désormais. Puis les discussions repartirent vers l'aide aux paysans, les batailles entre ennemis imaginaires ou voisins de lit. Parfois, quelqu'un levait la main pour lire un poème.

La Caille voulut chanter, le Sourcier sonder chacun avec sa baguette de coudrier. Jeanne ne disait rien, amusée, inquiète ou intriguée par les paroles des uns et des autres.

Auguste faisait tourner son képi auréolé de saletés sur ses genoux. Il se leva brusquement pour demander qu'on lui garde des boîtes de conserve vides, des rebuts d'atelier pour son travail.

« Y me manque aussi du fil à tordre et du brou de noix.

– Et quoi encore ! s'exclama un vieil homme. Nous on demande rien ! »

Le Maître voulut lire un conte mais il voyait de plus en plus mal et avait oublié son livre *dans la classe.*

« Je pourrais vous le narrer de mémoire mais s'il manque un mot, ça ne sera pas correct, je dois donner l'exemple, n'est-ce pas ? »

On insista, tout le monde ici était friand de contes, on pouvait combler ses trous de mémoire en imaginant une suite. Il ne voulut plus rien entendre mais visiblement satisfait d'avoir rappelé qu'il y avait bien un maître ici et que tout n'était pas perdu, il se fit oublier.

Un gardien raconta l'histoire de la bête du Gévaudan en précisant qu'ici même, au château, en 1764, des hommes s'étaient rassemblés pour organiser les premières battues. Il voulut y mettre un peu plus de mystère et termina par ces mots :

« On ignore encore à ce jour si la bête était un homme, un animal ou une créature du diable. »

Immédiatement, des voix s'élevèrent. Untel savait par son arrière-arrière-grand-père que c'était un loup énorme. Un autre affirma qu'il s'agissait d'un ours des Carpates abandonné par des bohémiens.

Une femme se leva et prit la parole sans regarder l'assistance tout en se tordant les mains :

« Moi, je sais… c'est un homme qui se cache sous une peau de bélier pour violenter des petites filles et des bergères. On n'a pas tué la vraie bête. »

Elle répéta trois fois sa vérité :

« Des ogres, y en a toujours dans ce pays. C'est pour ça qu'on m'a mise à l'abri ici et jamais j'en sortirai. »

On laissa le silence emporter ses derniers mots tandis que médecins et religieuses se regardaient d'un air soucieux, puis de connivence, pour ne pas intervenir.

Tous les natifs de la région avaient leur propre histoire liée à la bête. Tosquelles ouvrait grand les yeux, tournait la tête en tous sens pour retenir tout ce qu'il entendait.

« Chacun de nous a un monstre dans un coin de son enfance, sous le lit ou dans sa tête n'est-ce pas, monsieur Forestier ?

– Moi ce que je dis, c'est pas la vraie que j'ai fabriquée, je l'ai copiée sur rien… personne l'a jamais vue. »

De nouveau des malades, des gardiens et même la petite sœur Luce s'énervèrent sur LA bête. C'était la leur, elle faisait partie de leur histoire, de leurs forêts, de leurs montagnes.

On eut du mal à les calmer.

Un homme interrompit la dispute :

« Les histoires ne devraient avoir ni début ni fin… moi ma vie… (Sa voix s'étrangla.) C'est une bête sans figure qui l'a bouffée. »

Jeanne n'avait jamais entendu parler de la bête. Elle ne connaissait que celle d'Auguste avec son pelage en caoutchouc, ses pattes de chat et sa grande gueule dentée. L'avait-il voulue laide, effrayante comme dans les récits qu'elle entendait ce soir? Elle se souvint pourtant de ses petits yeux de verre, imagina la patience qu'il lui avait fallu pour maintenir deux tessons de bouteille en clouant autour le joint d'un bocal de conserve. La bête de Forestier avait une vraie lueur dans les yeux. Non, songea Jeanne, Auguste n'avait pas voulu faire naître de ses mains une bête féroce. Sa nageoire articulée était bien la preuve qu'on ne pouvait l'imaginer surgir d'une forêt du Gévaudan. C'était une création d'enfant.

25 octobre 1940

Pétain et Hitler : accord pour collaboration politique. Faut-il se résigner à devenir un peuple soumis ?

À cause de ces lois raciales tant de médecins juifs ou hostiles au régime de Vichy destitués de leurs fonctions. Mes consœurs doivent ignorer que je suis du côté de ces proscrits. Que Dieu me pardonne mes omissions. Le salut de tous est ma seule voie. Nos médecins répondent à l'urgence de l'hospitalité. De plus en plus de certificats falsifiés : de nouveaux faux schizophrènes et tuberculeux, bénis soient-ils, qui nous donnent droit à des tickets alimentaires supplémentaires pour les vrais malades et les résistants. Résistants comme moi mais prêts pour la mort.

Préparer réunion avec Mme Balvet. Si dévouée, qui est allée chercher elle-même des planches à dessins à la pharmacie et a prêté ses propres livres.

Prévoir vieux draps propres pour y poser des champignons frais et les faux en plâtre qu'elle a réalisés, des jolies pièces qu'on a données à peindre à deux malades calmes. Dr Tosquelles a plaisanté : « Quand on sait plâtrer des humains, on est artiste aussi. » Les malades pourront reconnaître les bons des mauvais.

Première cueillette de champignons : une vraie manne mais monsieur Jean a énervé tout le monde avec sa baguette de sourcier. La lui confisquer la prochaine fois, pourrait blesser les yeux d'un malade à tournoyer ainsi pour s'assurer qu'on a assez d'eau dans le corps pour « mériter de vivre ». Auguste F pas causant d'habitude entreprend Jeanne R, surveiller ses approches même si pas d'antécédents de convoitises charnelles.

Le Dr Tosquelles plus proche de nos fous que nous tous, même des petits du Villaret. D'où tient-il ce don ? Réunion ce soir avec les malades solides et les médecins. Point sur les volontaires pour la colonie agricole, prochaines ventes aux portes de l'asile les jours de marché.

Vu l'économe hier. S'arrache les cheveux pour obtenir des quantités suffisantes de riz, sucre, huile. Denrées drastiquement rationnées et impossibles à trouver chez nos paysans. Heureusement, dernière récolte de pommes de terre assez bonne. Mais à force de manger raves et choux, beaucoup de coliques chroniques.

Préparer une partie du Villaret, pour blessés du réseau ; les médecins assurent qu'ils sont transférés le soir. Blessés graves toujours au grenier du château, médecins sur place pour service de soins clandestin. Mot d'ordre en cas de contrôle, les blessés conscients simuleront la folie.

Nos destinées croiseront toujours la folie, n'en déplaise à Dieu et au Diable, qu'on me pardonne de telles pensées. Travailler ici, n'est-ce pas s'éloigner du ciel et rattraper notre prochain ?

17

Le Dr Tosquelles se moqua gentiment de sœur Rolande en la croisant :

« Vous avez peur d'oublier vos prières, ma sœur, avec votre missel collé au corps ? »

Elle lui dit la vérité, ses notes nécessaires pour ne pas se perdre dans cette vie qui va si vite depuis…

« Depuis mon arrivée ?

– Depuis surtout que ce drôle de régime s'est mis en place, ce régime de Vichy qui déshonore notre pays, depuis que vous et vos confrères luttez contre le pire. »

Tosquelles lui confia qu'il écrivait lui aussi chaque jour, afin de libérer de la place dans sa tête pour les pensées du lendemain. Elle en profita pour lui parler de Jeanne. Balvet était absent, s'il voulait bien prendre note de ses remarques. La jeune femme avait aimé participer cet été aux travaux des champs où on l'avait vue reprendre corps et couleurs. Bientôt viendrait la morte-saison et aucune raison d'envoyer des malades dans les fermes. Pourquoi ne pas lui proposer d'aller de temps en temps apporter de l'aide à l'institut Roussel au Villaret ? Tosquelles se désola qu'elle soit encore parmi des catatoniques. Sœur Rolande se justifia :

« À l'arrivée des réfugiés, nous n'avons pas eu le choix de les répartir selon leurs degrés de…

– De folie ?

– Non, cette patiente n'est pas folle, je voulais dire selon leurs… facultés, pardonnez-moi.

– On se comprend, ma sœur, ça vient, tout doucement. »

Elle exprima tout de même quelques appréhensions : Mme Rouaud était peut-être encore pleine de son chagrin de mère, mélancolique et solitaire. Se retrouver au milieu de *ces petits malheureux* allait peut-être la troubler… Tosquelles la remercia pour ses observations. Il avait à cœur de faire tout son possible pour améliorer les conditions d'accueil des enfants de l'institut médico-éducatif. Il tenait à ce qu'on emploie ce terme. Ce n'était plus seulement une annexe de l'hôpital ou de la colonie agricole. La tâche là-bas était immense. Eux aussi avaient besoin d'espace ouvert et d'attention.

On attendit le retour de Balvet et décision fut prise de confier à Jeanne quelques tâches ménagères en matinée, seconder la cuisinière, s'occuper du linge des enfants. Elle pourrait s'y rendre à pied. Cela lui ferait le plus grand bien. Tous avaient remarqué qu'elle marchait sans relâche autour de l'asile. Sœur Luce l'accompagna le premier jour, heureuse de s'éloigner des aliénés. Le long du chemin, elle parla de ce qu'elle savait du Villaret, de la ferme, des garçons :

« En fait, c'est un asile pour ces enfants, une providence. »

Jeanne comprit qu'elle en ignorait presque tout. Ce qu'ils y faisaient, d'où ils venaient. À part l'envoi de certains à leur majorité aux pavillons des hommes, les irrécupérables, lui avait-on dit.

« Mais, il y a de vrais simples qui sont plutôt des agneaux de Dieu. »

Dès leur arrivée, une demi-douzaine de petits les encerclèrent, les yeux tout pleins d'étonnement et de méfiance mélangés. Ils n'attendaient rien des femmes qui représentaient autorité et sévérité, même pas une caresse sur la tête. Leur vie n'avait pas plus de douceur que le paysage granitique qui les cernait. Un garçonnet malingre se faufila entre sœur Luce et Jeanne, saisit leurs mains et les entraîna vers la cuisine. *C'est quand qu'on mange ?*

Madame Muguette, les voyant arriver à la porte, réajusta son tablier, son chignon et renvoya le gamin :

« Quand on te dira de te mettre en rang, allez, file dans la cour, y a pas de place pour toi ici. »

Sœur Luce se pencha vers lui.

« Tu es qui toi ? Quel âge as-tu ? »

Le petit baissa les yeux et aspira très fort ses joues avant de les relâcher comme s'il cherchait le vrai nom ou l'âge qui étaient les siens. Puis, d'une voix mécanique il répondit :

« Je m'appelle Sylvain. »

Il hésita encore avant de regarder ses mains et de brandir sept doigts en l'air. Jeanne eut un léger mouvement vers lui et se retint avant de se tourner vers la cuisinière.

Madame Muguette lui montra un seau de patates, un autre de choux.

« Y a qu'à éplucher tout ça pour la soupe du soir, on en fait pour deux jours… c'est qu'ils sont presque quarante, ils mangent beaucoup, même le P'tit-Vingt, dit-elle en levant le menton vers le garçon toujours planté à l'entrée.

– *Çui-là*, y a pas moyen de l'engraisser, *l'aura nos poirià lo prener.* »

Elle comprit vite que Jeanne n'entendait rien à son patois et insista :

« Y profite pas, le vent pourrait nous le ravir. Allez, va rejoindre les autres que je te dis ! »

Sylvain Petit-Vingt détala comme un renardeau.

« C'est pas méchant à cet âge mais pas innocent non plus », soupira la cuisinière avant de retourner à ses fourneaux. Sœur Luce lui transmit quelques informations à propos de Jeanne pour la rassurer, avant de s'en retourner à l'asile à pas trotte-menu.

Dans ce tourbillon d'épluchures, d'ustensiles, de boîtes de conserve, Jeanne eut chaud, soif et faim comme jamais. Elle se sentait utile à la marche des choses. Peut-être deviendrait-elle un peu plus grosse qu'une fauvette ? Auguste le remarquerait-il, lui qui n'a d'yeux que pour ses créatures ?

On lui avait mis de côté une assiette de ragoût de légumes, un morceau de fromage et une tranche de pain qu'elle mangea sur un coin de table après la vaisselle. Elle entendait les enfants dans la cour. Et tous ces bruits de casseroles, vaisselles brassées, ces cris d'enfants la remplirent d'une réalité épaisse et apaisante.

Quand tous les légumes pour le soir furent épluchés, lavés, rincés, la jeune femme alla s'occuper du nettoyage des dortoirs et des latrines. Il fallait aussi trier les vêtements des enfants et les porter à la buanderie de l'asile chaque lundi. À la première brassée de linge, Jeanne fut saisie par des odeurs de placards, gros sel, vieux pain et aussi des odeurs d'étable, de fossé puis, au plus profond, celles des peaux écorchées, des culs miséreux mal torchés. L'odeur de l'abandon. Sans connaître les enfants, elle en approchait la part invisible que jamais personne ne convoiterait.

Tandis qu'elle passait la serpillière entre deux rangées de lit, elle aperçut un rameau de buis couvert de poussière sur un christ en bois piqué de vers, fut tentée de le décrocher et de le plonger dans l'eau de javel comme tout ce qu'elle touchait d'heure en heure mais déjà la fatigue et le dégoût l'étreignaient.

Du rez-de-chaussée montaient des petits cris de volatiles, des rires, des pleurs avant que ne s'impose une voix de femme, très haute, claire et douce. Jeanne s'assit sur le plancher, la tête entre les mains et tenta de maîtriser le tremblement qui remontait soudain de ses jambes à ses épaules. Mais son ventre se tordit de spasmes. Les marches des escaliers craquèrent de petits pas précipités, elle eut juste le temps de repousser sa jupe sur les genoux quand Petit-Vingt s'approcha d'elle et la saisit sous les bras comme pour soulever un rocher. Jeanne se dégagea et prit appui sur la barre métallique du lit pour se redresser.

Les yeux effarés du petit lui ordonnèrent de sourire.

« Tout va bien, ne t'inquiète pas, rejoins vite tes camarades. »

Petit-Vingt regarda tour à tour les yeux brillants de Jeanne, ses mains crispées sur le ventre puis tourna les talons sans rien dire, dévala les marches au son de la cloche du repas.

En début d'après-midi elle regagna l'asile. Elle poussa la porte de la salle commune en espérant y retrouver Victor-pour-la-vie, Victor le tendre qui lui arrachait des petits rires comme autant de pâquerettes. Un frère des prés avec qui elle oubliait les demeurés aux yeux vides. Encore pleine de la fatigue du matin, des cris d'enfants, elle s'assit entre deux malades qui fumaient en regardant leurs chaussures. Pas moyen d'avoir le moindre échange avec eux. Et toujours pas de Victor. Le Maître lisait un dictionnaire avec une loupe, parlant seul à débit lent et continu.

Un nouvel interné observait Auguste qui s'appliquait à découper des bandelettes de caoutchouc. Il préférait venir ici plutôt qu'à l'atelier, il y faisait plus chaud et même s'il était peu causant, il avait besoin d'entendre parler autour de lui. L'homme secoué de tics tirait sans arrêt sur sa pipe, les yeux rivés sur ce que faisait Auguste. L'odeur du tabac brun envahissait toute la pièce.

« Ça ne sert à rien de faire ces jouets, personne en voudra. »

Irrité, Auguste brandit une lanière :

« Tout le monde en voudra quand on sera de l'autre côté !

– De l'autre côté de quoi, Auguste ? renchérit Jeanne.

– De la guerre, pardi ! »

Elle le regarda dans les yeux :

« Le bruit des hommes divise le monde toujours, pourquoi nous les femmes on garde le silence, pourquoi ? »

Il se retourna en maronnant :

« Y en a bien assez qui crient ici. »

18

Les pluies survenues aux premiers jours de novembre fouettaient sans relâche l'asile, les arbres, les montagnes, les collines, des trombes d'eau à vous troubler la vue et la vie. Jeanne ne descendait qu'une à deux fois par semaine au Villaret. Entre-temps, elle imaginait les enfants derrière les carreaux se disputant quelques dominos et crayons de couleur pour abattre l'ennui tandis qu'elle désespérait d'une éclaircie pour les rejoindre.

C'était pitié de rester au milieu des autres femmes, leurs tricots mous, les nœuds dans leurs yeux, leur gorge. Toutes ces laines en boucle entre leurs mains resserraient le temps jusqu'à l'étouffer. Des gestes machinaux pour ne pas perdre le fil de la vie. Jeanne ne connaissait pas cette consolation, la douce mécanique des doigts et la flottaison de l'esprit.

En prévision de l'hiver, des malades détricotaient et tricotaient à tout va. La mercière de Saint-Chély avait fait porter à l'hôpital un plein carton de pelotes dépareillées. Mme Ligneul, une nouvelle internée atteinte de logorrhée aiguë, ne cessait de répéter :

« On devient de toutes les couleurs on devient de toutes les couleurs. »

Elle les énuméra, signala chaque changement de teinte, chaque nœud, compta à voix haute le nombre de rangs. Ses souvenirs reliés aux couleurs, elle les tricotait à voix haute.

« Mon p'tit frérot i n'avait qu'un gilet rouge, i se l'attrapait toujours dans les ronces. C'est moi qui lui reprisais pour lui éviter la torgnole de not'e mère. Qu'est-ce qu'on a ramassé avec elle. Et le bleu là c'est le même que le cache-nez du gardien qu'est parti au front et qu'est pas revenu. »

Incapable d'écouter les autres, elle leur infligeait son débit interminable. Parfois par miracle, il y avait quelques blancs. Le cercle des tricoteuses s'inquiétait, un accroc dans le temps ou le rythme ? La parleuse s'était assoupie puis, effrayée par son propre silence comme si la course de son sang en dépendait, elle repartait de plus belle après une quinte de toux et quelques postillons.

La Rillette qui ne la supportait plus s'énerva :

« Faudrait vous épingler bras écartés et bouche cousue ! »

La femme l'ignora et continua son tricot de même manière que son discours, dans le vide, une longue bande au point mousse, couleur d'écorce, partant de son giron à ses chevilles. Lorsque la Rillette comprit qu'elle ne pourrait la faire taire, elle sortit à grands bruits :

« Je m'en vais aux lessives, ça vaudra mieux ! »

La parleuse reprit son monologue soporifique qui finit par provoquer un endormissement général dans la salle des tricoteuses.

L'une d'entre elles, Mlle Marguerite Sirvins qui préférait broder, en profita pour glaner sur le plancher toutes les chutes de laine possibles qu'elle glissa dans un petit sac en papier. À genoux, elle murmura :

« C'est pour mes paysages… je suis en manque de bleu et de vert mais je prends tout. »

Jeanne ne connaissait pas cette femme. C'était la seule qui ne faisait rien d'uni. Il y avait en elle des ressources de couleurs improvisées en fonction de ses trouvailles au pied des tricoteuses et dans les panières de la lingerie où on remisait chiffons, vieux draps et vêtements des morts.

« Même en temps de guerre, on a besoin de jolies choses », dit-elle. Il s'en vendait de ses tableaux tissés pour décorer une salle d'auberge ou le cabinet du docteur au village. Calme, elle travaillait suspendue à ce que lui dictaient ses doigts :

« C'est eux qui décident, moi j'exécute. »

Tant qu'elle déambulait dans ses petits mondes, rien ne la tourmentait. Puis elle disparaissait plusieurs semaines *à la recherche de son fiancé* disait sœur Luce attendrie. On la retrouvait seule dans son dortoir près de la fenêtre à suivre les méandres de ses paysages et de ses pensées à petits points serrés.

Jeanne n'osait trop l'approcher cette femme d'apparence placide avec son visage brioché et ses yeux doux. Captive de son ouvrage, elle paraissait si loin de tous. Sans doute avait-elle le même âge qu'Auguste. Un demi-siècle de mystère. Leur solitude était surpeuplée mais toujours on percevait cette fatigue de vivre avec eux-mêmes et au milieu des autres. Elle aurait pu leur tendre la main mais Jeanne restait au seuil de leur monde, ne savait où frapper pour y être invitée, elle avait peur de les gêner, de troubler leur calme. Même si elle devinait qu'ils n'étaient jamais en paix.

Que faisait Auguste par ce temps ? Jeanne l'imaginait dans son atelier où elle n'avait jamais mis les pieds. Il existait ainsi dans un entre-deux de l'espace asilaire, un couloir où il avait sa *fabrique*. On aurait pu croire qu'il était indifférent à ses pairs, aux femmes. Il percevait mal les émotions des autres, tout glissait sur lui. Ses créatures avaient des attributs atemporels, uniformes, parures, des visages sans expression, aucune figure féminine. Auguste et Jeanne étaient aussi éloignés l'un de l'autre qu'un loup et une fauvette et pourtant…

On finissait de laver les cuisines, l'employé venait de remarquer Auguste qui se tenait debout à l'ombre du couloir comme à un poste de contrôle, un œil sur le balai qui frottait les dalles, un autre sur un demi-piquet de clôture, calé entre la jambe et l'aisselle. On aurait dit qu'ils étaient du même bois, l'homme et le piquet, délavés, entaillés, infiltrés d'eau de pluie, usés d'immobilité depuis plusieurs décennies.

« C'est-y que tu vas te faire une jambe de bois, l'artiste ?

– Oh que non, je suis pas blessé de guerre, moi. »

Tout en finissant de tordre la serpillière, le cuisinier murmura dans sa moustache « l'est déjà blessé de naissance, le bougre ».

Le gardien du soir commençait son tour des pavillons ; il le trouva là, planté avec son double de bois sec, le morigéna.

« Toi et tes saletés… Y a des malades qui risquent d'y trouver de l'entrave. Faudrait le porter à l'atelier de menuiserie. »

Auguste serra plus fort le morceau de bois contre lui.

« Il a déjà un peu d'âme, voyez, je peux pas l'abandonner. »

Le gardien soupira :

« Pas dans le passage veux-tu… et puis t'en tireras rien. Vé comme il s'en va, à moitié pourri… Tu vas t'en ficher des échardes. On sait bien que t'es dur mais quand même. Bon, cache-le sous ton lit en attendant. »

Puis dans un dernier regard où se mêlaient pitié et moquerie :

« Qu'est-ce que tu vas en sortir de c'te misère de bois, hein ? »

Auguste lui tournait déjà le dos pour filer droit vers son pavillon.

Depuis que les médecins lui avaient permis de travailler sur un petit établi de guingois et d'y ranger ses boîtes de conserve remplies de clous, de boutons de vareuse, de bris de vaisselle, c'était la première fois qu'on lui faisait remontrance de son *bazar.* Ce soir-là, il se coucha maussade avec des images lointaines d'arbres et de vieilles clôtures couchés par la burle. Quand dans son hameau de Pomeyrols, on ne voyait plus la voie ferrée qui menait à Langogne et qu'il lui venait des envies de partir sur une mer sans nom. Auguste cacha son piquet sous son matelas de crainte qu'on le lui prenne.

Il allait en faire un, deux, trois-mâts peut-être, hisser des voiles à deux sous, continuer le voyage impossible loin de sa propre mère. Elle l'avait oublié. Sans doute était-elle morte à présent. Après chacune de ses fugues de jeune homme, quand il revenait sur le seuil de la ferme là-bas, c'étaient toujours des yeux apeurés, des mains agitées comme de vieux chiffons entre son visage et le sien. Impossible de l'approcher, de la toucher. Auguste ignorait ce qu'était un baiser.

Janvier 1941

Depuis l'arrivée de Tosquelles, cette fameuse ergothérapie bat son plein dans les ateliers, les veillées, les jardins. Les patients vaquent dans leur vie, le vagabondage est un droit. Même si leur chemin tourne en boucle autour de leurs idées fixes, s'ils expriment ce qui les traverse pendant leur «voyage» en ce monde, souffrance, solitude, incompréhension, émotions, ils n'en deviennent que plus humains.

Ces thérapies sociales dépendent aussi de notre capacité à changer de regard sur eux.

Les médecins comptent sur moi pour convaincre mes consœurs de suivre ces lignes de force, et voudraient faire davantage encore. Aurai-je le courage de les suivre avec un bagage intellectuel pas plus lourd que mon escarcelle?

J'ai rencontré hier l'épouse du Dr T, arrivée avec leur enfant avant Noël. Elle faisait le tour de l'asile, bien aimable. Que de sacrifices pour cette famille séparée depuis un an. Tosquelles est allé jusqu'à la frontière espagnole pour les chercher. Leur petite fille Marie Rose éclaire déjà ce rude hiver. Pourquoi ne lui ont-ils pas choisi un prénom catalan? Ses parents ressentent-ils déjà si fort leur exil en France?

Effectifs : 403 femmes, 390 hommes et 35 enfants.

Termes éducables et non éducables à oublier. Idem pour malades guérissables et non guérissables. Et nous-mêmes pardonnables, impardonnables dans cette vie qui nous échappe par moments ? Et nos ennemis ? Le mot patrie a-t-il encore un sens ? Seuls les résistants le savent.

Autre décision : les plus grands enfants auront chacun un filleul ou un petit frère sur qui veiller. Pense-t-on à la cruauté des plus âgés sur les plus faibles ? Dr Tosquelles veille au grain, Dieu soit loué, avec le Dr Chaurand qui nous vient du Puy-en-Velay.

19

Cet hiver était de plus en plus dur. Tout manquait, la viande, le fromage. Troc et marché noir ne faisaient pas de miracle. Des malades se retrouvaient chaque jour à la salle commune pour lire le journal, le Sourcier en arrachait les pages dès qu'il tombait sur une mauvaise nouvelle.

« On est à l'abri ici, y monteront jamais les doryphores. En plus, on n'a pas de patates à leur donner. »

Autour d'eux les gardiens parlaient beaucoup de la guerre, répondaient aux questions depuis que le *docteur catalan* leur avait affirmé : « C'est la vérité qu'il leur faut, la vérité même dramatique, ça les sort de leurs bogues. »

Certains interpellaient médecins ou bonnes sœurs, même le curé le dimanche dès qu'ils les croisaient. Ils avaient peur de la faim, de manquer de tabac, de vin, de fil, de laine.

Ce jour-là, Jeanne ne voulut pas toucher un seul des journaux sur la table de la salle commune, même ceux des mois précédents. Le grand Algarin, toujours penché comme un arbre au vent, venait d'en lâcher un pour raconter comment il s'était échappé sur les routes du Nord depuis l'asile d'Armentières.

«J'y étais sur le front en 14, je voulais pas, je pouvais pas me faire à l'idée d'entendre encore la guerre siffler dans mes oreilles et dans ma poitrine. Là, voyez, c'est là qu'elle est restée et là-haut encore, où ma cervelle n'en finit pas de sauter. Et puis v'là qu'en 40, ça recommence. Les gardiens y zavaient éventré et cloué des sacs à patates sur les fenêtres pour pas que les Boches y voient la lumière dans les salles. On nous éteignait tout de plus en plus tôt. Fallait faire nuit à l'avance. Moi je guettais le jour, l'aurore… ça nous faisait trop de sommeil à la longue et du mauvais, bon Dieu, coupé comme de l'eau dans de la vinasse mauvaise… quand y zont commencé les bombardements à la Saint Donatien, le 24 mai, eh ben tiens y en a qu'ont couru comme des rats dans les sous-sols… j'entendais les murs qui éclataient… je me suis sauvé dans les champs derrière les écuries, quand j'ai vu les vaches crevées j'ai couru encore plus vite. Où j'allais, je savais pas, peut-être que j'ai fait trente kilomètres loin des routes, peut-être plus. »

Il s'assit par terre contre le mur, épuisé de retraverser ses souvenirs. Il réclama une cigarette. Un gardien en roula une très lentement, hésita, avant de la lui tendre.

« J'étais plus qu'un chemineau avec ma chemise marquée des initiales de l'asile et pas de chaussures. J'ai volé des sabots à une porte de ferme, un pantalon sur un fil à linge, je suis monté dans un train puis dans un autre, on me faisait descendre au passage du contrôleur. J'allais boire au pis des chèvres et je frappais aux portes des presbytères pour quémander une croûte de pain. Un curé m'a donné un fromage, un autre des sandales. Et puis un jour on m'a ramassé, je savais pas où j'étais. Pas de papiers, pas de ceinture, je tenais mon pantalon trop grand avec une ficelle. Y m'ont posé des questions ceux de la maréchaussée, j'ai dit que j'étais mort sous les bombes et qu'ils pouvaient pas m'emporter vu que j'étais plus rien. Après je sais plus, je me suis réveillé au pavillon Baillarger, là derrière. On se ressemble tous, ici, là-bas. On est tous des corbeaux maintenant. »

Jeanne l'écoutait en reculant à petits pas jusqu'à ce que le bruit des autres redevienne plus vivable. Les paroles du grand fou se perdaient peu à peu. Elle se tourna alors vers le ciel et sa brisée de nuages. Elle aurait voulu monter jusqu'au bleu là-haut.

Heureusement elle devait aller au Villaret dans l'après-midi. On la demandait de plus en plus souvent au pavillon des enfants. La vieille cuisinière était fatiguée et seule. Jeanne ne rechignait pas à se rendre là-bas à pied par tous les temps. C'était son échappée, sa liberté…

Après avoir nettoyé des choux, épluché des patates, préparé les jattes de lait caillé pour y mélanger de la confiture et découpé le pain en fines tranches égales, elle demanda à madame Muguette ce qu'il restait à faire. Mais celle-ci lui ordonna de retourner dans son quartier avant la *nuèch.* Cette heure entre chien et loup n'était bonne pour personne, encore moins pour cette pauvre fille qui était tout de même malade. Elle ne voulait surtout pas la décourager de revenir.

Jeanne laissa son tablier sur la patère de la porte un peu déçue de ne pas servir la soupe aux enfants. Tout son corps flottait de fatigue sur le chemin, elle évitait les croûtes de gel dans les ornières, marchait lentement dans les traces des passants du jour.

Deux hivers déjà à Saint-Alban, son apprentissage du froid durait, elle sentait l'humidité glacée gagner ses chevilles, remonter aux cuisses, mangeait ses lèvres pour cacher les gerçures, tapait ses mains bleuies l'une sur l'autre. En était plus vivante, le vif sang en lutte pour résister. Comment éviter de revenir au milieu de ces femmes, de leurs caquètements tristes, de leurs regards à l'abandon ? Elle allait faire une halte sur le parvis du château, rester un peu en pensée dans la ronde des visages d'enfants, là où elle ne se sentait pourtant pas encerclée.

Jeanne ne voyait plus Auguste, Victor-pour-la-vie, Mlle Sirvins. Les heures de travail au Villaret, elle les doublait sur la route du retour. Pour y égrener son mouron. C'était toujours tel enfant privé de parole qui la tourmentait, tel autre effaré de tout, Petit-Vingt qu'on aurait pu écraser comme une noix sous un sabot. Mais elle observait les jeux qu'ils s'inventaient pour oublier le manger, les leçons difficiles, la tendresse des jumeaux, et ce grand benêt obsédé par l'heure. Si bien qu'à son retour à l'asile, elle était épuisée et ne cherchait pas les malades historiques comme les avait nommés un interne pour ne pas employer le mot chroniques qui faisait horreur à bien des médecins. Elle-même, était-elle historique, incurable ou sauve ?

Il se tenait là debout contre le tilleul comme s'il l'attendait, poussiéreux et fatigué, revenant on ne savait d'où. Il tenait sa cigarette entre ses mitaines, on aurait dit qu'il aspirait la vieille laine autant que le tabac gris. Des corbeaux criaillaient au soleil bas. Auguste lâcha un long soupir :

« Les oiseaux n'ont pas de peine à vivre… souventefois m'était venue l'idée d'être aiguilleur de train… par chez nous, on voyageait pas… y avait que des colporteurs. Fallait que je m'en aille, rien à faire fallait que je m'en aille, plus personne me voulait. »

Il ôta un gant avec ses dents, commença de rouler une autre cigarette d'une seule main et continua un soliloque saccadé sans un regard vers Jeanne :

« Moi, j'ai pas d'instruction, je sais juste dans quel sens faut écrire... Pour le reste, y a les docteurs ; j'aime pas trop leur causer. Sauf mon capitaine, Tosquelles. » Il aspira une nouvelle bouffée de tabac avant d'expirer : « *El almens, me parla pas coma s'èri un ase*[1]. Quand les gendarmes m'ont embarqué en prison et après à l'asile, j'ai pas compris, j'étais jeune gaillard. Je m'en souviens comme d'hier, pourtant c'était avant la guerre, pas celle-là, l'autre. T'étais pas née, la Fauvette. »

Il se tourna vers Jeanne, fit deux pas en avant puis deux autres en arrière agitant son mégot et répéta : « T'étais pas née, la Fauvette, oh ça non. »

Jeanne ignorait tout de son histoire, il causait peu d'habitude sauf quand on regardait de près ses bestioles sculptées. Auguste avait ralenti son débit et murmurait à présent.

« J'ai pas pensé à mal quand j'ai jeté des pierres sur les rails, j'ai pas pensé à mal, aux gens qu'allaient cogner leur tête dans les wagons... c'est pas de ce vouloir-là que c'est parti. »

Jeanne l'écoutait avec peine sans pouvoir avancer un seul mot vers lui. Elle ne le regardait pas, ne voulait pas entrer dans son histoire. Seul l'intéressait ce qui jaillissait de ses mains.

Si les visages des fous portaient traces de solitude mauvaise, de toutes sortes de misères, de leur chagrin d'origine, leurs mains, elles, ne recueillaient que le présent de la tâche, de la prière, de l'eau. Les enfants du Villaret lui apprenaient cela. Tout pouvait recommencer entre leurs mains. Rien d'effrayant ne pouvait y naître.

---

1. En occitan : *Il m'écoute et pas comme si j'étais un âne.*

Février 1941

Vu le nouveau maire, inquiet, nombreuses lettres anonymes des villageois et paysans alentour. L'hiver est dur, si dur et tant de choses viennent à manquer. Pénurie d'insuline. Comment vont-ils soigner tous ces chroniques toujours au bord du gouffre voire suicidaires ? Dr Balvet a encore répété que les malades ne peuvent résister par ce froid avec une ration limitée à 1 200 calories, auraient besoin du double. Nouvelles déclarations de tuberculeux afin d'obtenir plus de cartes d'alimentation. Échanges bons de vin des patients contre des œufs mais les poules pondent si peu par ce temps.

Mme Chabert (la Rillette comme ils disent) me tape sur les nerfs avec ses litanies gastronomiques et ses listes. M'a encore commandé une souris d'agneau. Selon Dr T, c'est peut-être l'inventaire de ce qui la relie à la vie. On doit continuer à écouter tous les malades et recueillir la moindre de leurs paroles. L'un d'eux lui a donné l'autre jour une poignée de haricots secs qu'elle a comptés lentement et avec grand sérieux comme si c'était des louis d'or.

20

Puis revinrent les jours éclairés où le vent, le froid ne pressaient plus les malades, ils retrouvaient le rythme d'avant l'hiver pour traverser lentement les cours et les parages de l'asile jusqu'à ce que le soleil et la lumière infusent leur corps et leur cerveau ensommeillé.

Les paysans avaient repris leurs habitudes, la traversée de l'asile pour gagner du temps avant de descendre au village le jour du marché. Une halte pour voir ce que vendaient les malades. On pouvait à nouveau étaler sur des planches ou les murets d'enceinte les objets réalisés en atelier. Une petite caisse était confiée à un malade « tranquille » qui comptait les pièces en les passant d'une main à l'autre puis recommençait pour bien vérifier, en un tour de passe-passe qui en amusait plus d'un. Jamais il ne se trompait et gare à celui qui aurait tenté de le gruger.

Victor-pour-la-vie affirma qu'elles n'étaient pas très belles, ces pièces, que ça ne brillait pas beaucoup. Un paysan rit, lui tapa sur l'épaule. « *To çò que luisis es pas d'aur*[1]. » Lui, n'avait besoin de rien, il tâtait sa gourde dans sa poche. Une gorgée d'eau à chaque heure lui suffisait mais quand il remarquait un panier de champignons,

---

1. En occitan : *Tout ce qui brille n'est pas d'or.*

surtout des rosés des prés, il tendait la main. On ne lui en refusait jamais, juste pour le plaisir de le voir en croquer un ou deux comme des fruits du paradis. Après quoi, il remerciait en embrassant l'homme ou la femme de la même manière. Les premières fois, il y eut des mouvements de recul. On s'essuyait la joue, la barbe mais c'était si furtif ses embrassades, un courant d'air chaud et pfiit, Victor-pour-la-vie repartait vers une autre charrette en tirant ses oreilles, preuves tendres de son entièreté.

Une femme pliait, dépliait et repliait chaque tricot ou broderie après leur passage entre les mains curieuses des villageoises ou des paysannes. On tâtait, retournait, portait à la lumière haute pour vérifier la qualité, l'absence de défaut. On s'étonnait de l'habileté des folles. C'était beau quand même et surtout moins cher qu'à la foire du Malzieu ou de Saint-Chély-d'Apcher. Des hommes repartaient avec un râteau à faner, une nouvelle paire de sabots.

L'un d'eux connaissait Auguste depuis son arrivée. Il lui échangeait un petit jouet ou des ustensiles contre quelques œufs frais et un peu de monnaie. Auguste, comme Jeanne à son retour des champs, allait gober son œuf tel un voleur, à l'abri des regards. Il ne fallait pas faire envie aux autres. Il raffolait aussi du chocolat mais depuis le début de la guerre c'était devenu une denrée aussi rare que convoitée.

La vie prenait le chemin le plus court entre les villageois et les fous ; gens de peine qui travaillaient pareillement à consolider ou bâtir des remparts humains contre la folie de la guerre, la peur de la Gestapo, des traîtres, de l'effondrement de l'âme et de la mémoire, la peur de ne compter que pour du beurre. Et du beurre, il n'y en avait pas beaucoup. Alors, des poignées de main, quelques mots échangés sur l'allure des nuages, le soleil revenu, les échanges de denrées, de tickets de rationnement… Finalement, le marché noir n'était pas si noir. Pour gagner sa croûte, on avait aussi besoin de croire à quelque partage.

Quand le Maître apparaissait, c'était autre chose. On se souvenait qu'un jour, il avait renversé des paniers et poussé des tricots dans une flaque d'eau avec son bâton :

« Rangez-moi ça, ce n'est plus une cour d'école ici, c'est un dépotoir. Vous me ferez cent lignes, je ne dois pas encombrer un lieu de savoir, je ne dois pas salir… »

Il avait fallu l'écarter de crainte qu'il se fasse rosser par un paysan sanguin qui l'avait déjà empoigné en lui sifflant au visage :

« Nom de Dieu, ce n'est pas toi le maître ici. T'es le plus fada de tous ! »

21

En attendant le prochain jour de marché, Auguste passait d'un pavillon à l'autre pour réaliser de menues réparations. Il revissait, consolidait, remettait d'aplomb. Toujours un outil à la main, travailler, prendre soin des choses, en inventer d'autres parce que tout de même, il fallait voir plus loin. C'était devenu au fil du temps sa raison d'être dans cette communauté qu'il avait faite sienne. Une conduite qui symbolisait celle de l'équipe tout entière selon les vœux des médecins. Avoir toujours une oreille tendue, écouter, parler, prendre soin de chacun, inventer d'autres manières d'être ensemble parce que *tout de même, il fallait voir plus loin.*

Sans le képi qu'il portait toujours bien ajusté, Auguste n'aurait su garder la tête haute. Il fallait que ça tienne l'ensemble et que jamais ne penche son couvre-chef alourdi d'insignes des mérites qu'il s'attribuait. « Ça m'embellit », disait-il, mais de fierté il n'avait point, et son visage navré, ses yeux sans lueur laissaient croire qu'il avait pris ombrage de toutes les misères d'âmes croisées à l'asile depuis son arrivée. Vingt-sept années qu'il ne comptait plus du moment qu'il continuait à fabriquer *des choses qui durent.*

« Je peux faire avec tout ce qui vient à moi, avec tout ce qui pourrait disparaître… Faut faire honneur parce que je vivrai pas vieux moi. »

Honneur à qui, à quoi ? Qui le savait ?

Jeanne trouvait ses créatures pas très belles, ni précieuses, brutes à vrai dire. Les dents de bœuf plantées dans la gueule de ses bêtes du Gévaudan, les marins ou soldats à taille de poupée, raides comme des sentinelles, pourquoi diable avait-il besoin de cela ? Pour veiller sur lui, nous écarter de son domaine ? C'était triste mais peut-être une consolation pour Auguste de faire ce travail sans fin avec des chimères qui jamais ne mourraient.

Elle regardait alors d'un peu plus près les bois qu'il avait entaillés, sciés, polis, l'arête ou la courbe d'un détail, le soin qu'il avait mis à vêtir un personnage d'une chute de tissu. Elle entendait : « Chut… ne dites rien, je ne cherche pas à faire beau, je veux du vrai qui dure. »

Jeanne devinait ses mains à l'œuvre dans les poussières de bois, de rouille et d'étoffes fanées, des mains belles au bout de ce corps triste.

Le jour où il eut terminé son premier bateau, Auguste demanda *audience* au Dr Tosquelles. Sous le bras l'œuvre enveloppée dans sa veste, il frappa à la porte de son bureau et sans même le saluer, la lui tendit.

« C'est pour vous capitaine. »

Le docteur le fit asseoir et écarta d'un geste vif papiers, cendrier sur sa table de travail pour l'inviter à y déposer son présent.

« Je me suis pensé que jamais je la verrai la mer. Voilà pourquoi cette chose… »

Il répéta « pour vous capitaine » en grattant son menton, agacé par une petite coupure de rasoir.

Le docteur approcha le bateau de sa lampe de travail. Le faisceau l'éclairait d'une lumière encore trop pâle. Auguste se leva à son tour, sans bruit, pour regarder de plus près le reflet des voiles sur les verres de lunettes de cet homme étrange qui à l'instant n'était plus docteur, ni infirmier, mais passager de son voyage intérieur. Il se rassit, l'air satisfait, une main sur chaque genou.

Le docteur poursuivit en silence son exploration, promena ses doigts sur le pont du navire, les remonta jusqu'au mât, colla son visage sur la proue finement sculptée, détailla, admira, examina, tripota l'ancre minuscule découpée dans une boîte de sardines comme s'il tenait là un bijou rare. On aurait dit qu'il auscultait l'objet à la recherche de ses points de pulsation.

« Vous n'êtes jamais allé en mer, n'est-ce pas, monsieur Forestier ?

– Oh que non… mais tout ce qui flotte est bien beau… tout ce qui tombe est bien bas et j'ai pas de peine vous savez à ramasser par terre ce qui peut se remettre en route.

– Quelles choses ?

– Eh bien de quoi faire ce qui nous mène plus loin… une charrette, un bateau, un train. »

Le docteur l'écoutait jusque dans le silence qu'il laissait traîner dans son monologue haché.

« J'ai toujours la demie de moi qui s'en va, ça a commencé quand j'ai fait dérailler un train à Neussargues, j'voulais pas de mal aux voyageurs, voyez-vous, juste qu'il s'arrête le cheval-vapeur, devant moi. »

C'était la première fois que lui venaient des phrases aussi longues. Sans regarder vraiment Tosquelles, il sentait ses yeux le suivre, entendait ses incursions minuscules : *Ah ? Oui… Hum… je vois,* respirait la fumée de son tabac, observait les gestes curieux qui n'étaient à cet instant ni ceux d'un homme, ni ceux d'un enfant, ni ceux d'un médecin, ni ceux d'un malade, ni ceux d'un sage, ni ceux d'un fou mais un peu de chacun.

Et soudain Auguste lui demanda l'heure comme pour le remettre à sa place.

« Pourquoi vous voulez savoir l'or ?

– Pour pas être en retard à la soupe ! »

Le docteur tendit vers lui le cadran de sa montre mais Auguste lui serra la main un peu brusquement pour le saluer sans même regarder les aiguilles.

« Vous savez lire sur un cadran, non ?

– Ça pour sûr mais… mais vous êtes bien au temps de chez nous ? »

Tosquelles éclata de rire.

« Vous avez raison, je suis un étranger ici, il faudrait remettre toutes les pendules à l'or.

– J'en ai point monsieur… je guette les cloches mais on ne sait pas pour les minutes… juste les quarts et des fois la froidure, le brouillard, ça les retient. »

Le docteur aurait aimé l'écouter plus longtemps mais Auguste fit volte-face et courut vers sa faim. Le psychiatre resta pensif, il nota quelques mots sur un carnet, se demandant s'ils étaient tous à la même heure, les malades, les villageois, les paysans des écarts, les survenants de l'asile. Le crépuscule tombait en espaliers, gagnant d'abord les pavillons à l'arrière du château, nimbés d'une ombre froide.

D'une main Auguste tenait son képi sur sa tête, de l'autre soupesait les quelques sous donnés par le concierge pour l'ânon qu'il avait sculpté à l'intention de son petit garçon. Il se hâtait vers le réfectoire soucieux déjà de ce qu'il allait y manger, soupe de pois, de lentilles vertes ou purée de rutabaga, tendu vers cette seule préoccupation : quelle sorte d'épaisse chaleur allait combler son impatience, apaiser cette fin du jour jusqu'au sommeil, où personne ne le verrait tête nue.

8 décembre 1941

Hiver aussi rude que l'an dernier. Le boucher du village nous donne des paquets d'os pour qu'on fasse des soupes un peu grasses. M. Forestier est heureux de les récupérer dans les poubelles le soir et d'arracher les dents de cochon pour ses sculptures. Les tricoteuses ont des commandes de tous les pavillons : chaussettes, passe-montagnes, châles. Il s'en vend de plus en plus au marché. L'autre jour une malade a mangé cru une couenne de lard juste avant d'arriver aux cuisines. Auguste et Jeanne deviennent mes familiers, il me plaît de les appeler en mon for intérieur par leur petit nom.

Ce matin, vu Dr Tosquelles à son retour du Villaret, lui ai fait part de mon désarroi : que dire face aux questions des malades sur l'occupant, les pénuries, etc. Il m'a répété qu'il ne faut rien occulter. Il parle de mieux en mieux français, et nous tous aussi, c'est curieux ; mais son accent est terrible, l'envie me prend parfois d'ôter ma coiffe pour dégager mes oreilles.

En dépit de tous les bouleversements liés à cette guerre, de nouvelles idées et forces convergent vers notre asile. L'aventure reste périlleuse. Nos médecins ont des ambitions bien grandes pour le personnel et les pensionnaires. Partout le manque nous gâte et entame nos certitudes.

11 février 1942

Les époux Tosquelles viennent d'avoir un nouvel enfant, Germaine. Au moins, son père la verra grandir. L'aînée, Marie Rose en a été privée pendant près de quatre ans m'a dit Mme Tosquelles. Je l'apprécie beaucoup. Elle participe aux veillées, aide les volontaires à préparer des costumes ou des décorations.

Le nombre de malades hommes et femmes a décru au contraire des enfants : quelques orphelins en plus et un petit adultérin maltraité qu'un médecin du Malzieu nous a confié.

Dimanche et lundi de Pâques.
6 avril 1942

Les renseignements généraux s'occupent de nous. Le préfet Rispoli prétend dans son rapport que notre asile partagerait des idées antinationalistes. À cause de quelques gardiens repérés en 1936 et du Dr T. S'ils savaient pour ceux qu'on cache... Un malheur n'arrive jamais seul, Dieu du ciel, la Gestapo a pris place dans la zone occupée.

J'ai peur pour nous tous.

22

La paille, ce n'était pas tendre comme le foin. Il manquait l'odeur sucrée des luzernes et l'espoir du printemps. Là, en plein mois d'août, on savait que la terre avait tout donné et que les orages allaient balayer les champs mais après le battage, il fallait bien y aller, rassembler les gerbes et glaner même si ça ne leur plaisait pas du tout à Jeanne, ni à Eugénie. Des paysannes plus très jeunes, bras nus et chapeaux sur la tête, s'attelaient déjà à la tâche, rougeaudes et gaies. Eugénie, que Jeanne surnommait toujours la « petite faneuse », ne tarissait pas de ses rêveries à voix haute…

Au retour des champs, Jeanne était remontée avec une malade qu'elle avait croisée à peine deux ou trois fois dans la salle commune, quasi mutique les mains sur les genoux. Son odeur était repoussante. Arrivée en plein hiver, se laver lui coûtait beaucoup, ce n'était plus un besoin, encore moins une évidence. Depuis longtemps, on ne plongeait plus de force les récalcitrants dans le bain, les mains attachées. Celle-là, c'était autre chose, « elle n'est pas méchante, avait dit la petite sœur Luce, elle s'oublie… à toute heure du jour et de la nuit ». Elle se nettoyait, se changeait mais rien à faire, elle sentait… l'oubli.

Entre deux souffles, Jeanne avait bien voulu, en montant la côte du village, bavarder un peu malgré la fatigue et la chaleur. Cette femme lui avait appris qu'elle était célibataire et d'une traite, avait raconté comment elle était arrivée à Saint-Alban.

« Pas le temps de se marier avant la guerre… on l'a trouvé mort, fusillé pas loin d'Aurillac… Quand je l'ai su, je suis partie à pied sur la route comme j'étais, avec juste ma douleur. J'ai tant crié tant pleuré sur des kilomètres et des kilomètres… les gendarmes m'ont ramassée. J'avais pas de papiers sur moi, je savais plus que son nom à lui, Jacques. Quand ils m'ont demandé qui j'étais moi, j'ai répondu je veux pas savoir, je leur ai laissé une grosse diarrhée dans leur auto. Et pi une ambulance m'a conduite ici. »

Jeanne transpirait de plus en plus, elle l'écoutait mais avait besoin de ralentir, de passer un mouchoir sur sa figure. La femme l'avait devancée sans plus lui prêter attention. Elle parlait seule en suivant une ligne imaginaire pas tout à fait droite.

Quel était son nom, sa folie ? Jeanne ne voulait pas le savoir. Il fallait s'écarter des témoins, de tous ces débâclés, débarqués, dératés, ces échoués, ces frappés pour toujours, ces fugitifs, ceux qui n'appartenaient plus à personne, à rien. Elle ne voulait plus se voir en eux, se reconnaître dans leurs yeux. Ne voulait plus se souvenir qu'elle aussi s'était jetée sur des routes inconnues comme le grand Algarin, pour fuir la mort et se retrouver piégée.

Aux grilles de l'asile, Victor-pour-la-vie les bras levés faisait de grands signes, de là-haut. Corneilles et nuages violets se chipaient leurs ombres dans le ciel orageux. Un seul être humain pouvait s'agiter ainsi dans cette chaleur électrique. Jeanne le vit se déchausser et tournoyer dans la poussière, se demanda s'il l'avait vraiment reconnue ou s'il envoyait des signaux aux oiseaux affolés. On aurait dit qu'il attendait la foudre.

Elle laissa encore la nouvelle folle prendre un peu de distance pour ne plus entendre son lamento débridé. N'avait pas envie non plus des éclats de voix de Victor-pour-la-vie, mais à son approche elle comprit qu'il l'attendait vraiment, bras écartés, ébahi.

Quand Jeanne fut près de lui, il surprit une guêpe dans ses cheveux, s'immobilisa comme à la vue d'une créature extraordinaire. D'un tour de main, très fier, il la chassa puis sans un mot, caressa la chevelure de Jeanne. Autour d'eux, le vent d'orage tournoyait de plus belle, la chaleur les tenait à présent entre ses bras lourds comme deux statues de cire. Ils gouttaient par la peau, les yeux. Jeanne sentit le sang quitter son corps.

« Tes cheveux c'est comme de l'eau de soleil. M'en donneras-tu un peu ?

– Pour quoi faire ? »

Jeanne laissa le garçon là avec sa main suspendue. Le ciel gronda plus fort et elle se hâta vers son pavillon.

« Les cheveux vont avec la main qui les coiffe ou les caresse sinon c'est que des fils de rien. Auguste, lui ne sait pas où trouver des cheveux, seulement des crins de chevaux ou d'ânes. Il n'a jamais caressé une tête d'enfant. » Voilà ce que pensait Jeanne en peignant le soir sa chevelure chargée de poussière des champs.

Victor était né pour connaître la douceur et tout le monde la lui refusait. Elle l'avait vu plusieurs fois, face au journal mural, interdit. Les mots écrits lui sautaient à la figure, c'était des sauvages, il ne les comprenait pas et pourtant, il les faisait vivre. Ses pensées, c'était pareil mais quand il parlait à voix haute ça se tenait. Voilà pourquoi il ne fallait pas le faire taire. Il accrochait les gens facilement mais de l'autre côté des visages, c'était vide. Il ne pouvait prêter aux autres des sentiments, une histoire, des secrets. Il n'était pas doué de mémoire mais avait le génie des oiseaux, se posait toujours à des endroits inattendus et sifflait des ritournelles par tous les temps. La longue cicatrice sur son crâne était à présent enfouie au fond de sa tignasse épaisse comme du seigle bien mûr. « Une alouette y fera son nid un jour », lui avait dit le vieux jardinier Alexandre dont la barbe était sûrement aussi hospitalière.

Septembre 1942

Sœur Luce me fait le relevé du journal mural quand je n'ai pas le temps de passer à la salle commune. Admirative des poèmes et dessins qu'elle y trouve, pense qu'on devrait mettre des petites tables dans chaque salle, y compris les dortoirs, avec papier et crayons à volonté. M'a raconté les dernières sottises de Victor F et de Mme Chabert. Rit toujours larmes aux yeux. Petite contagion salutaire. Ne sait plus quoi faire pour calmer Mme Vialatte, ne veut pas lui mentir à propos de la prétendue eau bénite versée dans le bain qu'on lui impose chaque vendredi. Voudrait avoir l'avis du Dr Tosquelles. Nouveau prétexte pour approcher cet homme qu'elle idolâtre. Mme V ne sortira pas de son délire d'eau sanctifiée, démangeaisons de plus en plus terribles, refuse massages de Mme Balvet avec son macérat de millepertuis.

Je crains que Mlle Sirvins reste ici à vie avec tant d'autres malades historiques. Elle a commencé la confection d'une robe au crochet avec des fils tirés de vieux draps, pas le temps de la regarder travailler mais je passe la voir le soir. Pourquoi une robe blanche ? Pense-t-elle à une cérémonie, faire un cadeau pour une communiante, je crois qu'elle a deux petites-nièces.

23

Ce jour d'octobre 1942, Balvet et Chaurand s'étaient rendus à Montpellier pour participer à un congrès des médecins aliénistes et neurologistes sur l'anorexie mentale. Ils y avaient tenu une conférence au nom de l'équipe médicale de l'hôpital : *Régime alimentaire et restrictions à l'hôpital psychiatrique de Lozère.* Tosquelles n'avait pu y assister au prétexte qu'il était étranger.

« Rassure-toi François, je t'ai remis à ta place, au premier rang. Beaucoup se souviendront de ton nom. On a été une poignée seulement à dénoncer la condition asilaire et les débuts de la famine dont souffrent les aliénés dans la plupart des hôpitaux psychiatriques du pays. »

Dès leur retour, Balvet n'épargna à ses collègues aucun détail de son intervention avec Chaurand. Médecins et internes s'étaient rassemblés pour une réunion improvisée, tout le monde fumait sauf Balvet.

« Comme entendu entre nous, on a présenté tout ce qui a été mis en œuvre ici pour lutter contre la faim et la fatalité de l'isolement : les échanges paysans patients, la participation aux travaux des champs contre denrées alimentaires, etc. »

Encore sur le seuil de leur bâtiment, les autres acquiesçaient, attendaient la suite, serrant le col de leur veste.

Un vent furieux venait de se lever. Le cortège des pluies d'automne n'allait pas tarder.

« C'était l'occasion rêvée, non, pour rendre compte de notre engagement à changer la psychiatrie grâce à nos méthodes de thérapie sociale avec notre proscrit de premier choix, Tosquelles ? »

« Je suis l'arbre catalan qui cache une forêt de réfugiés. S'ils savaient ! » Tosquelles se délectait des expressions populaires qu'il apprenait depuis deux ans dans cette région où on parle une langue *margeridement magnifique.*

Mais Balvet ne décolérait pas :

« Ce congrès a été une épreuve de passage ! On nous a rassemblés pour parler de la disparition de la faim chez nos malades ! Vous parlez d'un intitulé, "Problèmes alimentaires et psychologie du goût". Pour un peu, on aurait pu citer Brillat-Savarin, mais tout de même la physiologie de la faim passe avant celle du goût ! Ah mes amis, l'État français devient un fantôme fou ! On va probablement me nommer à l'hôpital du Vinatier près de Lyon. Là-bas, c'est un vrai désastre, le Dr Requet a livré un compte rendu effarant de l'état de ses malades. Certains mangent leurs matières fécales ou des écorces dans le parc… il en meurt par dizaines chaque jour et on nous a fait intervenir aujourd'hui sur l'anorexie mentale ! Avec une ration officielle de 1200 calories pour chacun alors qu'il faudrait le double, comment pourrait-il en être autrement ! Le gouvernement de Vichy devra rendre des comptes, un jour ! »

Des bourrasques faisaient trembler les volets de la vieille bâtisse comme pour accompagner l'indignation de Balvet et de ses confrères. Son épouse les avait rejoints et invités à boire une gentiane de sa fabrication. Elle était restée debout, stupéfaite de cette colère.

Balvet, entre deux gorgées de liqueur, faisait voler mots et postillons.

« On aurait dit que dans l'assistance personne n'avait eu vent de la famine dans nos asiles. Qu'ils avaient occulté la guerre et la disparition de milliers de malades comme s'ils n'avaient aucune valeur sociale ! Va-t-on continuer à les pousser vers l'abîme ? Je pense à ceux qui n'ont plus la force de racler leur assiette et mangent pommes et poires jusqu'au trognon au risque de s'étouffer. »

Tosquelles n'avait plus envie de plaisanter et écoutait en fumant cigarette sur cigarette.

« Mais quand tu as parlé de ce qu'on faisait ici, il y a bien eu des réactions dans l'assistance ?

– Eh bien non, c'est cela le pire. Aucune question, personne n'a réagi, ni applaudi. Pas même un chuchotement. Comme si notre travail, nos méthodes psychiatriques et tout ce qu'on a mis en place depuis le début de la guerre étaient trop utopiques pour eux. »

Chaurand hochait la tête tout en reversant un peu de gentiane à chacun.

Plus que jamais, ils se sentaient seuls dans cet îlot de résistance aux politiques de Vichy indifférentes au sort des aliénés. Mais ils allaient encore approfondir leurs méthodes, améliorer le travail d'équipe, mettre en place des formations, professionnaliser les gardiens, élargir les champs d'expression des patients et de leur vie sociale. Poursuivre entre ces murs leur objectif d'humanisation en dépit des restrictions et des frilosités.

Buffière, le maire de Saint-Alban, continuait de les soutenir pour les faux papiers et autres sabotages administratifs qui permettaient de sauver des juifs et cacher des résistants malgré la peur des dénonciations. D'autant plus que les premiers maquis s'installaient en zone Sud.

La mère supérieure s'efforçait de garder la tête froide, parcourant chaque jour de ses enjambées de plus en plus longues l'asile tout entier jusqu'à l'annexe du Villaret. Combien de fois les brides de ses sandales avaient-elles lâché ? Elle portait à présent des chaussures fermées ressemelées une bonne dizaine de fois. Sa longue robe cachait ses pieds empoussiérés. Elle écourtait ses nuits pour prier à l'aube, reprendre ses notes de la veille, organiser les tâches essentielles incombant à ses consœurs.

Les dernières cueillettes de champignons aux premières pluies d'automne avaient été prodigieuses mais les œufs manquaient trop souvent pour qu'on prépare des omelettes aux cèpes dignes de ce nom. Sœur Rolande elle-même maigrissait. Mme Balvet, qui l'avait remarqué, lui donnait régulièrement des fortifiants à base de plantes cueillies dans cette Margeride qu'elle connaissait si bien.

La mère supérieure, inébranlable et secrète, constituait le pilier de l'asile, prévenait les conflits, encore nombreux entre les médecins et les nonnes. Celles-ci travaillaient avec abnégation mais parfois brutalité envers certains malades. La plupart avaient du mal à suivre les métamorphoses de l'hôpital depuis l'arrivée de Tosquelles. À l'exception de la petite sœur Luce qui buvait ses paroles et les comprenait au quart de tour. Elle s'en trouvait plus audacieuse et ne refrénait plus ses fous rires et ses familiarités. Sœur Rolande avait renoncé à la reprendre et accepté son enjouement fébrile pour ces nouvelles méthodes.

Les époux Balvet l'avaient invitée à dîner un soir pour lui annoncer leur départ après Noël. Cachant du mieux qu'elle put sa contrariété, elle avait demandé des précisions sur ce médecin qui allait prendre la direction de l'hôpital au premier janvier. Était-il vichyste ou de leur bord ?

Balvet lui répondit sans aucune hésitation :

« Bonnafé m'a dit au téléphone qu'il avait été jugé pour avoir participé à une manifestation antifasciste en 34 et qu'il était engagé depuis l'an dernier au Front National des Médecins. Bref, il se voit dans l'obligation de fuir Paris où il n'est pas en odeur de sainteté – sans vouloir vous vexer.

« En ce temps de guerre, on voudrait nous voir régresser à tous les niveaux, préoccupés davantage par notre survie que par nos libertés. J'ai mis Bonnafé dans la confidence à propos de nos activités clandestines. N'ayez pas d'inquiétude. »

Le repas limité à une soupe de lentilles et des pommes cuites fut vite avalé. Balvet salua sœur Rolande, la remercia pour son engagement et s'en retourna ému et nerveux dans son bureau pour relire les comptes rendus de ses dernières visites avant de les confier à la secrétaire.

Sans façon Mme Balvet embrassa la mère supérieure et lui offrit un sachet de mélisse qu'elle avait séchée au grenier.

« De quoi préparer des infusions en cas de migraine ou d'insomnie. Je serai heureuse de vous lire quand nous serons à Lyon et d'avoir des nouvelles de ce petit monde que nous quittons à regret, croyez-moi. »

24

Jeanne s'était habituée à voir la Caille se gratter les mains, les aisselles. Elle s'isolait dans un coin du dortoir ou derrière un arbre dans la cour pour éviter les remontrances d'une gardienne et les moqueries des hommes. On lui avait cousu une chasuble spéciale avec des liens noués aux poignets et à la taille pour éviter qu'elle se dépoitraille sans cesse. La petite sœur Luce la grondait. « Où irez-vous quand vous aurez décollé votre peau ? » Mais la Caille continuait à maudire les bestioles qui envahissaient ses veines, « ces poisons de mon sang, j'en ferai don au diable à la prochaine revoyure ».

On l'obligeait aussi à porter trois culottes épaisses pour ne pas qu'elle s'irrite le pubis. Elle réclamait de l'eau bénite pour se laver mais elle se disait toujours infestée, victime d'une malédiction.

Cette nuit-là, des bruits étranges avaient réveillé Jeanne, grattements, frottements réguliers. La lune était grosse, presque indécente de s'immiscer entre deux lattes de volet. C'était à cause d'elle bien sûr que le sommeil ne lui revenait pas.

Les bruits avaient repris de plus belle. Jeanne eut peur soudain, releva le drap sur son visage et se figea, à l'affût. Les frottements se faisaient plus réguliers, accompagnés de gémissements. Était-ce un animal, une malade égarée, une autre somnambule ? Elle repoussa ses draps et se dressa sur son lit. C'est alors qu'elle aperçut la Caille étendue à plat ventre, se frottant de tout son long contre le plancher. Jeanne se leva.

« Vous allez attraper la mort, c'est tout froid par terre.

– Laisse-moi attraper la mort… c'est elle que je veux, va-t'en ! »

Elle se redressa dans un long gémissement, arracha sa chemise de nuit et ses culottes découvrant un corps sans seins, si maigre que Jeanne douta de son âge véritable. Elle n'était plus qu'une branche d'os que le vent aurait déposée sur le plancher. Jeanne recula jusqu'à la porte et s'enfuit.

Il lui fallait respirer la nuit, la vraie, aspirer un rayon de cette lune énorme. Elle était là suspendue à une voûte aussi céleste que terrestre, au centre de cet infini qui soulevait Jeanne à hauteur des étoiles.

Jeanne demeura là, figée, dans l'attente que le calme la regagne, le sommeil peut-être. Un espoir aussi vif qu'une douleur l'étreignit soudain : devenir une lueur minuscule pareille à celle de son bébé disparu dans cette immensité. Il était temps de le quitter, de s'écarter de cette nuit éternelle qui les couvait tous deux depuis trop longtemps. Jeanne était prête.

Elle regagna sa couche après avoir recouvert de sa chemise la Caille qui s'était endormie d'épuisement, nue sur le plancher.

Des pluies glacées battaient les murs de l'asile depuis six jours. Seuls les malades travailleurs se déplaçaient. Les autres restaient dans leur quartier.

Jeanne faisait fi du mauvais temps. Depuis cette nuit de pleine lune, une force étrange la ranimait. Au gré de ses allées et venues, elle trouvait des messages dans tout ce qui tombait à ses pieds, plumes, feuilles d'arbres, mues d'existences qui la rassuraient sur la permanence du monde. Elle guettait les moindres mouvements d'oiseaux, des herbes folles. Pour quelques heures, ne plus voir la Caille, ne plus entendre la Rillette et celle qui parle comme un robinet qui fuit, ne plus chercher inquiète Victor-pour-la-vie, ni croiser Auguste avec son képi dégoûtant et ses créatures sous le bras comme un général d'armée.

Elle se détournait des corps sans voix ou fantômes qui ne remuaient rien sur leur passage. Elle ne voulait pas leur ressembler, redevenir l'ombre qu'elle était à Ville-Évrard. Elle s'approchait des arbres, détachait un peu de leur peau, cueillait des bruyères ou de la menthe sauvage pour les cacher dans sa taie d'oreiller le soir.

Elle avait besoin de toucher des écorces, chevelures de lichen, traces de ce qui demeure. Une manière d'oublier qu'il faisait encore un peu froid, un peu faim et que rien n'était jamais comblé en ce temps de guerre. Peut-être devrait-elle s'inspirer des religieuses qui ceinturent et saturent l'espace de leur présence, de leurs prières. Mais elle ne savait plus, ne voulait plus suivre leurs sabirs froids, psaumes évidés de joie, implorations vaines, la mécanique des vœux pieux et inutiles.

Ce jour d'automne, Jeanne demeura longtemps immobile sur la terrasse du pavillon des femmes, enveloppée dans sa pèlerine. Elle porta aussi loin que possible son regard jusqu'à pénétrer le paysage tout entier, lingé de brumes et de silence, serra très fort le souvenir de l'enfant, de plus en plus fort jusqu'à se raidir tout entière et laisser enfin couler ses larmes.

Jeanne était redescendue à la source du temps. Un autre enfant viendrait, puis un autre encore. Il suffirait d'attendre la bonne saison du cœur, le retour de Lucien d'où qu'il fût, prendre patience comme cette demoiselle Marguerite qui sans relâche tissait son destin d'éternelle fiancée sans prendre date, avec seulement des fils épars et des mots d'amour murmurés entre les plis de son ouvrage.

Du plat de la main, Jeanne essuya ses joues humides, se mordilla les lèvres pour se donner des couleurs avant de rejoindre la salle commune. Même si cela lui coûtait de revenir aux autres. Peut-être y verrait-elle Victor-pour-la-vie ou le grand Algarin avec leurs histoires à dormir debout. Ça serait mieux que rien.

Elle était la seule jeune femme présente dans la salle, penchée sur une page du journal en date du 12 novembre 1942, elle essaya de saisir les nouvelles du monde *À la suite du débarquement allié en Afrique du Nord le 8 novembre, les Allemands et les Italiens ont envahi la zone libre.*

L'odeur et les reniflements de certains la gênaient ainsi que les découpes du pays en pleine page qu'elle avait du mal à comprendre.

Le grand Algarin, toujours à cheval entre deux guerres, s'approcha d'elle, jusqu'à la coller, la laine de leurs tricots en devenait électrique. Il comprenait tout ceci, lui, la zone Nord, la *yaya,* la zone Sud, la *nono* qui n'était plus libre, les événements tout cousus de fil de rôti, Hitler, Staline, Mussolini, il comprenait. Une espèce de lucidité remontée de ses renaissances successives, une conscience aiguë toujours de ce qui menaçait sa propre personne et l'asile entier. Il comprenait que tous n'étaient pas malades, qu'ils pouvaient à tour de rôle se cacher sous l'ombre d'un mauvais rêve, dans l'habit d'un autre, se grimer de chagrin, grimacer, ralentir leur souffle, la course de leur sang, tourner et parler en rond comme des jouets mécaniques, jouer à ne pas être, simuler la paranoïa, se faire passer pour fou mais il ne disait rien. Les secrets de l'asile devenaient les siens. Avant qu'il ne s'enflamme encore dans un monologue désespérant, Jeanne repoussa le journal vers le grand Algarin et se leva sans un mot.

Un homme se tenait là au bord des autres, telle une ombre surélevée. Jeanne ne l'avait jamais vu. Grave, il dévisageait chaque malade, essayant de les nommer. Il en reconnaissait plusieurs et engageait avec eux un brin de conversation. Il s'avança vers Jeanne, gentiment, ne voulait pas la brusquer, un sourire blessé tendait la peau de son visage.

« Vous êtes arrivée quand, mademoiselle ?

– En août 1940.

– J'ai dû vous croiser, vous avez changé sans doute et moi… pareil. »

D'anciens malades lui posaient des questions. « Vous avez été malade, monsieur Baptiste, mobilisé ?

– Oui mobilisé et on m'a envoyé dans un camp… prisonnier, un peu comme vous.

– Ah, ça non, on nous enferme plus, y a des choses qu'ont changé depuis. Mais on est toujours là, ah ça oui… Faut nous garder, M'sieur Baptiste, même si on est tout tordus. Moi j'ai peur des Allemands. »

Le gardien revenant, du pays des Boches comme il disait, les bras croisés comme pour se protéger de sa propre conscience, de sa propre haine, baissa les yeux et lâcha :

« Moi aussi, j'ai peur des Allemands, ces crevures. » Puis il se ressaisit, sortit un paquet de Caporal de sa poche et fuma à la fenêtre continuant son inventaire humain entre l'avant et l'après. Il observait Jeanne à la dérobée. Que faisait-elle ici ?

Il la rejoignit au pas de la porte.

« Vous veniez bien de la Seine, non ?

– Oui, ça fait longtemps… au tout début de la guerre…

– Et maintenant ?

– Voyez, je suis encore vivante…

– Bien sûr, bien sûr… mais vous remonterez donc jamais à Paris ? »

Jeanne ne répondit pas et se détourna de lui comme des autres.

Décembre 1942

Les époux Balvet sont partis comme prévu après Noël. Je les regrette déjà, surtout Mme Balvet. Toujours proche des religieuses, elle ne les prenait pas de haut bien que docteur elle aussi. Nous a enseigné bien des choses en botanique, des soins élémentaires à base de plantes. Elle éprouvait de la tendresse pour certains malades, surtout pour cette pauvre femme qui s'est occupée de ses enfants pendant près de six ans.

Depuis 1936, les Balvet avaient apporté une certaine modernité dans notre vieil asile. Avec la TSF, le club, la bibliothèque et la petite buvette, les malades ne sont plus là à tourner en rond dans leurs propres ténèbres.

Avant eux, le Dr Agnès Masson avait déjà tracé des lignes de progrès. Ces messieurs semblent l'avoir oublié… À présent, tout s'ouvre davantage encore.

Dr Tosquelles dit souvent qu'on ne peut rien avec notre seul dévouement, qu'« il faut solidifier l'ensemble humain. La forteresse de soins qu'on saura prodiguer nous fera oublier tous ces murs trop épais ».

Les guérisons sont de plus en plus nombreuses et Dieu nous garde de penser qu'elles sont miraculeuses. Plus personne ne doute des nouvelles méthodes. J'ai l'impression d'avoir traversé un siècle entier depuis mon arrivée ici.

Le nouveau Dr Bonnafé venu de Paris est passé me saluer la semaine dernière au pavillon Providence. Soucieux, franc. Militant communiste, il sera plus tranquille en Lozère. Bonne paire avec Tosquelles, je le pressens.

Mlle Sirvins, fortes crises depuis dix jours. Séance d'électrochocs en fin de semaine.

Jeanne R au Villaret, pour combien de temps ?

25

Médusé, Tosquelles regardait le paysage immaculé, l'asile trempait dans une atmosphère irréelle. Il n'en revenait toujours pas de tels assauts de l'hiver, de cette tourmente, ces puissantes bourrasques de neige qui aveuglaient et terrassaient les plus forts, isolaient des hameaux des jours durant. Il en viendrait encore ici de ces paysans fous de solitude égarés dans leur propre pays, projetés dans les congères. *Bergers de vent, bergers de rien**, disait Balvet.

Mais la neige ne pouvait abolir les frontières, les limites des asiles, des casernes, des camps. Il repensait à celui de Judes qu'il avait quitté deux ans auparavant et fumait derrière la fenêtre de son bureau, le regard perdu dans cette blancheur glacée qui était aussi un enfermement.

Puis, il revenait à ses notes et réflexions. Ici même, continuait le dégel des habitudes, on allait vers la fin de toute sorte de rétention. L'hôpital de Saint-Alban retrouvait les forces d'un organisme vivant prêt à d'autres métamorphoses. Il y croyait, le Catalan. Avec Bonnafé et Chaurand, ils dérouteraient encore les vieux principes de la concentration asilaire, cette déshumanisation qui sclérosait les malades dans la folie et la souffrance, ils les sortiraient de l'ornière du conditionnement. Chacun devait changer sa façon d'être à son niveau de responsabilités.

Tosquelles sentait les rumeurs de ce monde en guerre échouer contre les murs de granit, ces grandes falaises de l'asile. On vaincrait aussi le franquisme, le nazisme, toute forme d'aliénation même si sa vie entière d'homme n'y suffisait pas.

Il enfila son manteau à la hâte pour regagner l'infirmerie du pavillon Providence où sœur Rolande l'attendait.

« Des malades me posent des questions sur la situation, ils sont inquiets ; tout a changé ici depuis le début de la guerre. Que leur dire, docteur ?

– C'est la vérité qu'il leur faut, même dramatique. Nous partageons la même réalité, on ne peut les en écarter. Anglais, Américains contre le Japon, l'Union Soviétique envahie par la Wehrmacht, la pénurie des choses, tout ça fait qu'on invente des solutions. La guerre nous oblige tous à sortir du marasme. Vous savez bien qu'on a moins d'entrées de malades véritables depuis l'année dernière. Ils ne doivent pas rester des aliénés de la vie sociale. Faites lire les journaux à voix haute aux illettrés et aux prostrés…

– Mais pour nos réfugiés ? Croyez-vous qu'ils les distinguent ?

– De toute façon, ils ne connaissent pas leur état civil, ni leur dossier ; personne n'a une âme d'espion entre ces murs… pas même votre Dieu avec tout le respect que je vous dois, ma sœur. On se retrouve à la veillée, n'est-ce pas ? »

Ce soir-là, on leur proposait une sorte de scène ouverte, un festin de paroles. Libre à chacun d'y prendre part. La Caille resta dans un coin près de la porte. En cas de crise de démangeaison, elle quitterait la salle sans un mot. On aurait dit une sentinelle postée là entre le monde des vivants et celui des spectres.

Une femme leva la main. Arrivée cet automne, peu la connaissaient. Entre deux âges, son allure de paysanne contrastait avec son élocution, elle voyait mal, n'avait pas de lunettes, les yeux collés à sa liasse de papiers qui cachait son visage, elle commença à lire une longue lettre d'une voix appliquée et métronomique.

«Je voudrais savoir chers médecins et sœurs très respectables ce que nous sommes.

«Des malades des patients des fous des idiots des innocents ou quoi?

«Moi je ne suis pas patiente je suis impatiente je ne suis pas malade je mange je dors et je travaille aux cuisines je ne suis pas folle je garde mon démon sous le jupon, je ne suis pas innocente, j'en suis à ma troisième vie je ne suis pas un monstre tous les jours je prie Marie, Dieu, saint François mais pas l'Espagnol et j'aime les fleurs des champs je loge au château donc je suis une reine, j'exige de beaux habits et je veux bien lécher les plats à condition qu'ils soient en porcelaine.

«Je voudrais qu'on me sourie toujours car j'ai l'honneur d'aimer tout le monde ici même les plus vilains.

«Il faudra me sortir d'ici bientôt et m'emmener dans un autre château dans un pays sans vent avec de jolies servantes.»

Il fallut l'interrompre car elle ne lisait plus mais parlait avec un débit qui s'accélérait. Sa voix montait dans les aigus, ses mots n'avaient plus ni queue ni tête et surtout elle avait écarté les jambes pour uriner sur le plancher. On lui proposa de reprendre sa lecture à la prochaine veillée mais elle hurla à l'injustice... Un interne s'en approcha, lui demanda sa lettre. *Si vous le voulez bien, nous la partagerons avec mes collègues puisqu'elle nous est adressée.* Mais la colère lui avait soudain coupé le souffle et elle se laissa choir sur sa flaque de pisse pleurant dans ses mains.

Le Maître se dressa face à l'assemblée :

« Un peu de tenue tout de même, mes enfants. »

Il récita de mémoire un court poème en articulant chaque syllabe comme s'il le dictait :

« Je ne veux pas me plaindre et je me tais dans moi-même, sans fiel et sans raillerie,

« Comme un oiseau en sang, caché entre deux pierres*. »

Il répéta ces vers dans le désordre comme s'il en cherchait la signification cachée. « Comme un oiseau sans fiel dans moi-même je me tais sans me plaindre. » On aurait dit qu'il ouvrait son arrière-cœur. Il n'était plus le Maître, égarant ses mots, les déplaçant comme des dominos. Bonnafé et Tosquelles coude à coude n'en perdaient rien, stupéfaits. Le Maître devenait un cancre égaré dans sa récitation. De fait, les épaules basses, sa tête légèrement penchée, il n'en paraissait que plus vulnérable. Lui qui agaçait tout le monde avec ses ordres, sa baguette d'autorité, il réussit durant quelques longues minutes miraculeuses à imposer le silence.

Cette image d'oiseau en sang entre deux pierres bouleversa Jeanne. Elle observa le vieil homme, son visage livide et ses yeux collés d'une brume éternelle. Sa tête tremblait, à l'inverse de sa voix, qu'il avait claire et profonde comme si elle jaillissait entre les deux pierres du poème. Personne ne savait s'il en était l'auteur. Bonnafé affirmait que la poésie appartenait à tout le monde et qu'on en avait tant besoin en ces temps de disette.

Jeanne ne put s'ôter de la tête l'image de l'oiseau. Pire, elle imagina qu'il s'était logé dans la poitrine même du Maître. Chaque jour, il s'enfonçait dans son brouhaha et son brouillard avec ses mots irrespirables qu'il tirait de sa mémoire comme les vieilles laines d'une couverture flétrie.

Non, la poésie dont parlaient les médecins n'était pas une bonne nourriture. La poésie, les prières, c'étaient des mots toujours trop forts, des mots des autres qu'on ne pouvait pas porter. Pas encore.

Ils n'avaient pas toujours raison ces messieurs que Jeanne craignait encore un peu avec leurs mains enfoncées dans les poches de leur longue blouse blanche. Seul Tosquelles agitait les siennes, les faisait ailées pour accompagner ses paroles mouvementées et joyeuses. Jeanne ne les comprenait pas toutes mais elle en aimait le désordre qui dissipait pour un temps sa peur de la folie.

5 janvier 1943

Mort de Mme Vialatte. Mais quelle force lui est venue pour arranger ses cheveux ainsi juste avant de mourir ? En attendant l'extrême-onction, elle m'a parlé comme jamais, des phrases tenues, comme sorties d'un livre. Elle n'a pas voulu de chapelet... M'a dit « non merci, ma sœur ». Qui était la sœur de qui ? Elle est morte avant l'arrivée du curé. Il me faudra dire aux malades que leur Caille s'était parée pour la mort.

Chaque mort est unique. Il m'est dur de penser qu'elle est enterrée au cimetière des indigents avec juste une croix fichée en terre qui tombera sous la prochaine tourmente. Pensées et prières pour cette malheureuse toujours à se gratter comme pour décoller les ombres qui la recouvraient. Paix à son âme.

N'est-il pas vain de chercher consolation dans cette vie ? Ai-je autant de foi que ces médecins pour accompagner ces pauvres hères ? Dieu me garde de ces doutes qui me poursuivent parfois.

26

En ce début janvier, l'hiver n'avait pas été moins féroce que les années précédentes. La Caille avait été conduite à l'infirmerie, devenue cachectique comme quelques autres malades carencés et trop faibles pour résister. Jeanne ne l'avait pas revue depuis la dernière veillée. Dans un dernier sursaut de lucidité, la Caille avait réclamé la mère supérieure. Avec ses cheveux curieusement lissés et sa chemise de nuit comme amidonnée, à croire qu'elle avait tout préparé la veille et imploré la mort pour faire valoir ce que de droit. Sœur Rolande avait couru dans la neige pour aller taper à la porte du curé.

Jeanne avait voulu assister à la cérémonie funéraire de sa voisine de lit. Elle avait fait le lien pour la première fois entre leurs deux surnoms, Caille et Fauvette. Ainsi étaient-elles vraiment de même espèce, deux oiseaux qui s'étaient posés là par hasard ? Leur impossible envol…

En regagnant le parvis du château, Jeanne s'arrêta devant une statue sans socle, posée à même le sol. On aurait dit que la dernière tourmente de l'hiver l'avait roulée jusque-là et poli ses formes humaines dont il ne restait que les bras en croix sur un torse entaillé par deux pieux de fonte. Jusque-là elle ne l'avait pas vraiment remarquée. Ici, la pierre était aussi présente que l'air. On respirait les deux, on se sentait plus épais, plus vivant de la pierre et de l'air. Toujours. La neige, en déposant une couronne fragile sur cette tête de granit, en avait fait une sorte de Notre Dame des Douleurs sauvage, sans yeux ni bouche. La jeune femme s'approcha jusqu'à s'accroupir au pied de la statue, à la recherche d'un visage humain dans la béance de la partie supérieure. Peut-être avait-on sculpté cette créature à seule fin d'un passage d'eau ?

Jeanne semblait chercher une âme dans cette Madone mutilée. Comment les sœurs qui vivaient au château s'étaient-elles habituées à cette présence abîmée, innommable, que n'appelait aucun ex-voto, aucune manière d'en fleurir l'autour ? Pourquoi avoir posé là cette fontaine oubliée, loin de sa source ? Elle demeura songeuse les bras ballants.

Auguste qui détestait les cérémonies, les messes et les gens affligés, n'avait pas voulu assister à l'enterrement de la Caille. Il remontait du village où il était allé acheter son tabac gris. En voyant Jeanne si curieuse, il lui dit tout bas :

« Y a rien à y voir, Fauvette, c'est une vieillerie du château.

– Mais non, c'est une Madone, on aura voulu la casser sans doute. Faut la sauver, comme on doit sauver les malheureuses du château. Retrouver ce qui manque. »

La voix d'Auguste se leva, soudaine et forte : « Qu'est-ce tu dis la femme ? Tu déraisonnes. »

Il sortit son tabac de la poche de sa vareuse, et s'appliqua à rouler une cigarette, un œil grave sur la statue.

« On n'a jamais rien vu d'aussi vilain. Regarde mes mains, fais comme moi au lieu de raconter des histoires. Je fabrique des choses humaines, pour les enfants qu'on voit pas. Oublie cette misère de pierraille. »

Pour la première fois, Jeanne s'avança vers lui, au plus près, posa une main sur son bras plié, suivit un instant le filet de son tabac qui s'élevait vers le tilleul dénudé.

« Vous ne pourriez pas lui rendre ses yeux au moins ?

– J'peux rien faire moi, je travaille que le bois et les os. »

Auguste ne parvenait toujours pas à regarder Jeanne en plein visage. Qu'elles soient mariées, demoiselles, nonnes, beauté ou fagot, aucune femme n'éveillait en lui l'émoi de la chair ou du cœur. *Asexué* avait noté un interne dans son dossier médical. Mais ce jour-là, éreinté par le travail de décharge du bois à l'atelier, Auguste avec ses pauvres mots sut avouer à Jeanne que sa voix lui faisait du bien. La jeune femme réajusta le chandail sur sa poitrine et resserra sa pèlerine avant de lui souhaiter le bonsoir.

Désormais, ce ne serait plus la Caille qui se lèverait la nuit aux côtés de Jeanne mais cette femme de pierre sans visage. Elle aurait voulu en parler à quelqu'un. Tosquelles l'écouterait, lui, mais on noterait à nouveau dans son dossier *tableau mélancoliforme, pensées morbides, délires*… Ces mots gluants, cette poisse dans son dossier, elle s'en souvenait. Non, pas de délire d'écoulement, il fallait taire ces visions, les repousser jusqu'au pertuis du sommeil.

Les jours suivants, elle évita de regarder dans la direction du château. La statue était entrée dans son histoire à elle. Si on l'avait laissée là, c'était en hommage à quelqu'un, une sainte, une martyre, une suppliciée enfermée au château du temps de leur fameuse bête du Gévaudan ? Si Auguste refusait de lui faire des yeux, il devait y avoir une raison ? Lorsqu'elle chassait l'image de la femme sans visage, celle de la Caille lui revenait. C'était pire encore. C'était peut-être cela la folie ? Ne pas savoir nommer les fantômes et les traîner comme des doubles derrière soi. Des sentinelles lâches.

27

On démêlait, désignait, répertoriait des symptômes, cependant *Que d'énigmes inextricables au fond de tous ces êtres,* pensait la mère supérieure. « Mais s'ils sont capables de joie, disait sœur Luce, notre travail n'est pas inutile. » Elle en était convaincue et n'avait pas sa pareille pour agiter une lueur chez les malades les plus perdus. Mais les autres, les inatteignables, les catatoniques et les déments, qu'on baignait de prières aussi délirantes que leurs sabirs ?

Sœur Rolande, même pressée, ralentissait le pas à l'approche d'un groupe de médecins, stagiaires ou internes, curieuse de leurs échanges. Psychoses, névroses, obsessions paranoïdes, délires mystiques, troubles spatio-temporels, amnésie de fixation, mutisme, schizophrénie, paraphrénie, stéréotypie, paréidolie, autant de termes dont la mère supérieure n'entendait pas grand-chose. Puis se hâtant d'un bâtiment à l'autre, dans les couloirs, elle répétait certains dans sa tête pour en deviner le sens, se rappelait quelque racine latine ou grecque. Les docteurs n'étaient pas jaloux de leur savoir mais elle, si.

Puisqu'il n'avait toujours pas le statut de médecin psychiatre, Tosquelles allait donner des cours aux volontaires qui jusque-là n'avaient été que meneurs de troupeau, pour former un bataillon d'infirmiers spécialisés, y mettant toute son énergie. Les religieuses pourraient bien sûr en profiter « à commencer par vous ma Sœur, même si vous êtes déjà sur notre voie », avait-il précisé. « Avec nos sabots, nos espadrilles ou nos souliers cirés, nous avancerons côte à côte, c'est notre combat ! »

Sœur Rolande n'avait exprimé aucun enthousiasme à cette annonce, gardant pour elle ses doutes. *Suivre des cours ? Mon expérience depuis plus de trente ans ne vaut donc rien ?* Mais tout de même, elle voulait bien comprendre les mystères et les souffrances de certains malades enchaînés à l'intérieur d'eux-mêmes. Et leurs échappées parfois en pleine vie revenue, après des jours et des jours de contrition.

La veille, une vieille femme s'était adressée à elle d'une voix aussi claire que glacée. « Encore une journée perdue ma Mère, je meurs chaque jour, vous savez ? » Sœur Rolande était restée raide et coite, incapable de justifier une seule parole face à un tel aveu, les doigts triturant le cordon de son escarcelle. Quels mots allait-elle déposer le soir même dans son carnet avant d'éteindre sa lampe ?

Quand les premiers cours et concepts de la psychanalyse selon Freud furent présentés, elle fut atterrée et refusa l'idée même que la sexualité fût à l'origine de tout. Où voulait-on en venir ? Où voulait-on revenir ? Elle alla trouver Bonnafé pour s'en plaindre : « Qu'a-t-on besoin de connaître de telles cochonneries ! » Tosquelles dut reprendre ses explications, choisir des exemples dans la Bible pour illustrer le complexe d'Œdipe, la castration symbolique, etc. Durant des semaines, sœur Rolande douta de son rôle dans leur *forteresse houmaine* comme la nommait Tosquelles.

Le gardien Baptiste, *revenu du pire*, n'hésita pas à suivre son premier cours. À ses côtés, sœur Luce roulait des yeux fiévreux, hochait la tête, ouvrait et refermait son cahier.

« Mon Dieu, a-t-on déjà pensé à tout cela ? » Suspendus tous deux aux paroles du docteur, ils tentaient de prendre des notes. Ce fut peine perdue, le débit du Catalan, son accent les étourdissaient. Baptiste avait l'impression de monter au dernier étage de l'âme humaine. La tête pleine d'ignominies depuis son retour à Saint-Alban, étonné qu'il y ait encore de l'espace pour apprendre, il n'avait d'autre choix que de redescendre au milieu de personnes aussi vulnérables que lui, traverser la distance entre son propre drame et le leur, hommes, femmes, gardiens, religieuses et médecins. Revenir à une humanité commune, ne plus avoir peur. En s'endormant, il se répétait des phrases entières de Tosquelles.

Baptiste n'était plus un gardien. Son regard sur chacun, chacune changeait de jour en jour. Anxieux, attendri, amusé, il s'élargissait de l'intérieur. La vie lui revenait. Oui, sa place était bien là mais son travail était différent désormais.

Plus tard, sœur Rolande demanda à Tosquelles un entretien pour lui proposer que Jeanne travaille régulièrement au Villaret :

« Elle va mieux comme l'a constaté le Dr Bonnafé, personne ne la "réclame" dans sa famille, son mari semble avoir perdu sa trace. Vu que la cuisinière est toute seule depuis que la voleuse de pain a été renvoyée… Elle pourrait servir les repas aux enfants, veiller sur les plus jeunes. Elle s'ennuie et M. Forestier pourrait lui tourner la tête avec ses… créatures. Elle redevient mélancolique quand il lui présente ses soldats de bois ou ses bêtes. Je l'ai entendue dire que ça lui gâtait ses rêves.

– Bien, bien, si elle rêve, elle remonte vers nous. Je vais voir avec les docteurs Chaurand et Bonnafé mais avant je voudrais lui parler en tête à tête. Je passerai la voir demain. »

Sœur Rolande lui avait juste dit de se tenir prête pour la visite du Dr Tosquelles.

« Mais qu'est-ce qu'il me veut ? Signer mon bulletin de sortie ? Je suis guérie ? »

Jeanne avait tendu sa main droite comme un pauvre laissez-passer puis l'avait cachée sous l'autre, contre son ventre.

« Où j'irai sans alliance et sans rien qui m'attend ? »

La mère supérieure avait saisi son bras, d'un geste ferme mais sans dureté dans les yeux.

« Calmez-vous, calmez-vous… il n'est pas question de vous laisser partir du jour au lendemain. Vous avez besoin de nous et nous avons besoin de vous. »

Le ciel, visages et voix autour de Jeanne n'avaient rien de prometteur. Que dire au Dr Tosquelles ? Jeanne eut du mal à le comprendre et répondre à ses questions, elle avait laissé échapper quelques mots en pièces détachées, des silences puis de soupirs en soupirs, elle en était venue à rire parce que ci, parce que ça…

« Vous n'avez pas idée des forces qui vous restent, vous pouvez soulever à présent tout votre poids mieux qu'un âne, voyez-vous.

« Vous n'êtes plus mélancolique madame Rouaud, on vous observe travailler, parler, écouter et même marcher, vous savez. Moi je vois que vous n'avancez plus comme une fauvette. Faudra le dire à votre ami Auguste. »

Parfois, sur les conseils du Dr Bonnafé, Jeanne emportait un petit cahier qu'on lui avait donné à la bibliothèque pour écrire ses rêves, ses pensées. Ce qui agaçait Auguste, sentant comme un détournement d'attention.

« Dis la Fauvette, t'écris vraiment ? Pourquoi tu te donnes la peine ?

– Et vous Auguste ? Vous seriez content de garder vos mains dans les poches ?

– Ça m'arrive, faut pas croire… Quand je regarde les arbres. Quand j'entends des drôles de gibiers qui causent bizarrement quand ils sont sur pattes de nouveau. »

C'était dimanche et personne n'attendait personne.

28

Les courants d'air ne brassaient plus seulement froid et rumeurs funestes de la guerre. L'asile devenait de jour en jour plus respirable.

Jeanne retournait parfois près des femmes aux aiguilles. Là où le temps ne se figeait jamais tout à fait et prenait dans son giron l'épaisseur des tricots. Elle partageait leur rythme manuel avec un vieux chandail qu'elle démaillait. Mais il était difficile de se désennuyer, la parole manquait souvent ou s'égouttait en un filet à peine audible.

Mlle Sirvins ne faisait pas secret de ses mains au milieu des autres mais elle restait en lisière. Avec les soies et les voix de son invention, elle continuait de tisser des fiançailles perpétuelles entre la jeune fille qu'elle n'avait cessé d'être et son promis, un personnage habillé comme un prince qui traversait de loin en loin les paysages humains de ses tableaux. De temps à autre, elle relevait la tête pour s'adresser à ses compagnes :

« Nous sommes des orphelines. Les princes aiment les orphelines, le mien a dû s'égarer dans son pays d'ennui, il viendra bien un jour… Je travaille pour honorer nos espoirs. »

Jeanne guettait ces apparitions, s'en allait par ces chemins brodés à petits points patients. Parfois, elle en laissait tomber par terre le vieux chandail qu'elle détricotait. Mlle Sirvins ne s'en apercevait pas, partie déjà de l'autre côté de l'horizon.

Jeanne s'était approchée d'elle à la faveur d'un rayon de silence quand les autres malades lassées d'entendre les parleuses et pleureuses s'étaient assoupies sur leur ouvrage de laine froide.

Par neige ou par grand gel, quand la tourmente renvoyait chacun dans son terrier mental, les malades demeuraient des jours entiers sans quitter leur quartier. La vie même devenait glissante, le temps un vertige. Seul, le vieux jardinier Alexandre sortait ramasser les branches cassées, les écureuils ou les oiseaux tombés des nues, raidis de gel.

Mlle Sirvins aimait ces après-midi engourdis et travaillait à ses paysages de fil avec une lenteur appliquée. Elle aurait pu y mêler les cheveux de la Caille. Par-dessus son épaule, Jeanne lisait les avancées de ses broderies, pénétrait sans mot dire dans la fable qui prenait forme sous ses yeux.

Ainsi, elle avait découvert une fois sur une étendue d'un blanc cérusé quatre pieds puis les jambes, les jours suivants, deux enfants s'étaient révélés, puis une poupée, un chariot de bois. Sans doute devraitelle attendre l'arrivée du printemps pour découvrir les atours de cette enfance sage et figée. Mlle Sirvins travaillait en silence mais il arrivait que s'égrènent doucement des neuvaines de ses lèvres. Sa propre voix la surprenait alors, elle regardait furtivement de part et d'autre si ses prières avaient réveillé quelqu'une mais personne n'écoutait personne. À la croisée des gestes, le silence suspendu continuait à nourrir une solitude profonde.

À présent, la jeune femme distinguait bien deux enfants sur la trame couleur de neige fondue un peu poivrée. Mlle Sirvins se tenait de plus en plus penchée le nez et les yeux tout contre l'image vivante qui naissait de ses points, de ses nœuds. Entre ses doigts au fil des jours étaient apparues d'autres figures humaines, quatre femmes aux jolies coiffes tout en haut de la scène.

« Les mères veillent toujours sur leurs enfants », murmura Mlle Sirvins. Jeanne comprit *merveille* et ce fut comme si elle découvrait ce mot. Elle était donc la seule femme ici à broder des rêves éveillés et sa vie n'était pas un désastre. Inutile de lui poser des questions, Mlle Sirvins répondait à côté comme si elle avait sauté un rang, il ne fallait pas la détourner de ses idées. Jeanne enviait cette demoiselle de cinquante ans de s'adonner à une tâche très précieuse avec une attention toute maternelle, le monde à sa porte.

Les yeux de Mlle Sirvins se fatiguaient vite et elle ne travaillait jamais autant qu'au printemps et en été à la faveur des jours plus longs. Par temps gris, on lui laissait une place près d'une fenêtre ou d'une lampe. Sur son nouvel ouvrage, Jeanne tentait de suivre les vaguelettes de rouge, de bleu, n'y voyait ni figure ni limite connues. Cinq silhouettes noires, trois femmes allongées dans l'herbe au pied d'un calvaire piqué du drapeau français. Tous disséminés dans un paysage des quatre saisons.

Jeanne suivait ses histoires comme ces films muets qu'on leur projetait en veillée une fois par mois.

Mais les couleurs parlaient pour elle aussi. C'était miracle ces teintes, ces visages qui portaient la beauté d'un monde suspendu entre ciel et terre, surgis d'un humus de chanvre mêlé de poussière et de larmes trop longtemps retenues.

Jeanne n'aurait su dire comment et pourquoi elle partait aussi loin sur les chemins ouverts de Mlle Sirvins. La jeune femme aurait voulu inventer à son tour un pays où se perdre, s'oublier comme Mademoiselle.

Mais c'est ici qu'elle désirait traverser la brume et le froid, marcher à petits pas entre les dernières lamelles de verglas, écouter craquer ses vieux souliers. Elle était seule à arpenter l'asile sous un ciel blanc et silencieux; pas même un oiseau pour appeler le regard. Elle s'avançait jusqu'aux limites de l'enceinte quand elle entendit une voix la héler depuis la route du village, elle reconnut aussitôt la faneuse.

C'était la première fois qu'elles se rencontraient depuis la fin de l'été dernier, la première fois qu'elles se retrouvaient ailleurs que dans les champs. Jeanne n'aurait plus trop le temps de participer aux fenaisons, aux moissons, aux levées d'autres récoltes à la ferme des Vanel.

Les enfants avalaient toutes ses pensées à présent, la petite faneuse l'ignorait.

Eugénie était montée seule à l'asile, laissant loin derrière son vallon ensommeillé de neige où les longues étreintes de l'hiver l'avaient privée des rencontres avec les malades, Jeanne surtout. Elle avait quitté la ferme à l'insu de son frère après avoir prélevé une bonne entame dans le beurre à peine baratté, il ne remarquerait pas la part manquante. C'était une drôle d'idée de penser que ça suffirait pour faire une brioche pour tous. En pleine période de rationnement. Imaginer leur joie d'en mordre un minuscule morceau qui n'ait pas le goût du pain noir suffisait à la convaincre. Combien étaient-ils là-haut ? Elle n'en connaissait qu'une poignée qui venait aux champs à la belle saison.

« Pourquoi on ne t'a plus vue chez nous ? Je croyais que tu étais partie pour toujours ? Tu as changé, Jeanne. »

Elle remarqua tout de suite sa bouche gercée, les cernes mauves, ses joues rougies de froid. Eugénie aussi avait le visage pâle sous un vilain bonnet de laine.

« J'en ai assez de brasser de la paille et des plumes de volaille… Depuis ce lundi, vu que ça déglace, on va à la mousse avec des gars de là-haut.

– À la mousse ?

– C'est vrai, t'es pas d'ici. »

Une mèche d'ombre traversa le regard de Jeanne, elle secoua la tête agacée :

« Maintenant si.

– C'est le lichen, à la morte-saison, on va le récolter en forêt. Plus y a de la bruine, mieux ça se décolle. C'est toute la vêture des arbres qui se donne. Des fois, je vois leur poudre bleue qui me tombe des mains, je m'arrête et j'ai plus envie de redescendre à la maison… On porte ça dans les pharmacies et puis ça va dans les parfumeries de Grasse mais faut en ramasser des pleins sacs pour gagner une belle somme. Je me fais ma dot toute seule, tu vois. »

Ce n'était plus la petite faneuse qui parlait mais une soldate que rien n'apeurait, ni le travail avec les hommes ni la forêt ténébreuse.

« Je suis venue porter ça aux sœurs. »

Elle déplia un torchon au fond de son cabas, ôta sa mitaine et recueillit un soupçon de beurre frais.

« Ne bouge pas. »

D'un doigt timide, elle en parcourut les lèvres craquelées de la jeune femme.

« Voilà, encore un peu, ça ira mieux. »

La bouche de Jeanne avait déjà le luisant d'un bon sourire. Eugénie répéta :

« Ça va mieux comme ça, non ? »

Jeanne appuya ses lèvres l'une sur l'autre et sentit le goût du beurre la nourrir de gratitude.

Le beurre, il y en aurait à peine pour réaliser une seule brioche. Comment partager cela ? Sœur Rolande décida de le faire porter au Villaret pour les enfants. On y ajouta des raisins secs et des noix. Jeanne dut découper le gâteau en tranches très fines.

« Fermez les yeux et mangez tout doucement. Vous n'en aurez pas avant longtemps. »

Elle fit le tour des enfants, passa une main douce sur chaque paire de paupières. Les plus petits jubilaient et piaffaient, son geste agaça les plus grands. Aucun ne fut capable de manger lentement. Leur plaisir était éclair.

14 janvier 1943

345 femmes 311 hommes encore 45 enfants au Villaret. Des consœurs semblent surveiller mes allées et venues, dois m'abstenir d'aller écouter la TSF chez les médecins. Ils me laissent leurs journaux.

Hier Hitler a déclaré la guerre totale... Guerre mondiale, on avait compris. Bientôt 3 classes d'hommes mobilisés pour le STO. Baptiste T n'y coupera pas, il est encore célibataire.

Goûter des rois avec les enfants du Villaret, un peu de chaleur et surprise d'une brioche margarine et beurre grâce à la petite Vanel qui en a porté une motte

Jeanne R toujours liée à cette fille, Auguste Forestier et quelques enfants du Villaret; cela vaut mieux qu'un attachement exclusif à une seule personne, qu'elle soit malade ou soignante disent les psychiatres. En cas de départ ou de défection, cela pourrait s'avérer désastreux. Son destin de mère ne semble pas vouloir l'abandonner. N'a pas souhaité écrire à sa famille. En a-t-elle une seulement ? Ils sont arrivés si nombreux de la Seine et d'Alsace à la fin de l'été 39, on n'a eu que des fiches sommaires, certaines manquaient. Les psychiatres répètent de ne soumettre aucun malade à un quelconque interrogatoire.

Grâce à l'enseignement de nos médecins, je redécouvre le genre humain. Il faut veiller chez nos malades à l'émergence de la parole, de l'appétence à la vie sociale. Ils ont d'autres mots aussi : désir, libido, éros et thanatos, ils évoquent souvent leur Sigmund Freud, et surtout Hermann Simon. Tandis que nous humbles servantes, on implore toujours le même Dieu, la même miséricorde ; le vrai miracle c'est de parvenir à se comprendre. Sans ma coiffe, je me serais arraché tant de cheveux depuis l'arrivée du Dr T.

Il m'a fait lire cette phrase : « Toute psychothérapie n'est jamais autre chose qu'une éducation des malades, visant à leur rendre la volonté et le pouvoir de se conduire eux-mêmes d'une manière ordonnée et utile*. » Sur le papier, tout paraît simple mais que d'efforts pour appliquer cela.

29

Lors de sa dernière visite au quartier des hommes, Tosquelles s'était attardé auprès d'Auguste. Il l'avait trouvé maussade, les mains dans les poches, lui avait demandé s'il travaillait toujours à l'atelier de menuiserie où se retrouvaient aussi les sabotiers et ceux qui savaient creuser louches ou cuillères à vendre aux villageois.

« Oh que non, j'aime pas y rester, là-bas. J'y prends peine pasqu'ils font tous la même chose et y en a qui crachent dans la sciure… et on nous défend de fumer. »

Puis il s'était ranimé soudain :

« J'ai quelque chose pour vous, capitaine. Suivez-moi. »

Le docteur, bien qu'attendu à l'infirmerie, n'eut pas le cœur à décliner son invite et lui emboîta le pas jusqu'à son atelier de fortune du côté des cuisines. Tout en maugréant, Auguste fouilla dans un sac de jute, en sortit un morceau de bois poli, puis un autre, des os, un coupon de toile à matelas, des lanières de cuir. « On me l'aura volé, grand Dieu, on me l'aura volé ! » Il finit par retourner le sac. Un petit homme de bois glissa de son fatras de chiffonnier, la tête en avant. Auguste le tendit à Tosquelles.

« Ah, vous venez de le finir… Je vois.

– Non, vous voyez rien mon capitaine… Il manque moi. »

Il aurait pu déposer son bonhomme aux pieds du docteur comme une offrande, une preuve d'allégeance mais l'avait gardé contre lui et répétait, les yeux baissés :

« Il manque moi.

– Il manque quoi, monsieur Forestier ? »

Il n'y avait qu'ici qu'on l'appelait monsieur. Ailleurs, avant, il n'était que Forestier, l'homme des bois sombres de l'autre côté de l'enfance, le dérailleur, le simple d'esprit au milieu de tant d'autres.

Le docteur avait laissé le silence parcourir cette distance impossible entre eux deux avant de hasarder une seconde question.

« Vous voulez qu'il vous ressemble ?

– Oh que non...

– Il est trop tôt pour me le donner, c'est ça ? »

Auguste avait promené doucement sa main sur la petite tête de bois, en aveugle comme pour mieux en sentir les aspérités, le mystère ; cette chose incomplète semblait le retenir, c'était la première fois qu'il vivait cela mais le geste dépassait sa pensée.

« Pour vous, mon capitaine.

– Merci mais j'attendrai encore un peu... On se reverra plus tard, monsieur Forestier. »

Tosquelles s'était hâté vers l'infirmerie les mains vides et la tête bouillonnant de questions. Cet Auguste qui tenait debout comme ses rois sauvages, qui savait construire des quilles solides à ses bateaux, des maisons-palais, aurait-il du mal désormais à s'en défaire ? La tristesse du faire et du défaire... se départager, se diviser, lâcher ce qu'il avait construit avec une méticulosité maniaque, en silence, sans espoir, sans rêve peut-être... cette part matérielle de lui-même, cette incarnation du réel, ce qu'il donnait à voir toujours, à marchander. En était-il capable encore, en avait-il besoin ? Se sentait-il orphelin à chaque œuvre accomplie, vidé de tout comme ces jeunes mères souffrant de dépression post-partum ?

Il en parlerait mercredi à la réunion du Gévaudan, leur cercle de travail collégial.

Les soirées étaient longues, les déplacements rares hors de Lozère. On attendait les parachutages de vivres, de journaux ou d'armes dans le maquis.

Chaque hôte de passage – poète, philosophe, biologiste, psychiatre – participait aux échanges et recherches pour croiser leurs regards sur la vie asilaire et ses possibles futurs loin de toute aliénation sociale et mentale. Lors de cette séance, la discussion tourna surtout autour des patients actifs. Comme souvent on fit référence à Lacan, Freud, Hermann Simon. L'ergothérapie portait ses fruits, plus que jamais, on devait continuer à nourrir cette part non aliénée en chaque patient, ses capacités à rejoindre les autres par le travail des mains, le jeu, le chant, la création, le rire.

Puis ils passèrent en revue quelques malades qui mettaient à mal leurs convictions, dont une femme qu'on avait dû contenir suite à des crises violentes et des blasphèmes hurlés écorchant les oreilles des religieuses. L'une d'elles s'était mobilisée pour la calmer, tenter l'impossible, même passer la nuit à la veiller. Tout mais ne pas revenir aux harnais, à l'isolement. L'enseignement de la nouvelle équipe infusait doucement dans les manières d'accompagner les malades. Des guérisons advenaient, de plus en plus nombreuses, côté hommes et côté femmes. On cherchait à placer ces personnes chez un artisan, un paysan, dans une fabrique. Certains reprenaient leur activité d'avant. On irait les voir chez eux ou à leur travail pour s'assurer qu'ils soient respectés, qu'il n'y ait pas de rechute à redouter.

Tosquelles raconta ses derniers échanges avec Auguste. Il était là depuis si longtemps, abandonné des siens. À plus de cinquante ans, quelle vie lui serait possible en dehors de l'asile où il continuait d'entretenir un bestiaire et des personnages fantastiques ? Il restait solitaire et peu causant sauf quand il sentait autour de lui un peu de considération pour ses créations.

Bonnafé resta perplexe après le récit de Tosquelles. Il récita de mémoire un extrait d'un poème de Blaise Cendrars ou d'un autre dont il n'était plus très sûr : « *Cet homme est une île, il est heureux que quelques-uns l'accostent.* Il continue de vivre tant bien que mal avec sa schizophrénie... quand il montre ses objets, ses "choses importantes" et fait commerce avec les gens, il rencontre tout de même l'altérité.

– Donnant donnant. Il aère ses névroses, n'est-ce pas mes amis ? » ajouta Tosquelles qui rappela que Jeanne Rouaud comptait parmi les trop rares personnes sachant parler simplement avec Auguste, ne le considérant ni comme un fou ni comme un artiste.

« Comment la surnomme-t-il déjà ? Fauvette ! C'est heureux de se donner des noms d'oiseaux, non ?

– À vrai dire dans notre langue, François, cela signifie s'insulter. »

Tosquelles resta songeur :

« Mais c'est amitieux de la part de Forestier, non ? On ne peut pas ignorer cette part de création chez les malades... Comme chez les enfants d'ailleurs, ils perçoivent les autres comme des êtres différents, les affublent d'une particularité, les transforment. Cette distinction a du sens non ? Revenons à Fauvette, l'oiseau rare de Forestier… Elle devrait pouvoir travailler plus régulièrement à l'institut Roussel. Nous la guiderons si besoin, l'institutrice et la mère supérieure y sont plus que favorables. »

Avril-mai 1943

Le maire a délivré à Baptiste un faux certificat de mariage, plus deux enfants déclarés pour échapper au STO. Il a prévenu également la direction d'un rapport récent des renseignements généraux où sont mentionnés de « forts doutes sur le patriotisme de l'hôpital envers le gouvernement de Vichy ».

Dr Tosquelles fiché S depuis mars, accusé d'antipatriotisme et soupçonné de propager des idées révolutionnaires. Je redoute les indiscrétions de certains patients ou d'une sœur. L'intervention des forces de l'ordre est à craindre à tout moment. Il me faut prier pour que notre asile n'éveille pas davantage les soupçons de nos envahisseurs et des collaborateurs.

Sur le journal mural ce matin: « Le vent ne donne jamais des ailes ». Je renonce à deviner qui a écrit cela; Victor F aurait-il la faculté d'aligner autant de mots ?

Bonnafé, Tosquelles et Chaurand forment un attelage solide mais je crains que mes consœurs ne restent à la traîne. Seule sœur Luce, la plus jeune, souhaite profiter des cours du Dr T. Je n'ai assisté qu'au premier, faute de temps. J'ai essayé d'écrire ce que j'entendais mais avec l'accent du docteur, ce n'est pas toujours aisé.

« Le métier d'infirmier d'hôpital psychiatrique est un métier qui vise à obtenir une rééducation du psychopathe, une réadaptation à un niveau social maximum possible, en l'aidant à récupérer sa liberté intérieure. »

Depuis, je relis ces mots : « Aider les malades à récupérer leur liberté intérieure. » Est-ce bien raisonnable ? L'ampleur de cette tâche est-elle à notre mesure ? Comment libérer nos malades de leurs délires et de leurs idées fixes ? La souffrance les éloigne de la foi pour la plupart. Quand bien même ils prieraient chaque jour, les murs invisibles qui les maintiennent à l'ombre de Dieu et de nous tous ne s'écrouleraient pas. Pour la religieuse que je suis, il y a là un défi impossible à relever.

Sorties et guérisons se multiplient, c'est inespéré. Le travail, l'ordre des choses, la vie collective remettent d'aplomb nombre de malades. On leur a toujours proposé des occupations, au ménage, aux jardins, aux ateliers. Sans penser que c'était là un traitement. Ne plus tourner en rond dans leur vide. On nous explique que nous devons leur donner des missions, même minuscules, afin qu'ils ordonnent leur temps, leurs déplacements, leurs gestes, qu'ils aillent vers les autres.

Avant, leurs disputes m'effrayaient, leurs paroles, blasphèmes, grossièretés parfois. À présent, j'y vois une vitalité, un besoin de s'accrocher aux autres. La vraie violence ne serait-elle pas le silence ? L'ergothérapie les rendra plus humains, humains parmi les humains et nous de même.

Certains jours, j'ai l'impression de reprendre ma vie à zéro.

À toujours monter descendre les mille marches de cet asile, j'ai de nouveau cassé une bride de ma sandale. À porter à l'atelier pour réparation. Je suis de plus en plus débridée, à croire que l'humour du Dr T est contagieux. M. Auguste m'a vue boitiller. Il m'a demandé la paire entière pour récupérer le plus de cuir possible ! Il doit croire que je suis riche.

30

Chaque matin désormais, Jeanne allait aider la cuisinière de l'institut au Villaret à neuf heures, le temps de rejoindre à pied le hameau, deux bons kilomètres derrière l'asile. Une route communale, des chaumes gris, la détrempe de l'hiver, à grandes enjambées elle passait d'un monde à l'autre, une suite de corbeaux et de nuages dans le dos. En début d'après-midi, elle faisait le chemin inverse à pas lents, la tête pleine des ressemblances entre ces deux mondes.

Elle suivait les ordres de madame Muguette qui s'éloignait rarement de son fourneau. Ça venait par à-coups, dès qu'elle voyait Jeanne les mains libres : « Y a qu'à aller au bois », Jeanne apportait de suite une brassée de bûches, « Y a qu'à préparer les patates, y a qu'à chercher les œufs à la ferme. » *Y a qu'à* ne savait pas comment s'adresser à cette jeune femme timide, était-elle vraiment folle, un peu instruite ? Madame Muguette ne posait pas de questions. Elle se contentait de lui demander des choses simples sans Tu, sans Vous et de marmonner à voix basse *Faut faire avec*, le credo d'un esprit résigné dans un corps vaillant et costaud. Puis de jour en jour, *y a qu'à* n'eut plus cours. Jeanne comprenait tout, agissait, secondait, parfois précédait madame Muguette et elles finirent par devenir une bonne paire.

Jeanne fut impressionnée quand, la première fois, elle vit tous ces enfants attablés au milieu d'un concerto pour gamelles, assiettes et timbales en tôle aluminium, concerto pour la faim. Et un appel à la tendresse, denrée que la plupart ne connaissaient pas. Leurs regards sur elle, ses cheveux, des gestes vers sa joue, sa gorge, un sein, mémoires enfouies bien trop loin sous la peau.

Les plus jeunes se disputaient ses mains et très vite Jeanne remarqua ceux qui ne demandaient rien, leurs petits yeux de cendre, leurs visages blafards, bouches bées en permanence, morvelle jusqu'au menton, soubresauts sur leurs bouilles d'anges qui se changeaient à la seconde en figures sylvestres ou aquatiques, petits blaireaux, grenouilles, oisillons encore nus de plumes.

Ce fut un vertige les premiers jours d'être au milieu d'eux, de sentir leurs appels, criaillements, grimaces et sourires impensables. Elle ne savait pas où donner de la tête, une énorme louche dans une main, la poignée de la marmite dans une autre, peur qu'un se brûle, y jette un caillou, un crachat. La cantinière l'avait prévenue :

« Il y a des vauriens et des vraies crapules dans le tas, prends garde à tout. » Et pour se convaincre un peu plus, elle avait répété dans son patois : « *I a de cacibralhas e de pas degus.* »

Jeanne l'écoutait d'une oreille, en comptant les tranches de pain à voix haute pour ne pas se laisser envahir par ses mots souvent noirs.

« Si j'avais pu trouver un autre travail… mais avec ces jambes, j'peux pas faire plus de dix kilomètres par jour, regarde ça, c'est comme tout rempli d'eau de vaisselle et de varices, t'es jeune toi, tu connais pas ces misères encore. »

Et elle repartait dans ses jérémiades et avertissements, le malin rôdait partout, fallait se méfier des petits, des grands, des Allemands, des collabos, des résistants et même des médecins qui n'entendaient rien à l'éducation des enfants vu que c'étaient des bonnes qui élevaient les leurs, des folles de l'asile par-dessus le marché.

« Moi, je n'ai pas le droit de m'en occuper depuis que j'en ai traîné un à la ferme pour le punir d'avoir renversé le broc d'eau sur la tête d'un p'tit qui braillait. Là-bas, le chef des cultures l'a mis à récurer la souille des gorets… le gamin eh ben, il a pris la poudre d'escampette, tous les portillons ouverts derrière lui. Oh là là, les cochons avec les vaches, les poules avec les ânes, partout mélangés dans les prés qu'on a dû se mettre à quinze pour les reconduire aux enclos ou à la ferme. Le petit salaud, y l'ont retrouvé dans l'heure au village. La mère supérieure m'a bien sermonnée et le Dr Balvet avec. J'ai dit que c'était la colère qui m'avait prise et pis le cœur retourné de voir le petiot qui pleurnichait trempé comme une soupe. »

Jeanne la regardait s'empourprer et s'essouffler à revivre cette histoire. Ces enfants étaient-ils tous de la mauvaise graine ? Et pourquoi elle se donnait la peine de les nourrir si elle ne les aimait pas ? Muguette devenait bruyante, cognait la poêle en fonte sur le fourneau, poussait du pied les paniers de légumes, brassait l'air plus que nécessaire. Puis se radoucissait, réalisant qu'on l'écoutait enfin. Pour une fois.

« Y a pas si longtemps que ça encore, c'était misère ici, ces gosses, des petits bestiaux inéducables disait tout le monde, illettrés, mal fagotés, mal léchés. Comme dans un hospice plein de crasse et d'ennui mené par *una vièlha tanturla, dura coma de fusta de nosier.* Même le directeur, il avait honte à ce qu'on m'a dit. Depuis qui sont arrivés les docteurs Chaurand et Tosquelles, y a du mieux. L'institutrice y est pour beaucoup… pasqu'elle leur cause et y en a même qui savent un peu lire et compter… mais on va pas en faire des enfants de chœur. Quand c'est né dans le malheur et la misère, ça donne jamais du bon. *N'en farem pas res s'aquò s pas de pregar lo bon Dieu jorn e nuèch.* »

Elle s'épongeait le front, le cou avec une chiffe graisseuse et reprenait son monologue pendant que Jeanne pelait des pommes molles pour la compote du midi, jetant un œil de temps à autre sur le fait-tout qui ne se remplissait pas assez, elle suçait un trognon un peu suri pour faire patienter la faim.

« Et vous madame ? Vous en avez des enfants ?

– Pas eu le temps… mon mari est mort au front à l'autre bout de la France… la grande guerre qu'on dit encore comme si maintenant c'était une petite de guerre… J'ai pas voulu reprendre un homme… quand l'espoir, il est fauché, il est fauché. »

Quelques semaines plus tard, Tosquelles et Chaurand demandèrent à Jeanne de donner un peu plus de son temps à l'institut. Il y avait tant à faire. Les gosses éducables ou non éducables étaient pensionnaires au même titre d'un lieu où l'enfance aussi devenait un combat. Jeanne entendait parler de tests aux noms mystérieux, Binet-Simon, Vermeylen, Rorschach. Elle posait des questions à la dérobée, on lui répondait sans façon : « C'est pour déterminer leur âge mental, évaluer leur personnalité. » Elle se tenait prête au cœur de cette saison d'éveil qui n'en finissait pas, jubilait à voix nue, discrète, les entraînait dans leurs propres buissonnades où ils oubliaient leurs limites.

Les jours couraient pour Jeanne à présent de l'asile au Villaret. Elle lançait son corps de l'un à l'autre, nouvelle, inquiète. Les enfants la portaient au-delà d'elle-même, là où elle n'avait pas encore vue.

C'était un jeudi, jour sans classe, et des orages menaçaient la Margeride depuis le matin. Jeanne avait passé deux heures avec les plus jeunes. L'atmosphère électrique énervait les petits qui se pinçaient, criaient ou tournoyaient dans la cour au rythme des feuilles colportées par le vent. Elle eut l'idée de leur proposer du papier et des encriers. L'institutrice qui préparait les devoirs du lendemain fronça les sourcils lorsqu'elle lui demanda un petit flacon d'encre noire.

« Êtes-vous bien sûre ? C'est avec la violette qu'ils écrivent.

– Ils veulent du noir. » Jeanne se montra si déterminée que la discussion s'arrêta là.

Les enfants à genoux sur de vieux journaux trempèrent dans l'encre des brindilles trouvées dans la cour et dessinèrent des ronds, un soleil aux grands yeux, des croix, quelques lettres cursives, un bonhomme couronné. Cela partait dans tous les sens, en silence dans le bouillon de leur cœur. Les yeux rivés à leurs gestes, elle tenait ferme l'encrier, au milieu de la salle de jeux aménagée depuis peu.

Ce jour-là, elle entendit Tosquelles parler seul sur le seuil de la vieille bâtisse tandis qu'elle récupérait les dessins déposés par les enfants sous des cailloux dehors pour qu'ils sèchent. Le docteur venait de l'apercevoir à l'angle du mur avec sa brassée de feuillets striés d'encre. Elle n'aurait su dire s'il avait un air rêveur ou égaré. Le col de sa chemise était plus ouvert que d'habitude malgré la fraîcheur du soir. Des nuages pourpres descendaient doucement sur la prairie silencieuse en face. Il s'avança vers elle, souffla sur ses lunettes et les essuya sur un pan de chemise avant de les réajuster.

« Vous dessinez, Jeanne ? »

Elle appréciait qu'on l'appelle par son prénom, ne sachant plus si elle était madame ou mademoiselle ou veuve. De toute façon, Auguste lui avait asséné l'autre jour qu'ils étaient tous orphelins dans cet asile et seul comptait leur petit nom.

« Oh non, docteur, c'est le travail des enfants.

– Pourquoi du noir, il y a pénurie de violette ?

– Non pas du tout, c'est un enfant qui en a fait la demande. Quelques autres aussi ont voulu essayer. Petit-Vingt m'a dit qu'il voulait des traces d'oiseau dans la neige. Ça lui est venu comme ça juste avec des petits bâtons et le bout de ses doigts. »

Jeanne laissa échapper un petit rire gêné. « Après ils ont dû tremper leurs mains longtemps dans de l'eau chaude et du savon. »

Tosquelles connaissait Petit-Vingt bien sûr. Les dessins ne portaient pas de nom.

« C'est bon signe, voyez, s'ils ne veulent pas la couleur de l'école, je veux dire l'encre violette. »

Il tourna son regard vers les fenêtres du dortoir à l'étage puis d'un air songeur gratta du bout de son soulier une herbe folle fichée entre les graviers.

Jeanne n'osait plus rien dire dans l'attente d'une autre question ou d'une boutade dont il ponctuait souvent ses assertions. Et regardant toujours ses pieds, le docteur dit ces mots à voix basse comme pour lui-même :

« Une véritable révolution consiste à reprendre son enfance. »

Un sourire étrange et fugace éclaira son visage tandis qu'il allumait une cigarette et se rapprochait de la jeune femme.

« Ils avancent avec vous, même s'ils ne suivent pas les lignes. Ils écrivent leur histoire avec les moyens du bord. »

Novembre 1943

Dr Bardah arrivé la semaine dernière, chercheur à l'Institut Pasteur destitué de ses fonctions parce que juif. Se fait passer pour fou mais travaille à des essais de médicaments avec Dr Tosquelles.

La colonie agricole a donné beaucoup de pommes de terre, le hachis parmentier revient plus souvent au menu. Le Kub Or fait bien illusion. Mme Chabert Rillette avale tout sans critiquer à présent.

Jeanne R reprend vie. Décision médicale quant à sa sortie définitive ? Ne veut pas entendre parler d'un retour chez elle. Il y a là un mystère qui dépasse la question du mari porté disparu. Me paraît très désintéressée par les événements, semble ignorer que le pays est occupé. Peut-elle feindre l'innocence, l'ignorance ?

31

Un couple était arrivé depuis une dizaine de jours, réfugiés chez Bonnafé sous le nom de M. et Mme Grindel. Personne ne devait savoir leur vrai nom. Paul et Maria Éluard, surnommée Nusch.

Jeanne observait avec envie cette beauté troublante, le rayonnement un peu sauvage émanant de ces deux-là, que nouaient des gestes tendres, enlacés dans leurs manteaux d'un noir aussi velouté qu'une petite taupe. Elle avait l'impression de rencontrer pour la première fois des amoureux.

Parfois au plus doux des soleils d'hiver, si rares, elle les apercevait adossés à la bâtisse où logeaient les médecins, perdus dans leurs pensées et soudain, irradiés de lumière quand ils s'embrassaient. Ils riaient comme épris d'alcool loin de la guerre et de ses fous. Elle ignorait la raison de leur présence ici. « Ce sont les invités du Dr Bonnafé », avait-elle entendu en passant devant le concierge en grande conversation avec un interne.

Lorsqu'ils se sont approchés de Jeanne la première fois, elle s'apprêtait à remonter vers l'asile après un long après-midi passé auprès des garçons, soucieuse, fatiguée, sa tresse à moitié dénouée. Elle n'aimait pas voir des inconnus approcher la maison. Avaient-ils un enfant ici ? Ils avaient traversé la cour.

« Vous êtes l'amie de M. Forestier, je crois ? Où peut-on le trouver ? »

Surprise elle avait regardé alternativement l'homme et la femme :

« Je ne sais pas, il va et vient comme nous tous ici, chacun sa besogne et son chagrin. »

Intimidée qu'on s'adresse à elle, de façon si courtoise, comme si elle n'était pas une malade mais une femme de leur société, elle déplissa sa robe, plaqua ses cheveux, gênée d'être si peu présentable, de ressembler à une fille de ferme. Les yeux de Nusch, d'un bleu cendré, lui souriaient. Comment un visage pouvait-il être si grand ouvert ? Autour de Jeanne, seul celui de la faneuse portait jeunesse et confiance. Qui savait encore sourire ainsi ? Nusch avait tout son temps. Jeanne le sentait. Tout son temps pour observer, vivre lentement, aimer. Jeanne eut honte soudain de sa froideur, voulut retenir ce couple une minute, une seule.

« Vous… on m'a dit… enfin, je sais… vous êtes poète monsieur… »

Jeanne ressentit leur gêne et sa propre audace lui parut déplacée. « Vous trouverez Auguste à la salle commune, à cette heure il aime bien fumer au chaud. Son atelier près des cuisines est glacial. »

Ces deux-là, venus d'un autre monde, n'étaient pas des fugitifs, ils vivaient en lisière pour un temps indéfini comme la plupart des malades et des réfugiés, souhaitaient écouter et voir ce qui palpitait en chacun d'eux, tout du moins en quelques-uns. Peut-être cherchaient-ils à comprendre comment œuvraient les psychiatres à restaurer des âmes humaines avec si peu de moyens ?

Jeanne ne soupçonnait pas que M. et Mme Grindel puissent être aussi vulnérables que tant d'autres ici. Ils ne forçaient ni la voix ni le regard, partageaient la même ombre, la même lumière. Elle espéra qu'Auguste ne les repousse pas.

À son retour, le blanc des prés lui parut plus profond qu'au matin. Jeanne guettait la lune et son beau cadran sans aiguille dans le ciel mauve mais, arrivée à l'asile, elle vit des arêtes de glace pendre aux gouttières des bâtiments qui ne lui indiquaient pas l'heure.

Redonnez-moi
Le chant sans parole des oiseaux
Je veux encore lever ma tête vers le ciel
Je ne veux pas de lignes de fer là-haut
Je veux la clé de ?
Ma tête pèse
Pleine d'herbes mouillées
J'ai trop de rivières
Leurs voix
Pourquoi les églantines griffent la peau des enfants ?
Je veux partir un jour de neige
Laissez-moi le dernier mot

Sur le journal mural de la salle commune, une main avait écrit ce poème. Aucune signature, le papier bistre était troué par endroits comme si les petites braises du poème avaient mis du temps avant de s'éteindre.

« Qui a déposé là ce texte ? » s'étaient demandé les médecins. Tosquelles avait proposé qu'on le lise à voix haute lors de la prochaine soirée au club puis s'était ravisé. « S'il a été copié ou écrit là de manière anonyme, laissons-le, ces mots se suffisent à eux-mêmes, ils ne sont pas clôturés et peuvent être un appel au suivant. »

Lucien Bonnafé était resté songeur en observant la calligraphie inégale et les traces de graphite :

« Oui, tu as raison. Lautréamont n'a-t-il pas écrit que la poésie devait être faite par tous, non par un ? Ces alliances aléatoires, ces ondes à peine visibles entre ce qui se cache dans l'inconscient et ce qu'on révèle à voix haute… et si ces vers sans début ni fin pouvaient se raccorder à un *nous* salutaire ? »

Il semblait penser à voix haute, pour lui-même, les yeux fixés sur ce pan de mur comme sur un tableau surréaliste.

Tosquelles scrutait les dessins tout autour du poème. Il ôtait ses lunettes, les reprenait, approchait, reculait.

« De près ou de loin, Lucien, ça reste mystère.

– Qu'un malade ait le désir de partager ses mots puis un autre et un autre encore ce sont tout de même de beaux signes de ralliement, n'est-ce pas, François ?

– Il faut laisser venir, on n'est pas doctors en poésie. »

Bonnafé sourit.

« Qu'as-tu fait du navire de M. Forestier ?

– Toujours dans mon bureau, je tangue avec lui. »

Paul et Nusch déambulaient dans différents lieux de l'asile, chacun selon sa préférence, soucieux de ne pas paraître trop amoureux. Ici, on ne voyait que les médecins et les concierges en couple. Religieuses et gardiens veillaient…

Le jour suivant, Éluard voulut découvrir le poème dont lui avait parlé Bonnafé. Nusch le lut à voix haute. Un jeune malade en répétait des bribes dans son dos.

Ma tête pèse
Pleine d'herbes mouillées.

Quand elle se retourna, il lui souriait ses mains plaquées sur les oreilles. Ils reconnurent le garçon, bien sûr, mais lui fit mine de les voir pour la première fois.

« Je m'appelle Victor-pour-la-vie. »

Le poète surpris répondit qu'on pouvait avoir plusieurs noms et plusieurs vies.

« Moi j'en ai qu'une et je veux la mener à la mer.

– Vous irez quand on vous aura guéri ?

– Guéri de quoi, je n'ai mal nulle part, moi.

– Aucune souffrance, vraiment ?

– Rien de rien, comme vous.

– Si nous sommes là, hommes et femmes, c'est que des choses obscures ont grandi en nous ou autour de nous.

– Obscur, obscur… »

Victor tira sur son oreille comme pour en agrandir le pavillon, y inviter les paroles du poète.

« Ce qui est obscur, on le voit pas, y a pas à se faire du mouron. »

Le garçon, fier de sa repartie, se tourna vers Nusch :

« Je vous aime beaucoup madame. Vous n'êtes pas obscure, vous. »

Elle lui sourit, désarmée :

« Je vais aider vos amis à préparer la veillée de vendredi, voulez-vous jouer avec nous ?

– Jouer à quoi ?

– Dans une petite scène de théâtre qu'on inventera ensemble et qu'on mimera. »

Victor-pour-la-vie dévisagea la jeune femme, tira à nouveau ses oreilles, les yeux au plafond.

« Mimer, c'est faire semblant ? »

Ce jeune homme qui marchait comme un oiseau, c'était un simple avec des manières d'enfant demeuré, songea-t-elle. Elle l'avait observé balayer l'atelier ou la cour en faisant des grands cercles autour de lui. On lui avait dit qu'il n'avait aucun sens de l'orientation, qu'il s'égarait même à l'intérieur de l'asile. Éluard aimait lui parler, Nusch s'en amusait.

« Quels enfants vous faites quand vous êtes ensemble !

– Sa poésie est aussi fragile que du verre, n'en cherche-t-il pas des éclats brisés avec son balai ? »

Mimer, c'est faire semblant ? Victor n'était donc pas un idiot et il l'accompagnerait bientôt à la prochaine veillée de théâtre.

14 décembre 1943

On voit les amis du Dr Bonnafé déambuler dans tout l'asile, pas toujours discrets, de même le photographe Matarasso, arrivé la semaine dernière. Ils vont et viennent comme des chalands curieux. Cela ne me plaît guère. Nouvelles mises en garde du maire. Fatigue.

On nous a confié quatre femmes du camp de Rieucros. Hellie, Josepha, Catharina, Bertha, les voici bien meurtries. Psychose carcérale, ai-je entendu de la bouche du Dr Tosquelles. Heureusement pas de nouvelles internées depuis deux mois, une vingtaine de lits disponibles, côté des hommes près de quatre-vingts. «Les guerres ne génèrent pas davantage de fous», affirme le Dr T. Pourtant on en a connu des hommes fracassés en 14-18, ils sont encore quelques-uns ici...

Nos médecins semblent invincibles, mais tout pourrait basculer du jour au lendemain. Et le poète ici présent ne pourra rien pour nous.

32

Le gardien Baptiste avait repris ses habitudes, il passait de pavillon en pavillon pour couper les cheveux des hommes une fois par mois. Ainsi il n'y avait plus de hurlements ou de castagnes comme avec le coiffeur qu'on faisait avant monter du village pour l'occasion.

Les premiers jours après son retour à Saint-Alban, on l'avait vu abattu, un peu perdu comme s'il devait réapprendre son rôle. Retrouver sa place parmi les fous alors qu'il s'était senti lui-même pendant des mois interminables enferré, piétiné dans un monde sans musique où la folie portait uniformes et insignes SS… De tout cela, il ne parlait guère.

Il avait suffi qu'il se souvienne des séances de coupe avant sa mobilisation, commencer par regarder chaque malade dans les yeux, couper d'abord les cheveux devant puis sur les tempes, jusqu'à la nuque, cette racine de l'être humain quand il tient encore debout. Mêler sa voix aux gestes calmes pour ne pas faire entendre le seul cliquetis des ciseaux et la râpe du rasoir sur la peau du cou. Il allait faire plus lentement encore. Toucher la tête d'un homme, c'était le rendre vulnérable, on approchait sa fragilité. « Tous ne se sentent pas plus légers quand on coupe leurs cheveux », avait-il toujours cru. Il en avait vu paniquer, cacher leur crâne entre leurs mains ou ne plus quitter leur béret même pour dormir.

L'asile s'agitait tel un immense rucher. Il ne comprenait pas encore tout ce qu'on y distillait jour après jour. Il s'était entretenu avec les médecins. Pour Baptiste qui avait été si actif et fiévreux pendant les grèves du Front populaire, qui croyait aux hommes de bonne volonté, l'espoir d'un autre combat l'aidait à reprendre vie.

Lorsqu'il approchait certains malades avant la guerre, il avait l'impression qu'il pleuvait en eux. Durant ses longs mois de captivité, devenu à son tour un homme en péril infiltré de solitude, de peur, de mépris, il avait plu en lui aussi. Baptiste regardait ces malades autrement désormais.

Auguste, lui, avait pris l'habitude d'attendre que Baptiste en ait fini avec les autres, il observait la masse de cheveux par terre :

« J'en ferai rien, c'est ceux des femmes qui me faudrait. Y avait bien la Caille, celle qui avait les cheveux les plus longs de l'asile mais elle aurait pas voulu m'en donner cette sorcière. Souventefois, j'ai pensé à ceux de Fauvette, je veux du propre moi, de la belle crinière qui prend l'air.

– Qui est Fauvette ? La blonde de la Seine ?

– Ça même, je peux pas lui demander non, je peux pas… »

Baptiste scruta le visage songeur d'Auguste, n'osa pas aller au-delà.

Ce jour-là, ils étaient une bonne demi-douzaine à vouloir se faire coiffer précisément pour la veillée. Certains comptaient mettre leurs habits du dimanche. Le grand Algarin demanda à passer en premier au prétexte qu'il devait se faire impeccable avant de mourir.

« Mais vous nous avez dit maintes fois que vous étiez déjà mort ?

– Cette fois-ci, c'est la bonne. Puisque c'est moi qui le décide. »

De fait, il avait mis une chemise propre et nettoyé ses vieilles sandales. Calme, il baissa la tête comme un condamné qui offre sa nuque à la guillotine. Comme si tout allait définitivement se détacher de lui.

Baptiste plaisantait, il n'avait pas son pareil pour entrer dans le délire de certains malades, leur donner la réplique et subtilement les ramener à la réalité. Sœur Rolande jugeait ses façons de faire un peu inquiétantes. Elle s'en était ouverte au Dr Tosquelles qui l'avait rassurée. N'avaient-ils pas le droit de jouer ensemble ?

« Au royaume des morts, vous serez le plus beau !

– P't'être… Dieu reconnaîtra les siens… on sera jamais que des oiseaux déplumés qui continueront à piailler, crier, mais toujours pas capables de voler… des oiseaux avec des sabots. »

Un homme plus vieux qui s'impatientait pour se faire couper cheveux et barbe s'énerva, saisissant le grand Algarin par le col, nullement impressionné par sa taille :

« Mais tais-toi donc, tu me fais du mal avec tes mauvaisetés… arrache-toi de là ! »

Baptiste le calma :

« Bah, laissez-le dire… faudrait chanter au lieu de s'attraper comme vous faites.

– Te, avant la guerre tu t'amenais avec ton accordéon et pi depuis, plus rien. Les Boches te l'ont-y volé ?

– Oh que non, il a attendu mon retour mais j'avais pas le cœur à la musique. Ce soir à la veillée, je l'apporterai si j'ai le temps de passer chez moi. »

En cette période de soumission aux lois de l'occupant, pour l'épouse du poète la liberté de création était aussi vitale que son amour envers Paul Éluard. À Paris, ils vivaient tous deux au cœur d'une constellation surréaliste, au plus près d'André Breton, Max Jacob, Pablo Picasso.

Loin de ce vivier d'artistes dont elle était l'égérie, elle redevenait enfant de la balle, Nusch, petite noix comme l'avait surnommée son père, en équilibre sur un fil d'horizon souvent menacé de rupture.

Mais à Saint-Alban, le refuge ouvrait autre chose que ces lourdes portes du château médiéval… Le gardien Baptiste lui avait parlé d'une source miraculeuse en Margeride. Jean avec sa baguette de sourcier et Victor toujours à téter sa petite gourde de métal lui avaient donné une idée : elle leur avait proposé une saynète bucolique à jouer à la prochaine veillée.

Pour Nusch le théâtre était la chance de voir éclore des émotions inattendues, de se frayer dans un nouvel espace mental. On pouvait s'y déployer, chuter, se mouvoir dans un corps différent, emprunter d'autres vies. Pour un temps oublier la sienne.

Elle était aussi curieuse que son mari de la thérapie sociale pratiquée ici, basée sur le travail manuel, les jeux mais aussi le dessin, le chant… L'expression des mondes intérieurs et d'un langage propre à chacun, pour trouver son double ou son tiers, rire de soi, des autres, secouer toute échelle menant à un jugement définitif sur la folie, se montrer vulnérable peut-être mais dans un espace inviolable.

Une scène fut improvisée avec des coulisses de rideaux. La Rillette se joindrait à Jean le Sourcier et Victor-pour-la-vie. Baptiste s'occuperait des bruitages. La voix de Nusch conterait l'histoire en deux ou trois plans successifs. Et Victor jouerait le vent pour effrayer la bergère. Ils avaient dessiné, découpé, imaginé un décor avec quelques pierres, des branchages, peint un vieux drap en bleu charrette, piqué des fleurs en papier colorié. Une clairière fragile au cœur de l'hiver.

Quand tout le monde fut installé et silencieux, ce qui n'allait jamais de soi, monsieur Jean le Sourcier traversa la petite estrade avec sa baguette, fit mine de chercher une source, raide, concentré, parfaitement lui-même.

«Je cherche une source qui donne une eau miraculeuse pour éteindre les incendies qu'on a dans la tête. On m'a dit de venir au Malzieu et de remonter le ruisseau de Galastre.»

La Rillette, vêtue d'une cape de bergère avec un mouton en carton sous le bras, entonna un refrain à la mode de sa voix éraillée. Il s'approcha d'elle et s'écria:

«Mais mademoiselle, vous êtes toute sèche ma parole, ce n'est pas Dieu possible de chanter aussi mal!»

La Rillette improvisa à son tour tandis que Nusch derrière les rideaux eut du mal à retenir ses rires.

«Vous savez bien monsieur Jean que nous manquons de tout depuis des jours et des jours… au four, au moulin, point d'eau, point de pain. Qui nous sauvera de cette famine? Mes agneaux meurent avant d'avoir fait trois pas dans l'herbe.»

Un homme remarqua à voix très haute:

«C'est pas la saison de la mise bas des brebis, elle dit n'importe quoi, la bergère!»

On peina à le faire taire.

«Moi, je vais vous conduire à la source, jolie bergère, vous y boirez à votre guise», reprit Jean.

Au fond de la salle, quelqu'un cria:

«Mais il a pas vu qu'elle est vilaine?»

Jean s'approcha de plus en plus avec sa fourchette de coudrier comme pour la sonder selon ses habitudes:

« Oh mais il va pas recommencer ! »

La Rillette était déjà perdue entre jeu et réalité.

Victor s'avança au milieu de la scène avec de larges papiers qu'il agita du mieux qu'il put pour imiter le bruit du vent. Mais ses éventails pliés dans des sacs de riz et de ciment avaient la fermeté d'une serpillière. Alors il se mit à chanter :

« Hou, hou. Vous entendez comme il souffle le vent, vous l'entendez ? »

Il tourna sur lui-même, *Hou hou,* piétina ses flancs de papier, *Hou hou, je suis le vent,* tourna encore, vira jusqu'au vertige. Tandis que Baptiste tentait de faire entendre un roucoulement de source en versant lentement un broc d'eau dans un seau.

« Mais tais-toi, si tu veux qu'on entende ! » s'énerva la Rillette.

Entre le vent et l'eau, Victor-pour-la-vie perdit l'équilibre et s'écroula aux pieds de la bergère. On crut à une intention comique. Une partie de l'assemblée s'esclaffa. Le Sourcier tenta de reprendre le fil de l'histoire et répéta, énervé :

« Je vais vous conduire à la source, jolie bergère. » Et de sa baguette toucha le ventre de la Rillette qui fulmina :

« Mais je ne suis pas celle que vous croyez ! »

Des éclats de rire se répandirent à nouveau tandis que Victor-pour-la-vie regardait autour de lui, hagard. Nusch lui fit signe derrière les rideaux. Il la rejoignit et tomba dans ses bras. Baptiste qui répétait inlassablement ses bruits d'eau les observa à la dérobée, si ému qu'il renversa le broc sur ses chaussures. C'était la première fois qu'il voyait Victor pleurer.

Pour le dernier tableau, deux gardiens jouèrent un curé et un garde champêtre pour emporter la bergère vers la source miraculeuse. Jean se retrouva bête, baguette en l'air et tenta de conclure :

« Heureusement que je vous avais mise sur la voie mademoiselle ! Rien ne vaut cette eau pure pour abreuver indigents, mendiants et pauvres d'esprit. »

Baptiste reprit de plus belle ses bruitages pour accompagner ses dernières paroles. La Rillette entonna de sa voix encore plus altérée *À la claire fontaine.* Quelqu'un s'ébroua au fond de la salle et chanta à son tour, puis d'autres malades, des enfants du personnel. Un chœur désaccordé se déploya d'un rang à l'autre, montant des bouches d'ombres, des voix poitrinaires jusqu'à des fredons égarés, lèvres à peine entrouvertes. Des voix caillouteuses, heurtées, défoliées, qui revenaient de loin.

Mlle Sirvins, une main sur le cœur, offrit la sienne, la plus aérienne, tandis que Victor se balançait doucement en étirant ses oreilles comme un jouet mécanique.

À la fin, Algarin se leva d'un bond et s'écria :

« Faudra nous guérir pour de bon, un jour ou l'autre. »

Il jeta un froid deux minutes, le temps qu'un autre homme lève la main. Lui voulait bien chanter mais à la condition de rester assis. On l'entendit siffler et bégayer entre ses dents ajourées *Quand aurem tot achabat,* une histoire de pipe sans tabac qui fit bien rire les plus anciens. Une dame âgée chevrota un Ave Maria. Quelques toussotements se mêlèrent à la voix de Tosquelles :

« Avec tous mes respects, ce n'est pas un lieu pour cela… »

Il fit digression en proposant des chansons venues d'ailleurs.

« Chacun sa langue vous savez bien, beaucoup ici connaissent l'occitan… si je pouvais chanter seul je le ferais en catalan mais je vous ferais tous fuir. »

Sœur Rolande sourit une main sur la bouche. Ce docteur détonnait toujours au regard de tout le corps médical qu'elle avait connu jusqu'ici. Mais dans ces assemblées et veillées, sans rien ordonner, il agitait ses mains, ses bras de manches retroussés et devenait un éveilleur de voix, au beau milieu d'un fatras de visages stupéfaits et de fraternités timides. Son inséparable collègue et officiellement supérieur, Lucien Bonnafé, fronçait les sourcils, hochait la tête ou riait franchement à l'écouter planter ses radieux mots d'esprit au hasard des interventions et des silences.

Une nouvelle voix s'éleva du fond de la salle : *Trinken a glezele vayn !* Buvons un petit verre de vin ! Tous ensemble, tous ensemble ! *Lomir ale in eynem, in eynem !* C'était un chant yiddish. Là encore, on toussa beaucoup parmi les blouses blanches. Le faux malade réalisant sa bévue, mit fin à sa prestation en s'excusant d'un pieux mensonge :

« Ça fait trop longtemps que je n'ai pas chanté en alsacien, j'ai oublié les paroles. »

Baptiste sortit alors de la coulisse avec son accordéon. Il jouait pour la première fois depuis son retour d'Allemagne. Sans un regard vers les autres, il leur offrit la musique qui avait tant manqué durant son absence. Ses mains, ses doigts redevenus vivants et nerveux, couraient sur le clavier. Un autre gardien recruté depuis peu surprit l'assemblée en exhibant une étrange cornemuse qu'il avait cachée sous sa chaise. C'était Antoine, un petit homme affligé d'une légère boiterie qui lui avait évité d'être mobilisé. Encouragé par Bonnafé, il rejoignit Baptiste. Intimidé, il caressait son instrument comme le souvenir de la défunte chèvre à qui il devait sa cabrette, un prolongement de lui-même. Pour les natifs du Gévaudan, ce n'était pas un mystère, on faisait musique de tout vent, accordéonistes et cabrettaïres au beau milieu des bals champêtres et fêtes votives. Baptiste et Antoine s'unirent comme deux frères pour attiser encore quelques battements de cœur et de pieds en mesure.

Jeanne les suivait, le regard ailleurs vers un souvenir de danse, un garçon aux cheveux gominés la faisait tournoyer. Ils n'avaient pas vingt ans encore. Son visage lui échappait à présent. Autour d'elle, des malades se balançaient, un rythme pendulaire entre plusieurs îlots de solitude. Puis on les vit tristes ou fatigués d'être montés là-haut où le chant et la musique avaient touché un autre soleil. Il fallait redescendre à présent et rejoindre chacun son pavillon loin de la source miraculeuse.

33

Le dimanche, les médecins se promenaient avec leur famille ou leurs amis, une clairesemence d'enfants non loin d'eux. Malades, gardiens et nonnes s'étaient habitués aux arrivées et départs inattendus d'inconnus, intellectuels, artistes, chercheurs, réfugiés, résistants, nouveaux internés. Un peuplement incessant, étrange qui ravivait craintes, joies, plaintes ou rires.

Ce jour-là, les murs de l'asile étaient à peine reconnaissables, de grandes falaises isolées dans le brouillard et un soleil blanc bien trop lointain pour voir âme qui vive alentour. Le Dr Bonnafé avait promis d'accompagner Paul Éluard, son hôte clandestin, au cimetière des fous. Nusch, que cette visite glaçait par avance, était restée dans leur petite chambre. Tosquelles n'avait pas tardé à les rejoindre.

Leurs trois silhouettes déambulaient entre les bâtiments à un rythme lent, inhabituel, comme s'ils étaient dans leur propre jardin de brumes, détachés de tout. Sans éclats de voix, ni grands gestes, le trio andante s'achemina vers le cimetière en lisière de l'asile.

C'était un champ de croix noires plantées comme des glaives dans la chair glacée de l'hiver. Sous la neige, on devinait à peine les buttées de terre autour des dernières sépultures. Aucun nom, aucune fleur, aucune couronne de perle. Bonnafé suivant le regard désemparé de Éluard l'arrêta un instant :

« Ne cherche pas un signe de distinction parmi ces tombes, les morts d'ici ont été ensevelis avec le silence et le tumulte de leur douleur… leur vie n'a pas laissé de traces, pas même sur une pierre tombale. Ce sont les morts que personne n'a réclamés. »

Tous semblaient marcher sur un humus défendu où s'enfonçait le poète. Il s'avança à pas d'enfant, pâle, vacillant vers un sapin qui couvait un minuscule arpent de mousse où la neige n'avait pu pénétrer. En lui refluèrent les images d'une autre guerre, ses premières mises en mots qui étaient des mises en bière de l'horreur de sa jeunesse.

Il ne sentait plus ses pieds, seulement son effroi. Ce pays était-il sans âme ? Il leva ses yeux clairs vers la cime des arbres, puis se pencha jusqu'à se mettre à genoux pour recueillir une poignée d'aiguilles cristallisées et sentir leurs fines pointes inciser ses paumes.

« On ne sait plus ce qui bat à la surface de cette terre et pourtant… »

Il se releva pour tendre une main vers Nusch, dans un infime élan vite brisé : elle n'était pas là. D'autres mots adviendraient, une autre mort. Il fallait revenir au pur présent, il n'était pas seul.

En quittant l'enceinte du cimetière, il resta à l'arrière des deux médecins qui parlaient, insatiables, portés par leur grand dessein, accompagner les vivants d'ici dans leur folie, celle de la guerre mais aussi leur propre aventure humaine. Éluard les entendit distraitement évoquer la fusion prochaine des Francs-Tireurs partisans avec l'armée secrète. Il pensait à cet étrange malade Forestier. Un tel homme saurait peut-être faire des ossements inconnus du cimetière des joyaux. Il repoussa vite cette vision surréaliste et cruelle mais se promit de retourner voir de plus près cet Auguste aux mains d'artiste.

Bonnafé laissa Tosquelles et Éluard au pied du château pour rejoindre un groupe de résistants au Malzieu. La statue trouée contre la grille d'enceinte ne manqua pas d'attirer le poète. Tosquelles s'en étonna :

« C'est un vieux support de fontaine qu'on a déplacé là bien avant mon arrivée.

– Mais, regardez, elle a le visage de la folie, ce creux traversant, cet appel d'air. »

Éluard semblait médusé. Tout le surprenait ici. Une exploration de chaque jour, des vivants aux traces les plus intrigantes sur les murs et les chemins alentour.

« Un mystère de pierre et d'humanité. Est-ce un patient qui l'a sculptée ?

– Oh, non, elle appartient au passé triste de ce château… Nous passons tous devant sans faire attention, sauf Jeanne la jeune femme qui s'occupe des enfants du Villaret. Elle s'y arrête souvent, il faudrait que je lui demande pourquoi ; elle voit beaucoup dans les yeux des enfants, même les plus durs. »

Éluard releva le col de son manteau songeur puis se hâta vers le bâtiment des médecins où l'attendait Nusch. Tous deux avaient rendez-vous le lendemain dans le Cantal avec un imprimeur qui œuvrait clandestinement pour éditer les écrits de poètes résistants ou réfugiés en zone Sud. Ils espéraient ne pas avoir de contrôle sur la route.

À leur retour, le couple sortit discrètement de l'ambulance qui les avait conduits avec un faux malade à Saint-Flour. Ils remontèrent d'un pas vif vers le château pour s'offrir une halte contre le muret qui semblait délimiter le bord du monde à cette heure où s'épuisaient les dernières lueurs du jour.

Nusch se tenait serrée contre son mari. Avaient-ils eu trop froid ou peur durant leur échappée? Il lui frottait le dos avec une tendresse appliquée. C'est ce geste que surprit Jeanne, de retour du Villaret, en passant derrière eux le plus silencieusement possible.

La voix de Nusch égrenait entre chien et loup quelques-uns de ses vers, le regard suspendu aux courbes violettes des collines.

Sur les champs sur l'horizon
Sur les ailes des oiseaux
Et sur le moulin des ombres

Paul libéra sa main du gant de cuir, caressa ses lèvres; « Tu es la terre qui prend racine… Liberté a ton visage, tu le sais. »

Tous deux partageaient la même cigarette à bouche que veux-tu. *Liberté* n'était qu'un oisillon échappé du poème et tremblant entre leurs mains.

Jeanne, méconnaissable dans sa pèlerine et coiffée d'un béret sombre, traversa ce halo de fumée et de mélancolie jusqu'à s'immobiliser pour cueillir ces fragments de poésie mêlés au parfum de tabac. C'était donc ça l'amour? Se tenir enlacés dans l'attente de la nuit, une prière aux lèvres et qu'importe demain si aujourd'hui on perd son temps ensemble? Elle tendit son visage vers eux dans le désir de mieux les entendre, sentir leur présence.

Nusch se retourna soudain, lâcha un bonsoir distrait et murmura:

« Il y a une femme, là qui nous écoute, je ne sais pas si c'est une folle ou une religieuse. »

Éluard posa sa tête sur son épaule.

« Ça m'est égal, ma douce, il n'y a rien à craindre ici, ni personne. Que dire de ces femmes de peine, de ces hommes de peine ? Eux aussi travaillent à nous sortir de l'ombre. Quand je vois ces yeux, ces mains égarées, je me sens inutile et pourtant si proche de leur solitude. » Il fut pris d'une violente quinte de toux et se frotta les yeux comme pour mieux voir la nuit.

« J'entends leurs paroles, leurs délires, je vois ce qu'ils fabriquent avec leur intelligence d'enfant, leur patience de vieillard, mon cœur s'éprend de leur folie. »

La jeune femme alluma une autre cigarette entre les mains de Éluard.

« Tout à l'heure en relisant le poème que notre ami de Saint-Flour imprimait, j'ai pensé qu'il leur était dédié alors que tu ne les connaissais pas, il me poursuit encore :

Au nom de l'espoir enterré
Au nom des larmes dans le noir
Au nom des plaintes qui font rire
*Au nom des rires qui font peur**

En dépit de la guerre, un autre monde déposait sur l'asile ses traînes d'espoir, ses craintes, ses messages secrets. Qu'importaient les faux noms, la provenance de tous ces échoués. Tous venaient là éprouver une autre vérité. Peut-être la seule qu'ils approcheraient.

Le poète demeura un long moment silencieux avant de se laisser prendre par la main. Nusch avait froid dans l'ombre massive du château. « La nuit nous guette », c'étaient leurs mots de passe d'amoureux pour se retirer en leur seule tendresse.

34

Jeanne regardait tomber la neige, l'imaginait déjà sur des joues d'enfant comme les pétales du printemps à venir, des giboulées tendres au plus profond d'elle-même. Elle ne ressentait plus la froidure qui hâtait son corps entier sur la route, mais préférait prendre un raccourci et, grâce au bâton que lui avait taillé Baptiste, se frayer une sente à travers les pâtures blanches, une ligne à peine visible vers ces enfants demeurés comme les nommait madame Muguette. Quand elle apercevait des traces de biches ou de blaireaux, elle grimpait sur un calvaire de pierre pour mieux suivre ces menus chaînons sombres dans la neige fraîche.

Des inconnus transitaient au Villaret, ils arrivaient à la nuit tombée pour éviter les contrôles. On dépêchait les médecins auprès d'eux. Nonnes, infirmières et gardiens étaient souvent débordés *mais pas question de négliger les enfants*. Sœur Rolande avait transmis à Jeanne quelques rudiments pour assurer une vigilance auprès d'eux et si besoin donner les premiers soins. En cas d'affluence elle serait peut-être capable de faire de même avec les maquisards, prévoyait la mère supérieure.

« Quand un enfant vous paraît malade, touchez-lui le front du dos de la main. S'il est chaud, il faut prévenir l'infirmière. Les petits comme les grands, regardez-les toujours dans les yeux. Même sans parler, ils vous diront s'ils ne sont pas bien. »

Mais la jeune femme voyait briller les yeux de tous. Des petites baies luisantes dont elle ignorait si elles vibraient de crainte, de joie, de fièvre ou de chagrin. Elle prit alors l'habitude de les approcher un à un, prenant chaque visage entre ses mains, puis les nommait de façon étrange pour provoquer en eux une réaction amusée ou indignée. Au fil des jours, certains la devançaient, allaient vers elle dès son arrivée, impatients de sentir leurs joues, leur cou cueillis entre ses deux mains, une conque tiède et éphémère. D'autres lui mordaient les doigts ou bavouillaient comme de jeunes veaux avant une brusque reculade.

Jeanne se récitait les conseils de la mère supérieure : les toucher brièvement sans emprise pour déceler douleur, migraine ou mouvements affolés dans la poitrine. Certains n'avaient pas les mots, d'autres n'avaient pas l'habitude qu'on prenne soin d'eux. Sœur Rolande énumérait les malheurs qui surviennent parfois avec une toux persistante, une fièvre haute, méningite, pleurésie, tuberculose. Elle ne voulait pas l'alarmer mais il y avait tant à faire avec les réfugiés et les malades clandestins. « Il ne faut pas oublier les enfants », répétait-elle.

Ce jour-là, Petit-Vingt s'était sauvé dans la cour pendant que Jeanne changeait les draps au dortoir. Il avait dessiné une espèce d'oiseau dans la neige avec une branche cassée puis s'était laissé tomber contre le portail, insensible à l'eau glacée autour de ses fesses. Un grand était monté alerter Jeanne.

« Tu as fait pipi ? » Le gamin la regarda une seconde avant de relâcher la tête sur sa poitrine, sans un mot. « Il faut te changer, viens. » Jeanne le saisit sous les bras et le souleva pour le conduire à la salle d'eau, la chaleur tiède de l'urine et de la détresse tout contre elle. Il fallait grimper les marches sans tomber. La jeune femme eut peur de dégringoler les escaliers avec lui mais ne voulait pas appeler à l'aide, crier au risque de l'effrayer. Elle le déposa sur le plancher. Des gens allaient et venaient dehors, elle reconnut le moteur de l'ambulance, la voix de sœur Rolande. Jeanne s'élança vers elle :

« Petit-Vingt est malade.

– Appelez-le par son vrai nom, de grâce !

– Pardon, ma sœur… pardon, ma mère, Sylvain ne tient plus sur ses jambes.

– Il a au moins trente-neuf de fièvre si ce n'est quarante, observa la mère supérieure en lui touchant le front. Allez me tremper un drap dans de l'eau à peine tiède. »

Sœur Rolande lui ôta ses vêtements souillés et expliqua à Jeanne comment pratiquer l'enveloppement pour faire retomber la température et rouler ensuite l'enfant dans une couverture.

« Seulement après, vous le laverez et l'habillerez de propre. Je vous laisse, il y a quatre blessés à surveiller avant l'arrivée d'un médecin. »

Jeanne resta près de Petit-Vingt dans le dortoir jusqu'à l'heure du repas. Après ses convulsions qui l'avaient affolée, le plus doucement possible, elle lui avait ôté la couverture et sa chrysalide de drap humide avant de lui enfiler un tricot et un pyjama. Sa tête ballottait à chacun de ses mouvements, les yeux mi-clos. Firmin s'était approché de la porte entrebâillée :

« C'est temps d'aller au réfectoire, il va manquer la soupe. »

Lui, qui annonçait toutes les heures, usait de son pauvre pouvoir sur le temps, contre l'immobilité. Pensait-il à cet instant que ce petit abruti de Sylvain avait encore su retenir Jeanne ?

« Veux-tu aller aux cuisines en demander une tasse ? Et tu diras à madame Muguette que je ne peux pas servir le repas. Tu l'aideras ? »

Demander, aider, trente secondes pour aligner les mots justes dans sa tête, les prononcer sans risquer de se faire rabrouer ou traiter de menteur. Firmin dévala les escaliers et revint avec un demi-bol de potage de pois cassés allongé de petit-lait. Une tranche de pain dépassait de la poche de son pantalon. Jeanne fit mine de ne pas s'en apercevoir. Petit-Vingt lapait la soupe épaisse, lentement si lentement. Firmin l'avait toujours vu affamé, glouton, manger avec les doigts, remplir sa bouche, gonfler ses joues et avaler la nourriture comme si c'était de la pierre à murer. On ne le voyait pas grandir, seuls ses yeux s'écarquillaient de plus en plus.

Le grand resta un moment à regarder le petit, en oublia l'heure. Jeanne se sentait à la pointe toute fragile de ce trio silencieux, n'osa bouger de crainte de le briser. Firmin avait sorti le pain de sa poche mais renonça à atteindre la main tendue de Petit-Vingt qui s'était endormi entre les bras de Jeanne. Il les quitta à reculons sans un mot et aspira le reste de soupe froide en rejoignant la cuisine où, miracle, madame Muguette lui avait laissé sa ration au chaud.

Sœur Rolande était revenue tard dans la soirée prendre des nouvelles du garçon et des blessés cachés sous les combles. Jeanne comptait dormir dans le couloir au plus près de la chambrée des petits. La mère supérieure aussi surprise qu'agacée par cette initiative haussa les épaules avant de rejoindre l'infirmerie.

Jeanne remonta dès le lendemain à l'hôpital prendre des vêtements propres et des nouvelles d'Auguste qu'elle n'avait pas vu depuis au moins dix jours. Malade lui aussi. Il était resté reclus dans son pavillon après avoir passé quarante-huit heures à l'infirmerie, avec une fièvre de cheval et un délire qui l'avait laissé exsangue. Elle le trouva à la salle commune tout pantelant, son képi enfoncé plus que de raison sur sa tête méconnaissable. Jeanne avait l'habitude de ces changements de posture. Tantôt elle le voyait telle une vieille souche, tantôt droit comme un chêne dans sa gloire sylvestre. Certains jours, occupé à ses sculptures, il bruissait de mille gestes affairés et paroles marmonnées. Aujourd'hui, assis sagement, il ne ressemblait plus guère à Auguste. C'est une voix éteinte qui salua Jeanne :

« Où étais-tu donc la Fauvette ? »

Elle lui parla du petit, de sa crise de convulsions, de sa peur.

« Bah, la maladie est partout. Regarde, moi j'ai des mains blanches d'avoir pas travaillé… des mains de curé. »

Tous deux aperçurent Victor à la fenêtre qui sautillait bras écartés.

« Et le Victor, toujours à tourner comme une girouette… Çui-là, y me fatigue plus que les autres. Je suis retourné à l'atelier ce matin, il a pas fait montre de courage, en plus il a mis les outils en vrac. Le gardien s'est même pas fâché. »

Quand Auguste parlait pour lui-même, il regardait ses chaussures. Quand il s'adressait à quelqu'un, il regardait ses chaussures aussi. Il fallait du silence pour espérer voir ses yeux.

Jeanne observa encore ses mains noueuses qui avaient perdu de leur chair et de leur saleté. Oui des mains de curé.

« Le vent ne donne pas des ailes, soupira encore Auguste. Ce garçon, y a rien qui le tient. »

35

Bien sûr, les nouvelles de l'Europe en feu parvenaient jusqu'au grand rucher de Saint-Alban. On savait pour l'invasion des troupes soviétiques en Pologne, pour les convois vers la face cachée du monde, on savait pour la faim, pour le froid, on savait pour les fusillés, mais là-haut dans leur asile s'inventaient d'autres manières d'exister, de partager et de résister. Éluard n'oublierait rien de tout cela. Déjà, le travail de Bonnafé et Tosquelles le passionnait, il s'adressait aux malades comme à des proches, captait autant de lueurs d'effroi que d'espoir en écoutant leurs paroles bouleversées. Sur un petit carnet, il notait discrètement ce qui le traversait ou les réflexions d'un médecin – « Entrer dans le langage de la folie, ce n'est pas une passion, c'est un devoir » – qui tournaient tel un vieux carrousel dans son demi-sommeil.

L'hiver rasait les jours d'une lumière aussi pure qu'éphémère.

Ils riaient, marchaient à grandes enjambées dans la vallée, Jacques Matarasso les suivait d'un pas plus lent, un énorme appareil photographique sur la poitrine. Conscient de la fugacité de ces instants, il s'essayait à capter quelque chose du passage extraordinaire dans ce pays perdu de ce couple déjà célèbre à Paris. Les pans de leurs manteaux tremblaient telles de lourdes ailes dans l'herbe glacée. Éluard saisit les mains de Nusch pour les réchauffer.

« Te souviens-tu des vers de Supervielle que je t'ai lus chez nous ?

Cette couleur c'était la couleur de vos yeux
Et cet air délicat c'était votre air aussi
Mais les chemins qui vont d'hier à aujourd'hui
*Vous les foulez toujours de vos jeunes chevaux**

– Oui, c'était bien avant la guerre.

– Où est-il à présent ce M. Supervielle ?

– Toujours en Uruguay, je crois… il reviendra… »

Un souffle froid balaya les visages des innommables, arrêtés ou disparus, Sonia Mossé et tant d'autres perdus de vue, exilés. À Paris, un triste inventaire des pertes se ferait. Éluard avait serré plus fort Nusch.

Matarasso s'était un peu éloigné d'eux. Une intimité de paroles sous le vent, au cœur de ce paysage granitique et puissant, ils en avaient besoin.

Quelque chose allait s'enfoncer ici dans leur mémoire. Il en profita pour changer de pellicule à l'abri d'un rocher puis revint sur ses pas pour demander au poète de s'allonger sur les chaumes gris.

« Je vais t'éterniser en dormeur du val, mon ami. »

Éluard se prêta au jeu une minute à peine, le temps de la saisie. L'image serait peut-être la seule preuve de son abandon durant cette guerre. « Ici, à cet instant, il ne craint rien ni personne », songea le photographe au moment d'appuyer sur le déclencheur.

Nusch tendit la main à son homme pour l'aider à se relever. Non, il ne serait pas le soldat endormi pour toujours, *deux trous rouges au côté droit**, il continuerait à lutter avec ses mots et ses amis dispersés dans les maquis ou les camps de transit. Il aimerait Nusch où qu'ils aillent.

Matarasso les laissa remonter seuls vers l'hôpital. Ce soir même, il développerait ses dernières photos dans la salle de bains des Bonnafé.

Paul et Nusch voulurent retrouver Auguste à son établi de fortune donnant sur un passage menant aux cuisines, un espace si étroit que la jeune femme resta serrée au flanc du poète. Auguste fuyait son regard comme empêché dans sa respiration et ses mouvements, lèvres et épaules contractées. Le couple l'observa un long moment en silence, s'attarda sur le personnage qu'il parait de fils étranges.

« Est-ce un homme ou une femme que vous réalisez ?

– Un roi, monsieur, et c'est du crin de cheval que je lui colle là, voyez. »

La main de la jeune femme s'approcha de sa créature comme pour la caresser mais il gronda.

« On ne touche pas tant qu'il est pas vivant.

– Vivant ? s'étonna Éluard.

– Il existe pas, voyez bien, sans coiffe, ça ressemble à rien. »

Le poète leva les yeux vers son képi piqué de médailles, d'amulettes et capsules finement martelées.

« Regarde ma chérie, notre ami collectionne les sceaux de ses rêves. »

Indifférent à leurs remarques, Auguste continuait de lisser sa poignée de fils de crins qui lui donnaient apparemment du mal. Il racla un peu de colle avec une vieille brosse à dents, la reposa dans une boîte de conserve, essaya de les fixer sur la tête de bois.

« Avez-vous d'autres rois ou reines, peut-être, à nous montrer ?

– Tous partis dans la nature, voyez, là-bas, par ici chez les gens d'en bas, plus loin et les docteurs… ça me fait des sous… de ce temps voyez, faut bien payer le tabac.

– Et… vous n'avez pas froid dans ce couloir ?

– Bah, quand on est de là, on sait… *L'ivern i a pas que lo lop que pòt pas lo manjar.* Y disent comme ça dans notre pays, l'hiver, même le loup ne peut pas le manger. »

Le regard de Nusch allait de ses sabots débordant de la grosse laine noire de ses chaussettes à ses mains qui s'agitaient autour du roi chevelu en devenir.

« Et… vous leur donnez un nom, une fois terminés à vos personnages ?

– Pensez-vous ! À quoi bon ? »

Auguste ne levait plus les yeux vers eux. On aurait pu croire que son temps lui était compté et la parole sans poids ni valeur. Que seuls ses gestes aiguisés et brûlants le faisaient tenir debout.

Les jours suivants, Éluard et Nusch se firent de plus en plus discrets jusqu'à ce que disparaissent leurs silhouettes dans la brume de cet hiver 43-44. À la messe des cendres, Fauvette les chercha en vain dans la chapelle au milieu des fidèles et autres gens *de passage*, comme on les nommait, *qui viennent ici pour étudier.*

« Pour étudier quoi ? demanda Auguste.

– Nos manières, avait soufflé Jeanne Fauvette. Nos manières de nous sauver. » Sans relever sa réponse dont il ne comprenait goutte, Auguste avait balayé du regard l'assistance dépareillée des fidèles.

« Cherche pas les amoureux… n'ont rien à voir avec le Dieu d'ici… faut pas chercher, non. Moi j'invente jamais des gens qui vont par deux, pas la peine. Des bœufs oui, pour tirer la petite charrette que j'ai donnée aux enfants

Balvet… y ont mis tous les pissenlits de la cour. Et la mère qui leur apprenait les plantes, elle était contente… m'avait mis dix francs dans la main. On les reverra plus ici. »

Jeanne avait haussé les épaules, Auguste pouvait bien croire en sa bonne fortune dans un monde sans amour, il lui inspirait par moments un sentiment de pitié qui la mettait mal à l'aise. Pourtant, c'était lui le plus fort, à la tête d'un royaume de chimères se repeuplant sans cesse.

Après la cérémonie, quelques cendres lui étaient tombées du front et des mots de ses lèvres « les amoureux sont partis sans savoir que j'existe… disparus », rien n'était assez beau pour eux, ici, rien n'était assez doux. Pourtant, Jeanne avait reçu d'eux quelque chose de très difficile à nommer, des fragments volatiles d'une autre vie rêvée, où des corps pouvaient se renouer en tendresse, libres parmi les ombres.

Jeanne fut triste quelques jours mais finalement, elle aimait ce flux incessant : arrivées, départs de clandestins mais aussi de patients guéris. Tout cela la rassurait, elle était convaincue à présent qu'aucune vie ne méritait d'être clouée. Le Christ ne donnait pas le bon exemple. Jeanne aurait voulu arracher tous les crucifix, ici, y mettre à la place les tableaux de Mlle Sirvins.

Février 1944

Le poète et sa femme sont partis ce matin à l'aube. Ils se sont attachés au jeune Victor et à Auguste qui a bien voulu leur vendre deux objets. Qui sait si on les reverra un jour ? Bonnafé m'a donné un exemplaire du poème « Liberté ». Des milliers ont été parachutés en 42 depuis Londres. M'a semblé bien fier de son ami. Je comprends un vers sur deux mais c'est beau. Pourquoi ne pas l'afficher sur le journal mural ? Il m'a répondu qu'étant communiste et représentant du comité national des écrivains résistants, son texte affiché pourrait présenter un risque en cas de contrôle de la police.

Messe des cendres, étonnée d'y voir Jeanne R, je ne l'ai jamais vue prier.

36

Un homme avait trouvé refuge chez le médecin du Malzieu à quelques kilomètres de Saint-Alban. Avant de fuir Paris, il avait réussi à sauver d'un entrepôt de cinéma où il travaillait des films américains de Charlie Chaplin et Buster Keaton, désormais honnis par les nazis et interdits par le gouvernement de Vichy. Bonnafé, qui avait créé un cinéclub à Toulouse lors de ses années d'étudiant, examina avec nostalgie ces trésors confiés par son collègue et proposa pour la veillée *Le Mécano de la Générale.*

« Cette cavale ferroviaire va nous faire du bien à tous. »

Tosquelles jubilait déjà :

« Nous n'en serons pas à notre premier voyage absurde. »

Tous avaient besoin d'oublier cette sombre saison où privations et peurs dégorgeaient la vie de ses moindres substances. Tous avaient besoin d'une grande respiration. Sentir leur cœur se dilater, sauter de joie ou de frayeur, signifiait aussi éviter de perdre pied dans ce monde-ci, tout incohérent et étourdissant qu'il fût. À l'annonce de la soirée cinéma, seul le Maître se montra amer.

« On va donc nous jouer un film muet ? N'y en a-t-il pas assez des muets parmi nous ?

– Quelqu'un sera là pour la musique, peut-être bien », hasarda sœur Luce qui n'était jamais entrée dans une salle de cinéma.

Les patients s'installèrent en silence, serrés dans leurs manteaux, coiffés de bérets, de foulards, n'osant se découvrir pour le voyage promis. *Ce soir à huit heures* Le Mécano de la Générale. *Une aventure à bord d'un train fou*, avaient-ils pu lire sur le journal mural. Le grand Algarin à qui on avait proposé un bain pour le calmer avant la veillée prit place le premier. Encore tout ébouriffé, il secouait la tête, lissait ses cheveux humides de ses mains larges comme des battoirs. Ses jambes tressautaient d'impatience et de froid mais, assis à côté du Maître, il comprit à son regard suspicieux qu'il avait intérêt à bien se tenir.

Victor-pour-la-vie s'installa à côté de Jeanne et lui prit la main, paume contre paume, une boussole toute tremblante pour garder le cap. Lui non plus, n'était jamais allé au cinéma.

Sur le grand drap tendu au mur, Jeanne vit d'abord se dédoubler des images de leur voyage depuis Ville-Évrard. Elle se contracta un instant, eut l'idée de quitter la salle et puis non, Victor balayait déjà leurs souvenirs, pris dans ce formidable courant d'air, de vapeur et de fuite. On ne reviendrait pas avant longtemps. Le train de Buster Keaton arrachait les traverses du réel. Sœur Luce riait, faisant fi du regard réprobateur de la mère supérieure. Celle-ci avait tenu à être présente, moins pour l'intérêt cinématographique qu'elle associait à un divertissement vulgaire que pour observer les malades les plus contrits. Elle voulait vérifier par elle-même s'ils avaient encore quelque faculté d'étonnement.

Deux gardiens jubilaient et évoquaient à voix basse les derniers sabotages des maquisards sur les voies ferrées.

Chaises et bancs grinçaient, soldats, capitaines, général, tous embarqués dans la mécanique d'une guerre dont on ne comprenait rien à rien sauf cette fuite en avant, en arrière. Dehors.

Les enfants des médecins et des concierges s'amusaient autant des prouesses du mécano que des réactions des malades, s'envoyant des coups de coude et pouffant dans leurs mains.

Mlle Sirvins n'attendait qu'une chose : revoir la fiancée du héros pour détailler sa toilette mais de guerre lasse elle s'assoupit contre l'épaule d'une nonne.

Le train était en fumée quand soudain, le projecteur s'éteignit et la salle entière broya du noir. On toussa, racla les chaises, agacés.

« Un contre tous, c'est pas Dieu possible… il va cramer ! »

Rien ne laissait encore espérer que Johnnie retrouve son Annabelle.

« C'est donc déjà fini ? Mais qui a gagné : les Américains ou les Américains ? »

Tosquelles ralluma la lumière. La Rillette soupira :

« … de toute façon, il est trop beau pour être vrai ce mécano. »

Il fallut bien dix minutes pour rembobiner la vieille pellicule. On en profita pour conduire les endormis dans leur dortoir. Leurs ronflements n'étaient pas la meilleure bande-son pour ce genre de film.

Bientôt les manœuvres reprirent sur les rails. Les commentaires fusèrent de plus belle. « Le mécano n'aura jamais assez de bûches pour alimenter la chaudière de sa locomotive… Y a pas idée de faire ça avec une belle chemise. » Jeanne observait la vague des spectateurs qui oscillait à chaque changement de plan.

Auguste se levait, se rasseyait, se redressait, tantôt sur une jambe tantôt sur une autre, bras croisés et tête en avant. Cette course-poursuite l'épuisait. C'était l'aventure de sa vie, son bon demi-siècle d'existence était là sous ses yeux au milieu des traverses. Il rageait et imaginait les fendre pour le mécano. Les images servaient à ça, à arracher ses rêves pour les libérer.

« Bon sang, que ça me plaît ! »

À la fin, le grand Algarin apparut comme le plus sonné de tous. Il sortit de la salle, ahuri, à pas très lents, se remémorant à voix haute ses voyages hachés dans des trains où il avait si souvent resquillé pour fuir Armentières « du temps où j'étais encore vivant ». Bercé par sa propre voix, il poursuivit un long monologue dans la cour, indifférent à ceux qui voulurent le faire taire. « Çui-là il aurait mieux fait de rester dans le Nord. »

Le grand Algarin confondait les deux guerres à présent et suppliait les médecins, les nonnes : « Donnez-moi des nouvelles du front, bon sang ! » Puis sans attendre de réponse déclarait qu'il s'en foutait. Trop faible pour aller aux champs, il aidait à l'entretien des jardins. Là, on le voyait se perdre dans la contemplation des filets d'eau qu'il modulait avec une sorte de passion maniaque. L'arrosoir était devenu son exutoire pour éteindre le brasier de sa mémoire. Il écrivait parfois sur les murs de la salle commune en travers des dessins des autres ce qui provoquait agacements et colères. On en parlait en réunion. Il ne comprenait pas ce qu'on lui reprochait.

« On me parle comme si j'étais en bas âge… c'est pas pasque mes mots y crochent pas toujours que chuis pas un homme, bon sang. Sur les murs c'est le temps qui nous regarde et tous ces yeux moi, ça me fait du mal. »

Puis il repartait dans ses images de disparition, ce n'était plus lui qui les vivait mais un autre qui dessinait de la main droite alors que « moi, j'étais gaucher ». Il dressait les mains en l'air.

« Elles sont plus à moi ces deux-là faites-en ce que bon vous semble… »

La Rillette, encore tout émoustillée par le film dont elle n'avait aimé que la romance, prit tendrement le grand Algarin esseulé par le bras, voulut l'entraîner où douceurs et insouciance étaient encore en cours, quelque part.

« Viens mon amour, on va manger des éclairs. »

Lorsque Bonnafé ou Tosquelles attrapaient de telles paroles au passage, ils marquaient un temps d'arrêt. « Plus le monde gronde, plus nous devons les écouter. »

Un sourire ce soir-là éclaira le visage fatigué de Bonnafé.

« Rendez-vous compte… ce qui jaillit de cette pauvre femme : "Viens mon amour, on va manger des éclairs." Le désir en plein chaos… ces malades, si on écoute bien leurs éclats de conscience et de poésie, sont plus proches de mes amis surréalistes que bien des artistes ! »

Tosquelles l'approuva : « Oui, Lucien, nos fous nous laissent voir une humanité ouverte à tous les vents. C'est dans ce vertige que nous nous rejoignons. »

Son collègue répéta les mots de la Rillette et se tourna vers elle :

« Merci madame Chabert, avalons des éclairs, avalons cette furie avant qu'ils nous frappent. »

À grands pas, à grands gestes dans le noir, le groupe des médecins et des internes se dirigea vers le bureau pour leur réunion hebdomadaire de la société du Gévaudan.

Sœur Rolande elle-même était devenue sensible aux surgeons de poésie dans les monologues de certains malades. Quelques-uns les gardaient en bouche jusqu'à les piquer sur de grandes surfaces de papier depuis qu'on avait eu l'idée d'en recouvrir les murs de la salle commune. Autant de mots, de dessins énigmatiques qui se côtoyaient, se chevauchaient en une mêlée de calligraphies, traits au crayon de bois, touches de peinture à l'eau, relevés d'empreintes. Un courant d'air aurait pu tout arracher, soulever ces grands voiles de carton, les détruire en un rien de temps, mais le voyage se déroulait entre ces murs, pas besoin de vague ni de vent, les tempêtes intérieures des uns et des autres les secouaient bien assez, marins sans mer, couseuses de filets sans fond.

37

Quand il sortit de son pavillon, une seule idée poussait Victor-pour-la-vie, s'en aller par la grande route, laquelle ? Il suivrait la première puis une autre, plus loin. Marcher encore. Il ne prit pas la direction du château, la seule et belle ouverture qu'il connaissait, le passage vers le village, les champs, la ferme des Vanel, les champignons sauvages. Il contourna les quartiers des hommes au plus haut du plateau, *1012 mètres d'altitude*, disait le Maître. *Répétez après moi.* Mais Victor-pour-la-vie et la géographie, ça faisait deux, c'était déjà trop. Les points cardinaux, les lignes du temps s'enroulaient en petits nids aux quatre coins de sa mémoire. *Tu es d'où toi ?* Il demandait toujours. Un monde doux sans queue ni tête sauf la mer qui l'attendait.

Quand il pliait des lamelles de papier journal dans la salle commune, toujours il en faisait de minuscules vagues puis les trempait dans un verre d'eau, les ressortait entre deux doigts, ébahi. Le jour où il avait découvert le premier bateau d'Auguste dans le bureau du Dr Tosquelles, il s'était écrié : « Vous l'avez sauvé de la mer ? Comment il est arrivé là ce bateau ? C'est malheureux un bateau sec. » Le docteur l'avait laissé dire tout en prenant des notes. Plus tard, le garçon avait demandé à Auguste s'il était marin. Sa réponse l'avait refroidi et il ne s'était plus approché ni de lui ni de ses sculptures.

Victor s'éloignait de plus en plus vite de l'asile, ânonnait tête baissée *par là, par là,* pour se donner du courage. Les deux coudes relevés, il tiraillait ses oreilles perdant l'équilibre tous les deux mètres sur une plaquette de verglas. Vêtu juste d'un chandail de laine du pays et d'un cache-col bleu, il n'avait pas oublié sa gourde d'eau. À peine enfoncée dans la poche de son pantalon, elle accompagnait ses mouvements d'éclats d'aluminium à mesure que le soleil montait. Quand il s'arrêtait pour boire au goulot, il observait ses traces dans la neige et reprenait son fredon *par là, par là.* À main gauche, des pâtures désertes, à main droite le cimetière des fous. *Par là, par là.* Soudain il s'arrêta tout net. Un renard charbonnier traversait le champ en diagonale. Des ricochets noirs dans la blancheur immaculée. *Y a donc un loup ici, je leur dirai, je leur dirai.*

Puis il quitta la petite route du Villaret pour suivre ce qu'il croyait être un loup. La peur ne faisait pas partie non plus de la géographie intérieure de Victor. *Tu es d'où ?* Même cette bête noire au loin était douce, il le savait, puisqu'elle avait laissé pour lui le ruban long de son passage dans la neige.

Victor-pour-la-vie pataugeait à présent dans la fange glacée. Il espérait que la rivière l'appelle, celle qu'il avait déjà goûtée cet été, mais où était la ferme des Vanel ? Et Eugénie ?

Pourtant ce calvaire, il l'avait déjà vu et ces toits qui fumaient et ces rochers de granit qui faisaient le gros dos sur les prés givrés. *Par là, par là.* Il perdit trace du faux loup à l'orée d'un sous-bois. Au moment où il pénétra entre des galeries de lichens bleus et cendrés, il entendit roucouler une source *ça y est, j'y suis,* mais elle se perdait sous des racines noires et des empreintes de cervidés et quand il voulut remplir sa gourde, il glissa cul à terre. Victor n'avait pas d'heure, il ne connaissait pas l'immense cadran solaire de la forêt. Seule la faim lui rappelait que peut-être les autres à l'asile étaient déjà à la soupe.

La rivière, il la trouverait. Et après elle, le fleuve. Et après lui, la mer. *Par là, par là.* À travers son pantalon maculé de boue, le froid gagnait ses fesses.

Un vent rageur s'était levé et courait à présent entre les arbres. Le garçon entendait leurs plaintes comme dans une immense maison qui craquait, avec des grincements de plus en plus rapprochés. Il voyait des visages grimacer sur les écorces, des yeux percés où brillait un peu de sève gélifiée. Il tourna, vira. Il fallait sortir de ces bois sournois, *par là, par là.* Mais il n'avançait pas vite dans ses jambières de glace. Ses oreilles, il ne les sentait plus, ni son bout de nez qui coulait froid dans sa bouche.

Le vent avait encore forci et la forêt grondait de plus en plus. *Par là, par là.* Victor-pour-la-vie s'essoufflait, suivant toujours des cercles qui l'emprisonnaient. Il ne devait pas s'arrêter, il le savait. Peut-être retourner à l'asile, descendre au village, la seule route connue.

À présent, il avançait à pas de louveteau épuisé. Les rumeurs des arbres, du vent devinrent des rumeurs de rivière, de fleuve, des rumeurs de mer. *Je te l'avais dit Fauvette je te l'avais dit que j'y arriverais.* Il tomba sur ses genoux. Et à l'instant où il crut reconnaître au loin la voix de Baptiste, chavira tête la première dans les vagues.

Le gardien avait alerté ses collègues et la direction. On n'avait pas vu Victor au repas de midi ni au dortoir, ni au réfectoire, ni à la salle commune, ni aux ateliers, ni à l'infirmerie. On était allé jusqu'aux pavillons des femmes, à la chapelle, chez les concierges. On ne l'avait pas vu au repas du soir, non plus. Le maire et les gendarmes furent prévenus et organisèrent à la nuit tombée une battue aux flambeaux sous une neige glaciale.

Février 1944

Hier, après notre signalement, les gendarmes ont retrouvé Victor inanimé et transi au bord de la Truyère. Il est mort durant la remontée à l'asile. Voilà le revers de la liberté qu'on donne aux malades ! Ma colère est absolument inutile mais je vais demander une réunion en urgence avec l'équipe médicale.

J'ai vu ce matin Jeanne R sous le tilleul du château, pliée de chagrin, incapable de se relever. J'ai lutté intérieurement pour ne pas me laisser aller à pleurer avec elle. Notre séraphin semait une joie sans pareille. Je le revois le jour de son arrivée embrassant toutes mes consœurs, une à une...

Je ne peux rien pour Jeanne sinon peut-être proposer qu'elle soit définitivement logée sur place près des enfants du Villaret, vu qu'elle n'a plus besoin de traitement. Faire établir son bulletin de sortie avant de l'embaucher à l'institut ? Voir avec Tosquelles.

Un malade a dessiné Victor au crayon de bois sur leur journal mural. Un autre a collé un chemin de timbres-poste avec ces mots : « Quand tu reviendras, tu passeras par là. » Le tracé va d'une lune fichée sur le toit d'une maison jusqu'aux jardins derrière les logements des médecins, pour s'achever avec une croix coloriée en rouge face à la salle commune où deux hommes fument la pipe.

38

L'annonce de la mort de Victor provoqua consternation, éclats de voix et force signes de croix. Religieuses et médecins avaient pris la décision d'en informer tout le monde dans la salle commune et de laisser un avis sur le journal mural. Chaurand tenta de maîtriser le flot d'émotions.

« Calmez-vous, vous êtes évidemment libres de prier pour Victor mais vous le ferez à la chapelle ou en votre for intérieur. »

La Rillette se leva de sa chaise :

« Quel fort intérieur, où c'est-y le fort intérieur ? »

Le Maître répondit énervé :

« C'est où je ne suis point.

– Mais je me fous de vous brave monsieur ! »

Elle fut prise de sanglots irréguliers entrecoupés de hoquets bruyants avant de se plaquer une main sur la bouche et de gémir de plus en plus doucement, vite épuisée. Auguste fixait ses chaussures en silence.

Jeanne revit Victor dans le train des fous, sourit dans le vide en se remémorant ses paroles bouillantes de poésie, ses accordéons de papier. L'aura-t-il trouvée enfin la mer immense qu'il rêvait sans l'avoir jamais vue ? *La mer allée avec le soleil** ?

Au lendemain du drame, Jeanne retourna à la salle commune. Sur le journal mural, d'autres messages en hommage à Victor étaient épinglés comme autant de fanions de chagrins. Elle voulut y laisser quelques mots à son tour, mais rien ne lui vint et elle se sentit incapable ne serait-ce que de dessiner. Pourtant, c'est cela qui s'imposa : dessiner un oiseau de mer. Elle ne connaissait pas ce monde d'eau. Seul lui parlait l'infini du ciel qui l'avait envahie à l'annonce de la disparition de Victor. Elle choisit un crayon de couleur, bleu foncé, et le serra entre ses doigts les yeux fermés, sans pouvoir l'animer d'une intention. Un pauvre morceau de bois, une baguette. Comment tracer l'absence de Victor sinon d'une flèche, un jaillissement, un battement d'ailes ? Elle s'approcha toute raide du journal mural, dessina une ligne montante puis une autre, une gerbe d'eau, un semblant d'aile. Mouilla son index d'un peu de salive et frotta doucement ses traces bleues jusqu'à déchirer le papier. C'était cela, l'absence de Victor-pour-la-vie, un trou minuscule sur le journal mural et plus personne ne pourrait en rire. Le Maître l'aurait mise au piquet pour moins que ça. Décidément, elle ne savait rien faire de ses dix doigts.

Après quoi, elle courut chercher Baptiste au quartier des hommes, fit le tour de chaque pavillon. L'oiseau bleu à peine né remuait dans sa tête, le poème du Maître *Comme un oiseau en sang entre deux pierres* la poursuivait et le sang refluait à chaque extrémité de son corps comme pour sortir au jour. Jeanne était pleine de chagrin et de trop de vie. Et qu'en faire ? À qui en donner une part ?

Elle traversa les couloirs, de longues galeries de malades prostrés, étonnés ou égayés par son passage inattendu.

À la porte de l'infirmerie, Baptiste retenait un homme qui s'agitait dans tous les sens. Le gardien fit signe à Jeanne d'attendre un peu plus loin. C'était glacial, elle mâchonnait ses lèvres gercées, tapotait ses pieds sur le plancher pour se réchauffer. Les cris de l'homme entre les murs de l'infirmerie s'amenuisaient petit à petit mais on entendait encore ses cognées.

Baptiste sortit enfin, rouge et nerveux.

« On vient de nous l'amener... Delirium tremens, difficile de le maîtriser, l'interne lui a fait une piqûre de calmant. Vous n'êtes pas auprès des enfants aujourd'hui ?

– Non, on m'a donné un jour de repos... enfin sœur Rolande a pensé...

– Oui, oui, je comprends. Il vous suivait depuis le début ce gamin. Je ne supporte pas qu'il nous ait échappé, ça va me tourmenter longtemps...

– J'ai besoin de vos grands ciseaux.

– Mais pour quoi faire ?

– Je ne suis plus malade.

– Oui, oui, je sais.

– C'est juste pour couper ma tresse, j'en aurai pour deux minutes et je vous les rends.

– Non Jeanne, je le ferai moi-même. Allez à la salle commune après le repas, je vous y rejoindrai. »

Jeanne était déjà au bout du couloir quand il la rappela.

« Suivez-moi, je vais vous faire ça tout de suite. »

Elle était livide, des cernes violâtres dévoraient la moitié de son beau visage. Elle tremblait à présent en triturant le béret qu'elle venait d'ôter. Baptiste posa ses mains sur ses épaules pour l'apaiser.

« Vous voulez vraiment couper vos cheveux ? »

Il ne parvint pas à saisir son regard. Jeanne se tordait les lèvres comme pour en dissimuler les gerçures et les saignements minuscules qu'elle essuyait du dos de la main.

« Ne bougez pas, je vais chercher ce qu'il nous faut. »

Il revint un instant plus tard avec sa paire de ciseaux et un sac en papier, tira le banc près de l'infirmerie et lui demanda de s'asseoir.

« Non finalement, restez debout, ça ira mieux. »

Ils avaient la même taille tous les deux. Jeanne se figea, retint sa respiration. Sans même la dénouer Baptiste coupa net la tresse. Elle glissa doucement entre ses mains comme une corde qu'on détache d'une amarre. Effrayé soudain, il sentit son poids quelques secondes, le vœu de perte de Jeanne, secoua la tête pour chasser des images du camp. Amas de chevelures, crânes à vif...

Des mots remontèrent à sa gorge, une toux rauque les projeta vers la fenêtre. Il plia délicatement la tresse blonde dans le papier avant de la lui tendre. Jeanne remit son béret, l'ajusta sur sa nuque et resserra son écharpe autour du cou. Personne ne devinerait qu'une partie d'elle-même s'était détachée là, ni qu'elle porterait jusqu'à la fin de l'hiver un collier glacé à la place de ses longs cheveux.

La famille de Victor-pour-la-vie avait envoyé de l'argent pour qu'il soit inhumé au cimetière du village. Malgré le froid, ils étaient nombreux à vouloir être présents à l'enterrement. Doucement, un long cortège descendit de l'asile sous une neige ruisselante. Même Auguste, lui qui ne s'attachait à personne, qui n'était *qu'un ventre et des mains* avait dit un malade jaloux de l'attention portée sur lui par *ces gens de Paris.*

Victor était le plus jeune des internés. Il n'était pas mort de faim ou de froid, il était mort d'enfance pensait Jeanne.

Elle attendit que tout le monde se détourne de la tombe, sortit sa natte du sac de papier et s'agenouilla pour la déposer sur le cercueil. Elle ne voulait pas la jeter comme une poignée de terre. Son visage soudain éclairé semblait dire *attrape-la, ne te laisse pas engloutir, remonte vers nous Victor*. Puis elle se releva, les genoux sales et les bas trempés, faillit glisser.

Jeanne et Auguste eurent du mal à quitter le cimetière, ils laissèrent le cortège partir devant, marchèrent lentement entre les couronnes de fleurs rouillées et les christs d'argent tout luisants de neige fondue. Leurs mains pendaient comme des oiseaux séparés du ciel.

24 février 1944

Les rondes du jeune Victor nous manquent. D'autres que moi se sentent coupables. On meurt partout en France de façon obscure. En sortant de l'infirmerie, entendu Dr Bonnafé expliquer à l'interne la nécessité de considérer chaque malade comme un individu unique et de chercher un traitement en fonction de sa personnalité et son histoire. «Deux malades ne peuvent être soignés de manière identique.» Nous avons échoué avec Victor Ferrand. Il a levé les yeux vers moi comme pour me prendre à témoin. Puis a évoqué les fusillés de l'Affiche rouge avec la même émotion.

39

Jeanne regardait au loin ces landes lunaires que les troupeaux avaient désertées aux premières tombées du ciel, brouillard s'immisçant dans les moindres caches, neiges lourdes, froidures, chemins évanouis. Sur tous les versants de l'hiver, la solitude boueuse. Un pays où se perdre. Où s'était perdu Victor.

Il lui tardait de sortir de cette saison d'horizon glacé, sentir l'espoir lanciner, tout petit menu comme une pousse de haricot. Heureusement, elle travaillait régulièrement au Villaret à présent, sous le regard de l'institutrice qui la considérait comme une alliée. D'un geste, d'un regard, Jeanne lui ramenait les enfants des quatre coins de l'ombre. Peu de mots suffisaient, elle était une présence au milieu de la leur. Ils étaient une présence dans la sienne. Un passage d'eau à eau. Le même élément. *L'aimance* lui avait dit Tosquelles les yeux dans les yeux. *N'ayez pas peur.*

Certains garçons tournaient autour d'elle. Son regard les intriguait, qui passait sur leur visage, s'élevait jusqu'à leur tignasse de pauvre gosse. Ce matin-là, Jeanne avant de pousser la porte de la maison d'enfants s'était arrêtée un instant sur le seuil. Pourrait-on les sortir aujourd'hui ? Le ciel tout écrémé de nuages semblait prometteur mais trop de petits étaient grippés. Une religieuse, venue en début de semaine les bras chargés de plantes qu'elle avait cueillies elle-même et séchées dans les greniers de l'asile, avait préparé des brocs de tisane. Il manquait du miel, on allait s'en procurer au Malzieu ou à Saint-Chély dès que possible. Jeanne s'inquiétait pour Petit-Vingt, le plus fragile d'entre tous.

Une invasion de poux l'année précédente avait instauré le rituel du rasage chaque premier dimanche du mois. L'infirmière était débordée, elle devait avoir un œil sur les derniers blessés arrivés. On demanda à Jeanne de raser les enfants. Elle refusa.

« Vous voulez leur ôter ce qui leur reste d'âme ? »

Elle voulait bien préparer cette lotion conseillée par Mme Balvet pour les malades alités mais pas les tondre comme des prisonniers. L'été dernier, on avait appliqué sur leurs chevaux un badigeon avec autant de cuillères à soupe de sel que de cuillères de vinaigre blanc. Jeanne prenait de plus en plus d'assurance. N'avait rien à perdre, rien à défendre à part ce qui restait d'enfance dans ce monde en éclats dont elle ne comprenait plus grand-chose. Et puis elle avait pensé à Baptiste. Lui s'en fichait des monsieur ou madame, il faisait fi des règles imposées par Balvet. Il était si proche des malades qu'il en avait toujours deux ou trois en escorte lorsqu'il passait d'un quartier à l'autre. Jeanne savait par Auguste qu'il était délicat pour couper les cheveux. Oui, elle ferait appel à Baptiste et en attendant elle allait laver les cheveux des enfants.

Les jumeaux se trouvaient souvent sur son passage après les repas où un coin de table leur était réservé pour copier des lignes et des lignes *Je m'appelle Robert, Maurice est mon frère. Je m'appelle Maurice, Robert est mon frère.* On les faisait compter sur un vieux boulier, chanter avec leurs doigts des comptines en occitan. Mais la plupart du temps, ils restaient mutiques, seuls leurs yeux et leurs mains s'agitaient en un langage heurté. Ils aimaient déplier les rubans délavés qui retenaient les courtes mèches blondes de Jeanne. Elle devait en changer souvent, les remplacer par des chutes de laine ramassées à l'atelier des tricoteuses. Elle pensait aux caresses de Victor-pour-la-vie sur ses cheveux et les laissait faire. Que lui importait d'aller toujours ébouriffée, vêtue d'une robe élimée, d'un tablier froissé, la bouche gercée en hiver et les joues cuites en été ?

Jeanne dormait sous les toits de l'institut à présent. On y avait cloué aux poutres des vieux draps de chanvre pour en faire une petite alcôve. L'électricité ne montait pas jusque-là, seulement des blessés légers du maquis de la zone Sud ou des juifs venus se cacher avant qu'on les admette à l'hôpital sous de faux noms. C'est sœur Rolande qui avait proposé cette solution temporaire, une transition après la vie de l'asile dont Jeanne devait s'éloigner pour ses nouvelles tâches, surtout depuis la mort de Victor.

En attendant de lui trouver une lampe à pétrole, on lui avait donné quelques cierges de la chapelle *à utiliser avec parcimonie*. Le mot l'avait surprise mais elle avait tout de suite compris le message. C'était un cadeau, un présent, un honneur, un privilège, une lueur pour elle seule, haute et vivante qui l'enveloppait d'une odeur de paix. Elle laissait s'écouler un long moment la paraffine, faisant fi des recommandations.

Le premier soir, après avoir mouché la bougie, elle eut du mal à laisser venir le sommeil. Trop de vie dans la nuit et des pensées galopantes. Les cris d'un hibou lui parvenaient de loin en loin à travers l'onde agitée des sapins, le tic-tac d'un vieux réveil prêté par la petite sœur Luce. Le vent grondait sous les lauzes.

Depuis combien de temps n'avait-elle pas dormi seule ? De toutes ses forces, elle repoussa le souvenir de cette cellule d'isolement dans l'asile d'avant. Jamais elle n'avait senti un tel abandon, on l'avait rayée de la liste des vivants.

Ici, Jeanne n'avait peur de rien, les bruits du vent, des souris ou des loirs, le souffle deviné des enfants en bas, étaient une compagnie bénie. « Oui, une compagnie bénie », murmura-t-elle avant de s'endormir enfin. Bientôt on la paierait non pas pour sa peine mais pour sa présence régulière auprès de cette quarantaine d'enfants, pour son désir de les atteindre et de vivre à leur hauteur quels que soient leurs fragilités ou leurs chagrins d'origine.

Puis l'hiver se fit oublier. Les soleils de mai dépliaient le paysage en entier, de grands voiles de douceurs que soulevait le chant fou des oiseaux. La mélancolie n'avait qu'à bien se tenir.

Et demain on serait déjà jeudi, jour sans classe comme dans toutes les écoles de France. Guerre ou pas guerre, l'institut suivait tant bien que mal les principes de la vie des écoliers du pays. Même si entre les murs, ici, on n'entendait pas chanter *Maréchal, nous voilà.*

Ce matin-là, le vent se tut aux premières lueurs. Jeanne descendit les escaliers étroits pour rejoindre un minuscule cabinet de toilette dans la chambre de l'ancienne gardienne transformée en infirmerie. Sur une table, des médicaments, des ustensiles médicaux voisinaient avec des compresses, des flacons d'éther, d'iode, et de bleu de méthylène. Toutes ces odeurs lui mirent le cœur au bord des lèvres.

Un drôle d'instrument était posé sur une étagère à côté d'un missel tanné. Certainement le télescope de cette femme dont lui avait parlé la cantinière. Elle s'en servait pour surveiller la cour de sa fenêtre. Dès qu'elle entendait des bruits suspects, elle donnait l'alerte aux gars de la ferme en cas de bagarre ou de fugue. « La vieille, c'était pas une bonté, elle inventait des punitions, t'as pas idée ! »

Jeanne se hâta d'aller préparer le petit déjeuner, tartines et lait chaud, pendant que la cuisinière pelait déjà les pommes de terre pour le ragoût de midi. Il fallait jeter un œil sur les plus jeunes. Il arrivait encore qu'un grand s'empare d'un bol et le boive d'un trait quand Jeanne avait le dos tourné. Le pain disparaissait avant qu'elle n'ait pu voir les petits le mâcher. Elle avait demandé qu'on les installe sur une table à part, près de la cuisine et que les jours sans beurre, on leur propose une bouillie de châtaigne. C'était Eugénie, la petite faneuse, qui lui avait donné l'idée. « Pas de risque de pénurie de châtaigne, ça n'intéresse pas les Boches ! »

Le soleil montait, montait en même temps que l'excitation des enfants à l'annonce de la promenade. Réveille-matin, le grand Firmin qui rappelait chaque heure sonnée à tout le monde s'était déchaussé dans la cour et jonglait avec ses croquenots. Il pleuvait des grelots de terre sèche détachés des semelles épaisses. Petit-Vingt riait de voir ses lacets danser jusqu'à ce qu'il en reçoive un au coin de l'œil. Il baissa la tête, honteux comme si c'était sa faute.

La dernière fois que Jeanne les avait accompagnés jusqu'à l'asile, la route était encore verglacée. La veille, elle était allée demander à Baptiste une lame de rasoir ou un coupe-choux pour strier leurs semelles à grands traits et limiter les risques de glissade. Le gardien avait tenu à l'aider et était descendu au Villaret après son service. Si Jeanne lui avait demandé de partir avec elle et ces quarante enfants de l'autre côté des montagnes et de la guerre, il l'aurait suivie, les yeux rivés sur sa nuque où repoussaient des cheveux fins comme des jeunes seigles. Ensemble, ils avaient passé en revue les chaussures des enfants au milieu d'une couronne de regards curieux et de chaussettes mal reprisées où des pieds impatients s'agitaient. Ce fut peine perdue, c'est ce qui les amusait le plus, les grands, tout chétifs qu'ils étaient : traverser la cour à grands pas de patineur fou sur le sol gelé, courir le risque…

En découvrant Jeanne accroupie au milieu de ces garnements leur parlant à voix basse, Baptiste la reconnut à peine. Son regard et sa liberté, voilà ce qui avait changé en elle, pensa-t-il. Jeanne se faisait discrète, n'usait pas d'autorité, tentait de capter leur attention en leur expliquant, l'index posé sur un schéma, le chemin qu'ils feraient *de là à là, en passant par ici, doucement on ira.* Certains la regardaient bouche bée comme une inconnue, les jumeaux frappaient leurs mains contre leur bouche, laissaient échapper des petits cris étouffés.

Pour gagner du temps, il arrivait que Jeanne confie aux plus âgés la tâche d'aider les petits à se chausser et boucler leurs lacets.

Firmin leur demandait alors de bien serrer les pieds pour attacher leurs chaussures entre elles dans l'espoir de les voir se casser la figure. Une de ses petites gloires cruelles qui égayaient ses journées. Petit-Vingt était sa victime fidèle qui riait d'être secoué, moqué ou injurié, assuré d'avoir son attention jusqu'au jour où Jeanne attribua au grand le rôle de veiller sur lui.

« Toi, tu es fort, alors donne-lui ce que tu peux. »

Le garçon l'avait regardée d'un air incrédule. Donner, ce mot lui sembla inconnu et lourd. Firmin était un bâtard qu'on avait voulu faire disparaître avant même sa naissance. Caché au fond d'une échoppe de cordonnier à Mende, il avait grandi dans les odeurs de cuir et de colle, abruti d'ombre et de silence jusqu'au jour où il mit en bouche une poignée de clous à ferrer les souliers et fut transporté à l'hôpital. Illettré, carencé, sachant à peine prononcer son nom, il fut considéré comme déficient et envoyé au Villaret. À sa majorité, il rejoindrait sans doute les hommes de l'asile. Mais cela, Jeanne ne voulait pas le savoir.

Il allait chaque après-midi à la colonie agricole où on lui apprenait les rudiments de la culture et des soins au bétail. À l'étable, il restait de longs moments entre deux vaches, à tapoter leur encolure, leur museau. Leur chaleur l'envahissait au point de l'endormir debout parfois. Par-dessus tout, il aimait les traire. C'était pour lui les premiers gestes qui allaient de soi. Une paix étrange roulait en lui avec ce lait épais qui giclait entre ses mains et qu'il goûtait en douce comme un sérum d'éternité. Quand il rejoignait les autres enfants, il semblait flotter encore entre la tendresse des bêtes et ce temps suspendu.

Le printemps naissant agitait enfants, adultes, bêtes à cornes, oiseaux et tant de pousses végétales sous le vent de mai. Jeanne ne se souvenait pas avoir connu pareille saison en un lieu où rien ne faisait front à la lumière. Aucun mur autour de la maison d'enfants, un horizon débridé, le ciel roulait sur les prairies, les nuages léchaient les herbages, les herbages léchaient les nuages, une mêlée de vert, de bleu avec les cris des petits, les abois de chiens quand ils passaient devant les fermes. Ils couraient, tombaient, se relevaient, allaient à droite, à gauche. Voulaient se perdre mais pas tout seuls, avec Jeanne.

Marcher droit, ce n'était pas pour eux. Non, il leur fallait rouler, sauter, grimper, partir plus loin jusqu'au bout du jour. Cavaler. Réveille-matin n'était pas là pour leur rappeler l'heure. Petit-Vingt, à la traîne, arrachait des fleurs de pissenlits, « encore un soleil, encore un », il en bourrait les poches de ses culottes courtes.

« Mais tu vas en faire du jus de culotte. »

Il s'arrêtait pour rire, perdait son souffle, Jeanne le retrouvait à quatre pattes le nez sur un scarabée ou un nid de fourmis. Il s'épuisa bien avant les autres et Jeanne dut le porter sur son dos. Petit-Vingt passait et repassait ses doigts dans les cheveux de la jeune femme comme s'il fouillait encore l'herbe des fossés, à la recherche d'une autre bestiole. Le soir à table, il montra le *charablé* qu'il avait roulé dans son mouchoir.

Dès le lendemain, Tosquelles voulut s'entretenir avec Jeanne sur son travail au Villaret et l'éventualité de l'embaucher de façon régulière, avec un vrai bulletin de salaire. Elle en fut à la fois intimidée et impatiente. Il était le seul homme avec Baptiste qui ne la prenait pas en pitié. Son accent toujours aussi fort l'amusait, il renvoyait bien loin l'élocution parfaite des autres médecins qui imposait un respect écrasant. Toute la personne de ce monsieur *Hum* comme on le surnommait ici était mobile, ses yeux, ses mains, ses bras, sa tête. Un feu follet qui parlait une langue unique traversée d'images, de mots étrangers ou inattendus dans la bouche d'un *Monsieur* en blouse blanche. Elle ne savait pas s'ils étaient catalans ou occitans. Le parler de Saint-Alban peut-être, celui qui courait hors les murs des bureaux, infirmeries et chapelle et s'immisçait dans les veillées.

Il l'invita à s'asseoir et ne lui posa qu'une seule question.

« Comment va la vie ? »

Pour elle, pour les autres, les enfants, les fous, les maquisards, les docteurs ? Que lui répondre ?

« Vous avez du mal à comprendre le tosquellan, peut-être… pas grave. On vous a vue avec les enfants, vous avez là-bas toute votre place. »

Elle regarda l'amoncellement de papiers et de livres, le cendrier plein à ras bord, remarqua le bateau d'Auguste posé sur deux chaises et prit la parole très lentement ne quittant pas des yeux le deux-mâts et une petite lanterne d'aluminium qui se balançait imperceptiblement dans un rayon de poussière. Tosquelles suivit son regard et l'interrompit un instant.

« Vous aussi, vous êtes dans le mouvement, madame Rouaud. Comment vous nomment les enfants d'en bas ? Fauvette ?

– Ça dépend : Madame ou… maman.

– Et vous en pensez quoi ?

– Rien, je leur redis que je suis Jeanne, ça nous suffit.

– Hum. »

Avant d'allumer une cigarette Tosquelles lui demanda si la fumée la gênait. Elle répondit d'un simple geste négatif, les yeux toujours rivés sur le bateau d'Auguste.

« Les enfants n'ont pas de jouets.

– Et vous pensez que M. Forestier pourrait leur en faire ?

– Non, il ne voudra pas.

– Vous le connaissez bien… en effet, ce n'est pas un fabricant. Plutôt un artiste, n'est-ce pas ? »

Jeanne éluda la question.

« Pensez-vous docteur… »

Elle hésita en suivant la fumée de cigarette jusqu'à ses yeux.

« Enfin… l'idée m'est venue hier… le journal sur le mur dans la salle commune de l'hôpital… on pourrait faire la même chose pour les enfants ? Les plus petits dessineraient en bas et les grands tout en haut ?

– Vous êtes dans le mouvement, répéta Tosquelles. Qu'en dit l'institutrice ?

– Je n'ai pas osé lui en parler et ça ne serait pas dans la salle de classe.

– Oui, je comprends, mais vous avez une idée ?

– Dans la cantine ou bien le couloir où ils peuvent aller à leur guise.

– C'est une bonne idée, une très bonne idée. Vous faites partie de notre équipe maintenant. » Il se pencha sur son bureau et lui demanda une dernière chose.

« Et, vous n'avez pas peur de vivre là-haut ?

– Peur de qui ? Des blessés ? Des enfants ? »

Tosquelles n'insista pas et lui tendit la main pour prendre congé.

« Fauvette… il vous a bien devinée votre ami Auguste. »

Mai 1944

Baptiste, Auguste, Tosquelles. Je n'avais jamais pensé que cette Jeanne puisse être aussi à l'aise en amitié avec les hommes. Le gardien Baptiste aurait-il des intentions envers elle ?

Elle a frappé à ma porte ce dimanche, robe claire, cheveux retenus en épingles. Je ne la savais pas coquette. Habituellement si pudique et peu diserte, elle m'a pris les mains et demandé deux faveurs : lui raconter l'histoire de la madone sans visage comme elle la nomme. Je n'ai pu lui dire grand-chose à part qu'il s'agissait d'un vieil ornement qui menaçait de se décrocher. Elle a eu l'air déçue. Lui ai proposé d'aller la voir de plus près. Lorsque nous nous en sommes approchées, elle a eu comme une caresse sur la tête creusée de la statue. Ce geste m'a inquiétée mais elle s'est vite tournée vers moi pour me demander sa seconde faveur : elle voulait connaître la marche à suivre pour se démarier...

Je suis de plus en plus inquiète pour les médecins qui prennent des risques pour tout, faux diagnostics, faux recensements des malades. Va-t-on pouvoir résister encore longtemps aux vrais monstres de la guerre ?

Qui tiendra jusqu'à quand ? Bonnafé a dû quitter Paris, Tosquelles a déjà un rapport sur le dos. Moi, je reste de pierre. Je laisse le monde imaginer que ma vie se partage uniquement entre la prière et les soins à tous ces pauvres insensés.

Le mois de Marie s'achève. Les événements se précipitent. Ai du mal à garder mon calme. Grande fatigue. Depuis le 20, des centaines de maquisards gagnent la Margeride. Je doute que Tosquelles soit assez prudent depuis son fichage. Risque de fouille, arracher les feuilles au fur et à mesure ou avaler les dernières. Eucharistie des résistants. Si j'osais dire ça au Dr Tosquelles, il en rirait.

40

Ce printemps 1944 n'offrait guère de quiétude, le danger se faisait sentir partout, entre les murs et au-dehors. Les allées et venues des sœurs, docteurs et gardiens se multipliaient au gré des annonces, à la nuit tombée souvent. Les réunions du Gévaudan étaient en pleine effervescence. Tout était affaire de résistance. Il fallait penser le risque au même titre que le combat, la folie, la mort.

Un soir, sœur Rolande descendit chercher Jeanne.

« Venez je vous prie, des blessés viennent d'arriver. On va les installer dans la salle de classe pour les premiers soins en attendant de les transférer. »

Jeanne enfila sa robe-tablier et la suivit, elle connaissait l'institut du Villaret des caves aux greniers et surtout chaque enfant qu'elle était en mesure de rassurer et de reconduire dans son lit en cas de réveil nocturne. Elle avait déjà fait montre de sang-froid. Sœur Rolande lui expliqua qu'elle devrait dévêtir les blessés en attendant médecin ou infirmière, les nettoyer, désinfecter les plaies superficielles, retirer les pansements souillés, les faire boire. Jeanne demanda une tenue de bonne sœur.

« Mais quelle idée ! Restez comme vous êtes toujours, propre et silencieuse. »

La jeune femme lui tint tête :

« Pourquoi je devrais faire silence auprès de ces gens qui ne sont pas morts ?

– Le temps presse, Dieu du ciel ! Vous leur direz ce que bon vous semble mais ne porterez nulle part ce qu'ils vous diront même dans leurs délires de fièvre. La Gestapo n'est jamais bien loin. »

La confiance de sœur Rolande galvanisait Jeanne. Elle irait vers ces hommes comme elle allait aux champs, avec la même force.

Entre-temps on informa la mère supérieure du nouveau rapport établi par les renseignements généraux à propos de l'hôpital et de Tosquelles. Il fallait redoubler de vigilance, ne pas mésestimer l'intelligence et la perspicacité de certains malades.

« Il faut garder courage, ça vaut la peine. La vraie bête ne fait pas de bruit et nous mange en silence à l'intérieur si on renonce à nos libertés… nous sommes tous des résistants ici, vous la première ma Sœur », avait affirmé le Catalan en agitant sa cigarette comme pour chasser un spectre indésirable.

4 juin 1944

Les combats ont commencé au Mont Mouchet. On ne voit plus Bonnafé depuis des jours. Gros effectifs de combattants. Renforcer les moyens pour accueillir les blessés, voir avec sœur T et sœur L et Jeanne R, ma confiance, elles l'ont Dieu merci.

Préparer linge de lit, toilette, bandages, rideaux et paravents de séparation, à commander à l'atelier. Vestiaire hommes, linge de corps

Caches pour effets personnels.

Éviter de se trouver tous là-bas avec médecins et internes en cas de contrôle de la Gestapo. Limiter mes allers-retours. L'asile ne doit pas manquer de ma présence.

12 juin

Nouvel enfant dans la famille Tosquelles : Jacques, né en plein tumulte. Quelle destinée aura donc ce petit ?

20 juin

Ce mois de juin 1944 a été épouvantable. Tout Saint-Alban a tremblé quand on a vu s'approcher trois colonnes allemandes et leurs blindés. Le convoi tentait de rejoindre le Mont Mouchet. Doux Jésus, heureusement, leurs engins n'ont pu traverser le pont trop étroit de la Gardelle. Gendarmes de notre côté, quoi qu'il arrive.

Mais Tosquelles a dû se cacher deux jours dans un arbre attendant la nuit noire pour redescendre et marcher un peu. Sa voix porte si loin que je l'ai entendu dire hier « d'en haut j'ai largué mes selles et mes urines parce que je suis pas dieu hein ! Je me suis démerdé quoi ». Mon rire l'a fait se retourner et il m'a prise par le bras pour dire tout bas qu'il fallait tenir le coup maintenant que le pire danger était tombé dans la rivière.

L'accueil des maquisards blessés a transformé l'asile en hôpital de guerre, plus nombreux que nos malades habituels, autant au dernier étage du château qu'au Villaret. D'autres souffrances entre nos murs. Les combats du Mont Mouchet ont laissé près de 200 morts. Faut-il prier pour les disparus ou les survivants ?

Si Dieu m'a déposée dans cette tourmente, je ne dois rien abandonner.

Sans date

Jeanne R s'est démenée, m'a tenu tête quand je lui ai demandé de ne pas parler aux blessés. A réclamé une tenue de nonne pour ne pas qu'un de ces hommes lui fasse la cour. Tosquelles en rit encore. Elle a de nouveau coupé ses cheveux pour ajuster une coiffe d'infirmière, maîtrise les premiers gestes de soin à présent. Bonnafé vient de m'apprendre que le fameux Lafont du maquis est en fait le Pr Canguilhem, philosophe et médecin. A beaucoup d'admiration pour lui, il vient de l'inclure dans leurs recherches des réunions du Gévaudan. Malgré cette atmosphère épouvantable, ils se seront accrochés à leur espoir de révolution psychiatrique. Ils ont fait feu de tout bois : marxisme, surréalisme, psychanalyse, thérapies sociales. M'est venue l'idée qu'ils ne prétendent pas guérir nos malades de toutes leurs misères d'âme, ce qui compte c'est de vivre au milieu des uns et des autres, de retourner à nos origines humaines. Et puis, ces choses qui leur viennent au bout des doigts, Mlle Sirvins et les images qu'elle brode, les créatures de M. Forestier. Et tout ce qu'ils disent...

25 juin 1944

Même si les bals sont encore interdits, le maire a proposé un feu de la Saint Jean au bord de la Limagnole. Dr Bonnafé l'a approuvé au nom des patients : « S'ils ne savent plus que faire pour conjurer la peur qu'ils dansent. » Je pense qu'il a voulu parler de sa propre peur ou de cette tension si forte en lui depuis son arrivée. Il fume beaucoup trop.

Une petite troupe est descendue rejoindre les villageois. La joie d'un feu, d'une danse, c'est encore la vie. Curieux, Dr T amateur de fêtes populaires n'y était pas. Jeanne R si.

41

Jeanne avait du mal à s'éloigner de la maison d'enfants, même durant ses jours de congé, mais Tosquelles avait insisté pour qu'elle se repose, surtout après les derniers événements. « Allez brouter dans les prés ! » Se reposer de qui, de quoi ? Elle ne sentait plus la fatigue de vivre.

Depuis le premier jour, ce pays l'appelait. Bien au-delà des collines et des rivières, mais sans bicyclette elle ne pouvait s'aventurer bien loin.

L'air sentait le seigle mûr, elle avait faim de silence et de framboises sauvages. Elle en trouverait peut-être dans les sous-bois derrière la ferme du Villaret. Elle traversa des taillis, une pâture où de jeunes veaux tétaient leur mère à l'ombre des chênes ; une clôture puis une autre jusqu'à un promontoire de granit où elle voulut grimper, ses sandales de raphia glissaient mais ses mains et ses épaules la hissèrent au soleil. De là-haut, elle s'abandonna au paysage, aux nuages sages, aux landes constellées de pierres immenses que traversait l'onde d'un vent doux.

Tout ici a bon dos, pensa-t-elle, les rochers, les fermiers, les collines, les bergers, les ânes, les nonnes, les enfants et même Auguste. On s'endurcit de vivre là. Ce pays nous tient et les oiseaux, tous ces oiseaux. Jeanne parlait à voix haute à présent, les yeux clos. « Tous ces oiseaux en pagaille, je ne pourrais plus vivre sans… » Elle se laissa ravir par un sommeil léger plein de bourdonnements et de chants. Un sommeil sans rêve…

Jeanne redescendit dans le vallon, tout étourdie de ciel. Entre vieilles souches et fougères, elle se fraya un passage jusqu'à de minuscules bosquets de myrtilles, s'agenouilla pour en cueillir de quoi emplir sa main, puis s'assit par terre pour les savourer une à une, le plus lentement possible. C'était la première fois. Le suc acide à peine sucré envahit sa bouche, une sensation mêlée d'âpreté et d'étrangeté. Le goût de la Margeride, sauvage et douce à l'arrière-gorge, le parfait contraire des larmes. Ses doigts tachés lui rappelèrent ceux des enfants après qu'ils eurent dessiné à l'encre violette avec les brindilles. Leurs traces d'oiseaux sur les feuilles arrachées à de vieux cahiers, des calligraphies fébriles comme des pas désordonnés.

Jeanne pensa à Mlle Sirvins, aux images colorées qu'elle faisait apparaître à longueur de patience sur des parcelles de vieux draps, à son regard perdu.

Était-elle encore là-haut? L'avait-on guérie enfin? Sœur Luce lui avait expliqué que des voix la tourmentaient, elle en souffrait au point de perdre le sommeil. On allait lui faire des électrochocs, un nouveau traitement. «Même le Dr Tosquelles l'a essayé», lui avait-elle confié à voix basse.

Elle éprouva l'envie de la revoir. Après s'être frotté les mains avec une poignée d'herbes, elle se dirigea vers l'hôpital. Des pensionnaires inconnus fumaient devant la chapelle, les enfants des médecins jouaient tout près avec une corde à sauter. Un petit train en bois qu'avait réalisé Auguste l'hiver dernier traînait par terre, chargé de cailloux. Une des fillettes Tosquelles la reconnut et lâcha la corde pour courir à sa rencontre.

« Bonjour Marie Rose, tes parents ne sont pas avec toi ?
– On me laisse jouer toute seule, je suis grande. Ils sont encore à table. »

Elle soupira et prit un air sérieux soudain.

« T'es la maîtresse des garçons au Villaret maintenant ? Pourquoi tu as les doigts pleins d'encre ?
– Non je ne suis pas maîtresse.
– Tu es qui alors ?
– Tu demanderas à ton papa. »

La petite tourna les talons et reprit ses jeux.

Jeanne regretta sa réponse stupide. Les enfants comme les malades avaient besoin qu'on leur parle clair. Mais comment expliquer à cette gamine ce qu'elle était devenue ? Ni une bonne, ni une nourrice, encore moins une institutrice. Elle laissa ces pensées en suspens pour rejoindre la salle commune.

Mlle Sirvins brodait sur un banc à l'ombre d'un platane, seule. Jeanne s'approcha sans dire un mot et se pencha sur son ouvrage. Elle suivit un long moment l'aiguille qui piquait la toile, disparaissait une seconde, remontait à la surface. Comme souvent, ses gestes mûrs faisaient naître l'inattendu. De trace en trace, ses visions prenaient forme dans un infime tremblement du tissu. Aujourd'hui, c'était un paysage fragile et pourtant rien ne l'effacerait désormais. Avec ses lignes, ses courbes, ses ondes de couleurs, son filet d'eau ou de sable. Tout était si vivant sauf les silhouettes, femmes, hommes, enfants figés dans l'élégance d'un jour de fête ou la tristesse d'un long dimanche. Personne n'était jamais seul dans les tableaux de la brodeuse. Peut-être voulait-elle se convaincre que la solitude n'existait pas. Ou alors rêvait-elle de s'inviter à une de ces cérémonies, être élégante à son tour, se parer de soie et d'insouciance, croire aux images qu'elle travaillait à petits points patients. Mlle Sirvins n'était plus dans sa peau mais ici, sur la page de son livre d'heures, loin des orages et de la folie.

Rien n'avait changé. Jeanne s'en éloigna sans même oser lui dire combien son travail était admirable. À quoi bon la distraire ? On ne dérange pas quelqu'un en pleine prière, pensa Jeanne, et on ne dérange pas cette femme en chemin vers la beauté.

L'air était encore chaud malgré les nuages qui venaient d'assombrir le ciel, elle avait tout son temps, et reprit le chemin de la vallée. Passé le petit pont de pierre, Jeanne contourna un croissant dénudé et charbonneux. C'était tout ce qu'il restait du feu de la Saint Jean, le vent avait emporté les cendres, les joies apeurées des quelques malades rassemblés autour du cercle des flammes. Antoine le cabrettaïre avait couru après son service oubliant sa boiterie, et tenté de ranimer un esprit de fête replié si longtemps dans l'attente de jours meilleurs. La ronde lâche et démaillée peinait à s'accorder au rythme de sa musique. La petite faneuse, toute rousse et rosie d'audace, avait saisi alors la main de Jeanne, Baptiste l'autre et après eux les fous de son escorte fidèle. Baptiste ne lâchait pas Jeanne qui ne lâchait pas Eugénie et les autres pareillement encordés malgré les mains moites. Puis tous s'étaient écartés pour regarder les jeunes gars du village *sauter le feu*, devenir éclair, animal, flèche, s'embraser le corps et l'âme, gagnés par l'euphorie. Mais ça chauffait, il était tard et toutes ces étoiles là-haut… Il avait fallu remonter à l'hôpital, laisser mourir le feu derrière soi.

Après des semaines, Jeanne comprenait seulement ce que Baptiste avait remué en elle au tréfonds de sa jeunesse, de l'abîme traversé, un sentiment de ressemblance… Du bout de sa chaussure, elle gratta quelques traces noires, le souvenir des flammes et de ces heures volées à la guerre.

Quelques jours auparavant un malade, nouveau venu à l'accent étrange, avait écrit une phrase sur le journal mural : *Là où Dieu se tenait jadis, se tient à présent la mélancolie**. Elle l'avait lue et relue jusqu'à la faire sienne. Mais le lendemain, quelqu'un avait hachuré de traits rageurs la belle écriture. Qu'importe, les mots lui revenaient, intacts.

Puis elle suivit un chemin familier qui menait aux champs des Vanel où deux hommes avinés l'abordèrent. Lourds de vin qu'ils étaient avec de surcroît leur canne à pêche sur l'épaule, en quelques enjambées, elle les distança sans peine mais les entendit ricaner : « Quand ça veut pas mordre ça veut pas mordre. »

Plus loin, elle surprit un petit garçon seul près d'une mare. L'orage de la veille en avait troublé l'eau d'où remontaient des hoquets de limons. L'enfant y lançait des pierres, insensible à l'averse soudaine qui fouettait ses jambes nues. On aurait dit qu'il voulait jeter ses cris, sa peur au milieu des colliers d'eau jusqu'à l'arbre de l'autre côté, jusqu'au plus lointain de sa petite vie. Sous le ciel agité, il ouvrait grand et sa bouche et ses yeux tout égayés de pluie.

La jeune femme resta immobile un instant, de crainte qu'il fît un pas de trop vers le bord, elle le tirait en arrière avec la force de son regard, suivait les secousses de son jeu, en guettait le danger ; mais cet enfant était libre, petit rameau d'une famille de paysans sans doute. Peut-être avait-il échappé à une corvée ou une raclée.

Jeanne ne voulait pas briser son jeu mais fallait-il faire comme si elle ne l'avait pas vu ? Elle resta encore un moment suspendue à ses mouvements. Il fallait rentrer à présent.

Le soir dans son lit, l'image du garçon criant sa joie d'eau et de cailloux lui rappela combien la liberté manquait encore aux petits et aux grands, patients et impatients de l'asile. Elle pensa à Victor-pour-la-vie que chaque rivière aimantait, à son obsession de descendre vers la mer. Un sourire lui monta aux lèvres. Dans le ciel de Margeride, Jeanne le vit chevaucher la Grande Ourse que suivaient ses petits d'étoiles.

21 août 1944

Hier enfin, Grand Dieu, notre Lozère a été libérée. Des malades ont colorié des petits drapeaux français sur le journal mural. Ce matin Tosquelles m'a demandé si prier et espérer avaient le même sens pour moi. J'ai répondu sans hésiter, c'est une équation enfantine. Quand il m'a serré la main, j'ai eu la curieuse impression d'être un homme à son égal. Prétention, prétention. Dieu me garde de telles vanités.

Je ne cherche plus à savoir qui est croyant ici, juif, chrétien, poète, maquisard, athée. Je regarde chacun dans les yeux et je pense à ce qu'on aura laissé dans cette vie avec ou sans la grâce de Dieu. La guerre m'aura donné des leçons. Il me plaît d'espérer que nos malades n'ont pas été seulement traversés de visions, d'amertume et de souffrance, qu'ici leur vie sera désormais moins lourde à porter.

42

Il était temps de remettre sa vie sur les rails. Sans en avoir conscience, il refit le voyage de Jeanne du 30 août 1939, cinq ans plus tard. Tassé sur la banquette, Lucien Rouaud luttait contre lui-même. Qu'allait-il lui dire ? Il n'emportait rien pour elle. À quoi elle ressemblait maintenant ? Il imaginait son visage gâté par la folie, son regard échappé, sa bouche nerveuse mâchant une vieille pomme comme à sa dernière visite, avant qu'entre eux la guerre éclate et disperse leurs traces. Faudra-t-il lui avouer qu'il n'avait pas cherché à la revoir ?

C'était un brasier dans sa tête, il suffoquait de ne pouvoir mettre en ordre ses pensées. À chaque gare, Lucien sautait sur le quai avec sa besace. Il fumait une cigarette le temps que s'impose un nouveau choix, attendre le prochain train pour repartir dans l'autre sens ou continuer. Mais à chaque escale, il finissait par écraser son mégot et sa honte d'un pied rageur avant de regagner le compartiment.

Arrivé à Saint-Chély-d'Apcher, il demanda la route de Saint-Alban. « Deux heures à pied si tu te magnes », lui avait répondu un cantonnier. Qu'à cela ne tienne, il aurait encore le temps de changer d'avis, brûler ses dernières cartes. Renoncer ou se jeter dans les bras de Jeanne. Il marcha le plus vite qu'il put espérant que la fatigue l'empêche de penser, à mesure qu'il avançait tout devenait plus obscur encore. « Combien de saisons pour rien… elle ne me reconnaîtra pas… j'ai nulle part où l'emmener… la loi m'oblige… »

À Saint-Alban, il demanda à voir le maire. On le prit pour un vagabond, tout transpiré qu'il était, hagard cherchant ses mots.

« Qu'est-ce que vous lui voulez à monsieur le maire ? »

On le fit asseoir en attendant. Le maire se montra bon homme.

« Vous cherchez votre épouse internée ici, soit. Il va vous falloir donner son identité, la vôtre, montrer vos papiers. Je vous accompagne. »

Ils allèrent ensemble frapper à la porte du concierge qui s'adressa à son tour aux médecins.

Épuisé, Lucien tentait d'humecter ses lèvres sèches avec ce qui lui restait de salive après avoir parlé contre son gré à des inconnus. Il était tard, il vit s'allumer une à une des lumières faibles aux fenêtres des grands bâtiments. La soif et la faim se réveillaient en lui. Quand il se trouva finalement face à Jeanne, Lucien dut s'appuyer contre la porte. Elle courut lui chercher à boire, lui approcha une chaise.

« Enfin te voilà. »

Son visage se recomposait à mesure qu'il buvait à petites gorgées.

« Encore un verre s'il te plaît. »

Jeanne le fit entrer dans le petit meublé réservé aux internes qu'on lui avait proposé en attendant qu'elle trouve un logement au village. Du calme, du calme, elle pensait en versant l'eau, laissons entrer Lucien et tout ce temps perdu.

Il resta un long moment interdit buvant tant et plus, mouillant ses mains pour se rafraîchir la nuque, le visage. Jeanne alla chercher un tabouret, prit place face à lui.

« Depuis 39, tu n'as pas cherché à me revoir ?

– J'avais pas la force pour toi… j'ai rempli trois caisses, une pour la vaisselle, une pour nos habits et les draps et dans la troisième les layettes que tu avais préparées. Tout ça chez mes parents. J'ai dit je reviendrai plus tard… je n'y suis pas retourné, j'ai payé le dernier loyer au propriétaire… même pas besoin de fermer la porte, il était là sur mes talons. Et votre femme ? qu'il a dit. J'ai menti, je voulais pas parler de toi. J'ai dit on s'en retourne en Normandie et puis… »

Jeanne se leva, recula de quelques pas vers la fenêtre pour suivre au loin leurs lignes de fuite depuis que le berceau de l'enfant avait volé en éclats. Sa mort enfouie dans le désordre de la guerre.

Il y avait eu ce nouveau pays et toutes les saisons qui l'avaient vue renaître elle, Jeanne. Ses neiges, ses pluies, ses mêlées de nuages, ses chemins pierreux, les visages de la folie, leurs regards retournés et tous ces petits soleils pâles sur ces figures d'enfants, des rayons de joie qui l'avaient atteinte en plein cœur. Ce n'était pas rien.

Pouvait-il deviner Lucien, ici présent, tombé d'un temps de l'autre côté du ciel, ce qu'était devenue son épouse ?

« J'ai suivi des gars de la Résistance. On a fait pas mal de sabotages, je voulais tuer personne. Peut-être que je l'ai fait. Les explosifs, c'est mortel. Tu vois plus rien quand ça pète, tout part en poussière, de la fumée et puis rien, faut pas regarder… Y avait peut-être des gens autour, dans les wagons mais on visait surtout les rails, des locomotives à l'arrêt. »

Sa voix était sèche et perdue de dire ces choses.

« Et tout ce temps, j'ai pensé : ma Jeanne elle est à l'abri, mais toi aussi t'avais explosé et je te reconnaissais plus dans mon souvenir… même dans mes rêves, je te reconnaissais plus. C'est moi qu'étais en guerre avec toutes ces pensées. »

Jeanne le dévisageait sans tendresse. Était-il devenu un guerrier plein de repentirs ? Elle avait du mal à reconnaître son homme amaigri, bien qu'il ait pris soin de se peigner les cheveux, de mettre sa chemise du dimanche. À présent, froissée et salée de sueur froide. Son visage lui sembla brouillé, de mauvais sommeil ou d'alcool, ses yeux amenuis dans les plis des paupières.

Elle l'écouta, se leva le temps d'aller préparer quelque chose à manger. Bientôt, on n'entendit plus que ses bruits dans la cuisine. Des œufs cassés puis battus à la fourchette, l'allumette qui craque sur le gaz, deux assiettes posées sur la table, des couverts qui tintent.

Il mangea comme un prisonnier, les yeux baissés sur son assiette. Jeanne l'observait en faire le tour avec son pain, répéter le même geste dans le sens inverse jusqu'à faire disparaître la moindre trace d'œuf, saisir des miettes du bout des doigts, en lécher les extrémités, soulever son verre mais pas son regard, boire encore paupières closes. Une fois repu, son visage se décrispa enfin, se rouvrit sur elle.

« J'ai voulu aller frapper à la porte de ta grand-mère, c'est loin et je n'avais pas un sou pour le train.

– As-tu repris la boulange ?

– Non, je me suis écarté de la ville, valait mieux, je me suis loué ici et là à des paysans qui posaient pas trop de questions. Maintenant, j'aimerais bien trouver à me placer chez un boulanger, partout ça manque de bras et de bon pain. »

Jeanne pensait aux blessés du Mont Mouchet cachés aux greniers du château et au-dessus des dortoirs où les enfants faisaient de mauvais rêves. C'est dans leurs yeux qu'elle avait vu la guerre, sur leur peau meurtrie, en nettoyant la terre et le sang. Pas dans les journaux. Ainsi donc à des centaines de kilomètres de là, Lucien avait couru les mêmes risques ?

Et que faire à présent de cette vie nouvelle ?

« Qu'est-ce qu'on va devenir ? »

Oui, il pourrait dormir ici sur un lit de garde dans le couloir derrière. Demain, il ferait jour.

La distance soudain abolie entre eux deux était un vertige. Jeanne n'était plus cette femme au visage effaré avec sa corde de cheveux dans le dos, elle avait à présent le teint des gens d'ici, des taches de rousseur jamais vues auparavant. Ses jambes, ses bras avaient repris chair de tant marcher, de tant porter. Elle s'était à la fois endurcie et attendrie. Tandis que lui, le regard trouble, semblait avoir perdu un peu d'épaisseur. On avait peine à deviner ses épaules sous la chemise défraîchie. Une main inquiète passait et repassait sur son menton mal rasé jusqu'à cacher sa bouche. Incapable d'en dire plus.

Ils laissèrent leurs yeux partir au-devant d'eux chercher pitié ou pardon. Il n'y avait rien à comprendre de ce côté-ci. Leurs mains cherchèrent autrement à remonter le temps. En vain.

Plusieurs semaines s'étaient écoulées depuis qu'elle avait vu Lucien s'éloigner sur la pente du village après avoir dormi tout habillé, honteux de la poussière du voyage et de ce peu de mots à lui laisser, ce peu de promesses. « Je reviendrai quand j'aurai trouvé de l'embauche. »

Septembre vint avec les premières senteurs de pomme qu'elle aimait tant. Et aucune nouvelle de Lucien.

Elle s'étourdissait de gestes aveugles pour astiquer les pupitres des enfants juste avant la reprise des cours. Relents de cire, luisant de châtaigne fraîche, l'automne tendre encore. Jeanne n'entrait jamais en classe avec les enfants. Elle ne voyait pas leurs visages penchés sur leur cahier, coudes écartés et langue au bord des lèvres, ni leurs croquenots se chevaucher au bout des jambes agitées qu'ils tentaient en vain d'assagir mais elle s'appliquait à lustrer aussi le grand cadre du tableau noir, le bureau de la maîtresse. Et ce parfum était pour elle seule, invisible Jeanne.

En attendant, elle irait réclamer à madame Muguette des sacs de riz vides, les découperait. Les petits au premier jeudi de pluie y dessineraient par terre, leur corps tout entier et leur visage, puis des yeux, un sourire, des cheveux en bataille. Des silhouettes qui forciraient, gonflées du vent de leurs inventions prêtes à s'envoler. Elle pensait aux petits rois ailés d'Auguste chaussés de sabots qui toujours resteraient de bois sans pouvoir atteindre cette haute enfance promise à rien.

20 septembre 1944

Jeanne R ne semble pas affectée que son époux n'ait pas donné de nouvelles depuis sa visite. Je n'entends rien aux problèmes des vies conjugales. Elle s'est rarement confiée à moi comme aux premiers jours. Je me souviens de ses paroles à son arrivée. «Je ne peux pas défendre ma vie.» En regardant si intensément travailler Auguste Forestier, Marguerite Sirvins, Jeanne a peut-être compris qu'elle pouvait apprivoiser le vide elle aussi.

Je l'envie à présent d'aller tête nue vers sa destinée.

43

Jeanne filait avec sa charge de linge. Dans les haies et les arbrisseaux, les oiseaux du printemps s'encanaillaient, les fossés débordaient de la pluie du matin et de senteurs d'herbes folles, les premières têtes de luzerne s'agitaient sous l'ombre des nuages. Si elle gagnait du temps sur la montée à l'hôpital, elle pourrait aller saluer Auguste et Mlle Sirvins. Vite poser la brouette à l'entrée de la buanderie, hisser sur une épaule le ballot de linge.

La Rillette, qui travaillait là durant ses bons jours, la reconnut mais les mots restèrent collés à sa bouche, aucun son, ni rire ni râlerie comme à son habitude, juste un regard liquide et de grands mouvements éperdus. Elle attrapa le sac et en dispersa le contenu dans un bac de tri. Jeanne eut le temps de voir danser les chemisettes et tricots de peau des enfants, et se rappela les percales qu'elle avait préparées pour le sien.

Ses gestes lents et tout chauds d'espoir pour coudre, assembler, y piquer de minuscules boutons de nacre. Inventer sa vie avant qu'advienne la vie. Elle referma la porte sur la brume des lessiveuses où déjà la Rillette disparaissait.

Inutile de se presser à présent, Jeanne viendrait récupérer la brouette avec les draps propres et referait les lits des petits avant la nuit. Ils étaient un peu moins nombreux au pavillon du Villaret. Une poignée d'enfants étaient revenus dans leur famille depuis la Libération, quelques-uns recevaient de rares visites avec la permission de plonger leurs doigts dans une boîte de Zan ou d'avaler un morceau de gâteau à la châtaigne. Les autres avaient désappris à attendre. Comme Petit-Vingt qui crayonnait toujours dans la terre des oiseaux sans ailes, Firmin qui s'endormait contre la panse chaude d'une vache, les jumeaux Robert et Maurice reliés par le joug de la peur. Allaient-ils tous rejoindre l'asile à leur majorité ou se glisser doucement dans une pelisse de berger, de chemineau ?

Elle secoua la tête et ces nuées de pensées pour revenir vers Auguste. Il suffisait de faire le tour de ce bâtiment, laisser l'odeur des lessiveuses derrière elle.

« Bonjour, vous avez vu Auguste ? »

Bien sûr, tout le monde avait vu Auguste, au moins une fois dans la journée. Toujours présent ici ou là, prévisible comme le soleil. Passée la porte des cuisines bordée de poubelles de zinc, elle l'entendit rouspéter et brasser dans ses fameuses boîtes où étaient rangés par catégories pattes de félin, têtes, bras, pieds humains, chutes de tissus, dents de bœuf ou de mouton prêts à être assemblés au gré de ses humeurs.

Il se tenait là, égal et inégal à lui-même, à la fois soucieux et placide selon qu'il en tirait une patte déjà réalisée ou creusait un œil dans une tête de bois. Jeanne n'allait jamais au-devant de lui dans un mouvement naturel, il fallait de la patience surtout quand il était en plein travail avec ses *choses* en devenir, encore fragiles, qu'il avait du mal à nommer. Avant qu'il en soit fier et qu'elles surgissent comme des présences véritables dans son monde devenu enfin habitable.

« Bonjour Auguste. On ne s'est pas vus depuis longtemps. »

Même après plusieurs années, elle lui disait toujours *vous* autant pour le respect qu'il lui inspirait que pour un rien d'admiration. Avec un chiffon, il nettoyait un personnage mi-homme, mi-oiseau et soufflait sur les restes de poussière de bois autour de son long bec. Sans répondre à son salut, il continua son travail, lâchant au détour de chacun de ses gestes des bribes de paroles pour lui seul.

Auguste savait que la Fauvette l'écoutait mais il n'avait d'yeux que pour sa créature.

« Toutes les choses vont en tas et quand ça disparaît… c'est fini pour le monde. »

Il toussa, râla, sortit un mouchoir de sa poche, se moucha.

« Avec tout ça moi je m'en vais, je m'en retourne, c'est la vie qui me suffit. »

Jeanne le trouvait un peu plus épais, un peu plus triste aussi avec de la peau sous les yeux et ses lèvres qui allaient à vau-l'eau. Oui, son visage se défaisait à mesure que prenait forme cette espèce de petit dieu sauvage avec ses bras démesurés pendant jusqu'aux genoux, sa tête d'homme et une bouche d'enfant sous le grand bec. Auguste avait cloué un oiseau sur chaque épaulette du costume et orné le képi d'un rail de fermeture Éclair. Soudain il l'approcha d'elle comme pour lui demander son avis :

« Faudrait une vraie coiffe. Je guette des plumes dehors mais ce vent de tous les diables, il me vole tout !

– Ah ça oui, Auguste, le vent on ne connaît que lui. »

Elle s'enhardit, saisit l'objet, léger comme une serpette. Le bec était bien lisse à présent et doux jusqu'aux orbites encore inhabitées, deux cercles bruts aux rainures profondes. Là se ferait sans doute la différence entre l'oiseau et l'homme.

« Où tu te trouves la Fauvette, y a pas moyen de me prendre des plumes de volaille ou une peau de lapin à la colonie agricole ?

– Mais je ne travaille pas à la ferme et puis il serait dégoûtant votre bonhomme.

– J'en ferais quelque chose, il aura des vrais pieds avec des bottes, pas de pattes. J'en ferais quelqu'un. »

Il en ferait quelqu'un. Jeanne n'en doutait pas. Les mains de cet homme faisaient miracle de peu. Il enfantait les petits témoins de sa vie qui partaient au loin, de plus en plus vite. Même le poète et son épouse en avaient emporté à Paris.

Et Jeanne, que faisait-elle de ses deux mains qui lui semblèrent soudain bien laides et molles comme des blettes ? Elle se souvint des heures de cardage lors de ses premiers hivers à Saint-Alban, de ses doigts qui brassaient la laine des moutons du Villaret. C'était désespérant, elle n'y trouvait pas raison, démêler ces nuages fibreux et sales. Et pour quoi faire ensuite ? Filer des heures silencieuses avec ces femmes ténébreuses ? Elle ne voulait pas travailler des matières mortes. Sœur Rolande et Tosquelles l'avaient tirée de là, écartée de cette mélancolie où elle se sentait glisser, s'effondrer. La vie en pente qui descendait toujours vers l'ombre de l'oubli. Était-ce bien une maladie d'ailleurs ? Ou une manière d'exister quand tout vous lâche depuis l'enfance ?

Et lui, son pauvre Auguste, s'était bien sauvé du pire à rendre vivants tous ces rebuts. Elle eut envie de lui serrer la main, de lui dire quelques mots mais il avait empoigné de nouveau sa bestiole et repris son poinçon pour en creuser un peu plus les oreilles.

Il en ferait quelqu'un.

Un vent frais s'enticha de l'hôpital tout entier et envoya promener une horde de nuages au-dessus des toits. La lumière déclinait déjà quand Jeanne repartit vers le pavillon des terrasses. D'en bas, elle reconnut Mlle Sirvins qui s'adonnait encore à son ouvrage contre la verrière. Jeanne la nommait toujours Mademoiselle parce qu'elle restait éperdument jeune, jeune de rêves et de délires. Même si de plus en plus souvent elle sombrait dans une absence lugubre. Ses mains, froides et immobiles, lâchaient tout vœu de lumière. Jeanne voyait alors s'attarder des ombres dans les sillons de sa peau claire, au fond de son regard. Elle contemplait cette présence méconnaissable, primitive, se voyait en elle.

C'était peut-être un mauvais jour, de ceux où même le soleil passe inaperçu, un jour de somnolence. Jeanne la trouva toute nouée et fatiguée. Mademoiselle tentait de retirer des fils d'un vieux drap de lin, ses mains broutaient les fibres et crochetaient de temps à autre une belle longueur qui ranimait un faible sourire. Puis satisfaite de sa prise, elle revint à sa broderie. Mais elle lâcha soudain son crochet, se désola à haute voix :

« La folie, je la connais depuis trop longtemps, je suis lasse mais je veux rester belle pour lui… »

Jeanne était si proche que Mademoiselle lui saisit la main.

« Touchez là et là, c'est mon travail, n'ayez crainte, ça ne risque rien, c'est moi la fragile… mais bientôt, je serai mariée, tous les murs de notre future maison, c'est moi qui les tisserai. »

Jeanne promena ses doigts sur les si doux reliefs du tableau, des bords de ciel jusqu'au nid d'une chevelure au milieu de hautes fleurs puis à découvert : l'inachevé, la part manquante. En quelques jours, Mlle Sirvins aura rempli sa toile jusqu'aux quatre coins. On ne verrait plus la trame de son infinie solitude. Les deux femmes s'embrassèrent pour la première fois. Jeanne sentit les joues très chaudes de Mademoiselle comme si elle revenait d'une longue traversée au soleil. Elle quitta la terrasse sans se retourner, oublia la brouette au pied des escaliers et s'élança vers le château.

Le ciel était couleur de vin clair et l'horizon à ses pieds. Jeanne ne s'était jamais sentie aussi terrienne. La chaleur du jour durait encore dans la cour du château et sur les murs. Ils étaient doux à caresser. Elle sourit à l'idée d'être devenue Jeanne de Margeride, un nom de châtelaine de pure invention. Tosquelles ne lui avait-il pas rappelé qu'elle pouvait dire tout ce qu'il lui passait par la tête sans crainte ?

Elle fit halte sur le parvis. Le miellat du grand tilleul parfumait l'air du soir. La statue sans visage était toujours là mais ce n'était plus un trou, cette béance dans la tête. Pour la première fois Jeanne y vit le passage de la lumière, même très pâle à cette heure. Entre les épaules perdues dans la chair de granit, elle vit une présence unifiée. Qu'avait-elle besoin de connaître ce visage disparu pour y croire ? Non, ce n'était pas celui d'une sainte vierge qu'elle avait imaginée jusque-là. À présent, elle voyait un être extraordinaire, pas plus homme que femme. Pas un enfant, pas un dieu, mais tout cela à la fois. À travers cette tête creuse, l'âme du monde pouvait couler libre comme une eau. Jeanne laissa aller ses mains sur la pierre, les failles, les deux entames rouillées entre la tête et le corps. Ainsi pensa-t-elle, la folie peut nous ôter notre vrai visage et nous n'avons plus d'yeux. Elle en parlerait à Tosquelles, lui comprendrait.

Printemps 1945

Les médecins m'ont informée qu'un certain M. Dubuffet, collectionneur d'art, souhaite venir rencontrer des malades. Il les qualifie d'artistes. C'est le poète Grindel de retour à Paris qui lui en a parlé. Tosquelles s'est montré rétif. D'accord avec lui : est-ce les respecter que de convoiter ces parties d'eux-mêmes qu'ils ont offertes au regard des autres entre les murs de leur domaine ? Et pourquoi les distinguer et continuer d'ignorer les insensés silencieux ?

Auguste s'est montré flatté d'être reconnu comme différent des autres par un artiste de Paris. A dit qu'il offrira des médailles à ce monsieur « en souvenir de moi ».

Des malades chroniques laissent çà et là de bien étranges semailles, des prières souvent. Existe-t-elle encore vraiment leur âme si violentée ? Parfois leur lucidité me glace. Ils ont des percées dans leurs paroles que je repoussais avant. J'étais ignorante et la foi ne me donnait pas de bons yeux. Les docteurs m'auront au moins encouragée à les écouter au lieu de les sermonner comme des enfants fautifs. Tout est bon à entendre, même si cela entame nos certitudes.

Auguste Forestier, Marguerite Sirvins se font remarquer pour leurs étranges réalisations, d'autres nous surprennent quand ils chantent ou jouent au théâtre. Jamais je n'aurais pensé que ces égarés se déploient ainsi du plus profond de leur mystérieuse solitude jusqu'à nous ébranler.

J'aime à croire qu'ils se détachent de leur souffrance quand ils écrivent des poèmes, dessinent, brodent, façonnent des rois ou des bêtes, qu'ils reviennent à notre monde vivant pour nous rejoindre par moments.

Je vieillis avec leur folie et leur mystère. Nous habitons la même demeure, ouverte à présent à tous les vents. Puissent-ils nous emporter au-delà de nos souffrances. Il ne reste plus ici qu'une poignée de consœurs. J'aimerais qu'on me décharge bientôt de mes responsabilités et qu'on me permette de garder ma chambre au château pour écouter l'appel des insensés, rester auprès d'eux en qualité de témoin, leur porter ma présence jusqu'à mon dernier souffle.

44

Aux enfants Jeanne demandait parfois le silence, le temps de capter leur regard puis, patiente guettait l'avancée des mots qui leur venaient du fond de la gorge, bégaiements et hoquets, salves d'amertumes ou gémissements de nouveau-nés, *respire parle,* elle voulait leur mettre l'eau à la bouche, inventer la soif avec eux. Que leur cri de pierre se change en eau claire. Elle rêvait, se hissait à la hauteur de leur innocence, de leur idiotie ou de leur génie secret. De leur cruauté parfois. Mais leur souffrance, elle ne l'atteindrait jamais. Elle faisait seulement partie des petites mains qui tissaient autour d'eux un voile maternel à peine visible pour protéger ce qui leur restait d'enfance.

La jeune femme n'avait pas eu de mal à convaincre Tosquelles et Chaurand d'emmener les plus jeunes au moulin du Franquet, à moins de deux kilomètres de la maison. Elle avait emporté dans ses poches deux minuscules pelotes de laine et entassé dans le panier à champignons de madame Muguette une tranche de pain pour chacun, autant de pommes, quelques noix.

Ils partirent tranquilles en grappe serrée mais très vite, Jeanne vit s'égailler sa demi-douzaine de petits gravelots qui se posaient tous les dix mètres, impatients, excités. À mi-chemin, elle leur proposa de s'arrêter sur un talus et de chercher chacun une pierre pour y casser leur noix.

Petit-Vingt fut le premier à écrabouiller la sienne avec une ardeur de maréchal-ferrant. Les yeux mouillés de larmes, il tritura dépité son hachis de noix.

« Tu as de la force, tu ne le savais pas ! » s'exclama Jeanne. Il prit les débris dans sa main, voulu les lécher quand un garçon lui tendit deux cerneaux tout luisants.

« Moi, j'en mange pas, ça me brûle là, dit-il en tirant sa langue. C'est pas bon. »

Petit-Vingt ignorait ce qu'était un cadeau. Les seuls présents qu'il recevait venaient de lui-même, ses grappilles dans les herbes, les haies, trois mûres, une fleur de luzerne dont il suçait le cœur sucré, la comptine qui revenait en une seule parole dans sa tête *Per aquelo planeto passet uno lebretto. Par cette plaine est passé un lièvre.*

C'est madame Muguette qui la lui avait récitée en occitan.

« Tous les petits du pays la connaissent et moi j'ai jamais pu l'oublier, surtout la fin avec le dernier sans rien… y en a toujours qui regardent les autres manger, c'est misère pour le cœur. »

À présent Jeanne les regardait mâcher leur pain. Leur vie était entre leurs mains, une mie tendre au-dedans et le silence tout autour. Puis ils grignotèrent la croûte épaisse, un arc de cercle barrant leur figure en deux, la peau des joues rayée. Leurs yeux roulaient de gauche à droite, de droite à gauche. Non, personne n'arracherait leur pain qu'ils dévoraient en vainqueurs. Aussi dure soit-elle, leur enfance devait durer encore. Petit-Vingt mangeait gravement ses deux morceaux de noix avant de promener un doigt au creux de sa paume comme le lui avait appris Jeanne.

Jeanne voulait aller à l'eau avec eux, marcher sur une berge humide, sentir monter en eux un peu d'allégresse, s'unir sans témoins à ces petits cœurs caillouteux. Les enfants qui ne parlent pas ont d'autres manières pensait-elle, il fallait qu'ils connaissent le sentiment de liberté, d'être vivants. Les jumeaux Robert et Maurice avançaient à petits pas craintifs et par moments, l'un tirait l'autre vers un fossé, on ne voyait plus que leurs dos et visages siamois tout ébouriffés d'herbes folles. Il y avait les très sages et tristes et sans caprice ni curiosité, qui ne s'éloignaient guère de Jeanne, mâchouillaient leur pain, les yeux à terre, creusés de crainte. Jeanne essayait une chanson, un pas de gigue. Ils réagissaient peu, ne la mimaient pas, ne répétaient pas ses fredons. Qu'à cela ne tienne. On allait faire une nouvelle halte.

« Dans ce pré tiens. Ôtons nos chaussures, comptons nos orteils. »

Jeanne aurait voulu qu'ils sentent la terre et tous ses grains sous leurs pieds, se tiennent en équilibre sur l'herbe. La joie pouvait remonter ainsi et leur peau respirer l'exhalaison des arbres, leurs pollens, la lumière traversante. Assis autour d'elle, leurs petits arpions libérés, les enfants l'écoutaient, distraits, tous un peu ailleurs. « Un, deux, trois allons dans les bois, quatre cinq, six cueillir des cerises. » Le goût de ces fruits-là, l'avaient-ils déjà connu et celui des fraises et le goût de l'insouciance, des choses douces ?

Jeanne observa de plus près les jumeaux, leurs plumetis de cheveux que Baptiste avait une fois encore sauvés de la tonte intégrale. Le moindre souffle les promenait sur leurs paupières et les faisait loucher. Épaule contre épaule, ils riaient à présent de la voir siffler dans un brin d'herbe tendu entre ses pouces. Elle leur proposa de jouer avec ses laines, de les déplier, de les attacher aux fils de clôtures là-bas.

« On va faire des boucles, des tresses, des nœuds. »

Elle espérait leur donner envie de lacer eux-mêmes leurs chaussures.

« Mais si je sais faire, personne plus viendra m'aider », maugréa Petit-Vingt.

« Ne pas aller trop vite avec chaque apprentissage », avait dit Tosquelles. Jeanne coupa avec ses dents des demi-mètres de fil, leur fit choisir la couleur. « Rouge ou bleu ? » Tous tendirent le doigt vers le pelotin rouge. C'est la couleur de l'enfance, c'est normal, se dit Jeanne, elle redivisa ce qui restait et en distribua à chacun avant d'enrouler le bleu autour du bâton d'un joli bois clair que lui avait sculpté Baptiste avec une petite étoile et son prénom gravés. « Je l'ai fait comme pour moi. »

Le jour de la natte coupée, il avait remarqué qu'ils étaient de même taille. « Tu frapperas fort régulièrement pour éloigner les vipères », lui avait-il recommandé avec toujours ce fond d'inquiétude tendre à son égard et ce premier Tu, inattendu. Il espérait juste un signe d'elle pour l'accompagner mais Jeanne tenait à être seule avec les petits.

Il fallait maintenant leur montrer comment faire une boucle et tirer, tirer jusqu'au nœud et elle chantait en répétant, « *un rond, une boucle, et couic* ». Dans son dos, les garçons pendaient leurs fils, tiraient, arrachaient, recommençaient, les jetaient même, espérant qu'ils atteignent le museau d'une vache. Assise contre une roche, elle les laissa jouer, soulagée de ce répit. Un garçonnet arrivé l'avant-veille agitait ses mains au coin de ses yeux, tournait sur lui-même comme un papillon dans la lumière. Son regard était insaisissable. Jeanne ne connaissait pas sa voix, ni ses cris, ni ses pleurs. Elle ne pouvait pas atteindre son mystère, pas encore, mais lui souffla quelques mots à l'oreille.

« On est là toi et moi… »

Le reste se perdit dans le froissement des longues branches d'un tilleul. Il continua à tournoyer avant de s'étendre sur le chemin et de sourire aux nuages.

Un petit vent follet se leva et envoya promener akènes, pétales de fruitiers et toutes sortes de pollens. Les petits à présent s'ébrouaient, se dépliaient, se hissaient vers le ciel avec leurs mains volantes et leurs cris d'oiseaux fous. À l'unisson d'une respiration immense. Même les gros rochers au milieu de la pradelle, Jeanne ne les voyait plus comme des masses obscures empêchant le passage des hommes et du bétail. Ils étaient là pour retenir les bruyères, les genêts, pour retenir le lièvre de la chanson, pour retenir les enfants perdus.

Elle se tourna vers la clôture qui tremblait de tous ces fils rouges et miracle, sous ses yeux, les jumeaux dénouèrent leurs mains pour tripoter eux aussi des nuages de laine, essayer de les étirer, trouver un sens à tout cela. Mais ça restait en nid entre leurs doigts. Jeanne s'éloigna de quelques pas pour rejoindre les plus hardis qui tiraient à présent sur le fil de fer dans l'espoir de le casser. *Ils ont besoin de connaître leur force comme moi.*

« On ne peut pas laisser le troupeau s'échapper. Écoutez l'eau qui nous appelle là-bas, venez ! »

On abandonna les guirlandes de laine sur la clôture et les vaches qui faisaient les gros yeux.

Le petit bois était déjà là avec ses ombres chaudes et ses crépitements de feuilles. Un chemin s'évanouissait entre les fougères pour réapparaître quelques pas plus loin. Des pattes de chevreuils avaient laissé une chenaille de traces sur la terre tassée. Les enfants avançaient en silence, sous la voûte des arbres, les uns vers une racine affleurant la terre, les autres jusqu'à l'œil noir d'un terrier ou les crottes d'un loir. On n'entendait que les coups de bâton que Jeanne martelait au sol pour éloigner les serpents. De pas en pas, elle sentait les rainures de la petite étoile coller sa paume et le moulin apparut au-delà des taillis, telle une évidence. Le toit descendait bas contre les murs épais et gris comme pour saluer la rivière, approuver sa raison d'être : faire tourner la roue du temps. Ses lauzes semblaient soutenir le ciel.

« Le trou là ! » s'exclama Petit-Vingt. Il ne voyait pas l'eau courir mais seulement une sente noire creusée entre la roche et la terre toute moussue d'herbe tendre. L'enfant sans parole tendit une main vers la vieille écluse, caressa la rouille avant de s'en frotter les joues. Jeanne le tenait par l'épaule, un œil sur les autres tout au bord. Seule la petite Limagnole imposait sa voix de rivière. Les enfants se turent, un silence aussi pur qu'éphémère face au miracle s'écoulant à leurs pieds. Voilà ce que nous sommes, songea Jeanne, des frayeurs et des joies et pas de mots assez grands pour les partager. Et puis soudain tous levèrent les yeux vers ce qui jaillissait de la falaise plus haut. Il fallait y aller sans plus attendre.

Petit-Vingt médusé, un doigt dans le nez, s'arrêta net au pied d'énormes pierres de granit sous la cascade.

« C'est des bêtes, e'm font peur ! »

Jeanne écarta les petits le temps qu'ils se déchaussent à nouveau. Robert et Maurice avaient encore des bouts de laine autour de leurs chevilles, ça pendouillait comme une blessure de ronce. Les bêtes de pierre n'avaient ni tête ni pattes, rassuré Petit-Vingt s'avança le premier. Jeanne regardait ses petites jambes trembler de joie, il riait des éclats de l'eau, il riait d'entendre les autres crier. Robert, Maurice jumelés à l'eau aussi, les mains lâchées, accroupis dans le courant. Et la cascade riait sur eux, sur Jeanne. C'est le monde qui devenait transparent soudain.

On pouvait y enfoncer ses mains, ses pieds, remuer les herbes, les cailloux glacés. Tout réapparaissait, tout revenait. Et Jeanne renaissait avec eux.

Elle aurait voulu reculer, s'éloigner de quelques mètres, regarder encore cette enfance orpheline les pieds dans l'eau, agrippée aux lianes de lumière. Elle les aimait ces petits ondins morveux avec leurs jambes maigres et leurs regards qu'emportait le miracle de la cascade. Peu lui importait que les uns aient des yeux en soleil couchant ou des nuages plein la tête, des gestes trop courts encore, que les autres restent bouche bée face à l'énigme des chiffres et des lettres. Elle les poussait toujours du côté du levant et de la confiance. Quand elle proposa de faire le chemin inverse ils ne voulurent rien entendre. Laisse-nous là clamaient leurs yeux. Elle ne disait jamais non Jeanne. Mais il fallait bien revenir.

« Allez, cette fois on va compter nos pas jusqu'à la maison. Compter encore ? Compter comment ? Un deux trois, allons dans les bois. »

Petit-Vingt eut du mal à glisser ses pieds humides dans les chaussettes, il grimaçait, s'énervait. « Y veulent plus rentrer dedans. » Les autres avaient roulé les leurs, s'étaient rechaussés pieds nus. Tous suivirent Jeanne enfin. *Un deux trois.* Petit-Vingt s'exclama encore :

« Non faut commencer par zéro !

– Oui, oui zéro », se mirent à pépier les autres.

Va pour zéro, le beau zéro des recommencements se dit Jeanne et dans leurs bouches c'était le ô de l'étonnement, de l'entêtement. Elle retiendrait leur leçon.

Mais personne ne voulait plus compter, ni crier, ni chanter. Tout esbaudis de fatigue, ils divaguaient à présent. Leurs silhouettes frêles allant vers un caillou, une écorce, la cosse d'une fougère, les oreilles larges d'une gentiane. Jeanne serrait très fort l'étoile du bâton, deux mains agrippées juste en dessous. Petit-Vingt et l'enfant sans parole croisaient leurs pas dans les siens, trébuchaient. Pattes de fauvette, pattes d'étourneaux.

Comme des lézards apeurés, les doigts de Petit-Vingt remontèrent soudain à ceux de Jeanne. Il s'immobilisa.

Assis sur une souche un homme regardait la petite bande avancer cahin caha. À ses pieds une jonchée d'écorces et des baguettes de noisetier.

Qui reconnut Baptiste le premier ? Des feuillages s'écartèrent aussitôt, libérant une nuée d'enfants qui l'encercla. Des mains s'enfouirent dans les rubans d'écorces encore tièdes, touchèrent les bois dénudés. L'enfant sans parole en lécha un avant de se gratter la tête avec.

À mesure qu'il émondait les branches, apparaissait la chair si claire du bois et Jeanne y voyait le cœur blanc de Baptiste. Le petit, les yeux rivés sur le couteau, tentait d'arrêter son geste.

« Du calme, du calme, il y en aura un pour chacun. »

Petit-Vingt suivait aussi le tranchant d'argent.

Jeanne faisait silence, une image la traversa : l'osier d'une nacelle où son bébé n'avait pas vécu le temps d'un souffle s'envolait dans l'or du jour. Suivi des visages d'Auguste, Mlle Sirvins, Victor, sœurs Rolande et Luce, des hommes en blanc et en espoir, qui l'avaient ramenée au berceau de ce monde.

Les petits se dissipèrent sous le couvert des arbres. De fines épées giflèrent bientôt fougères, genévriers et quelques monstres tapis sous les orties. Les garçons marchaient sans se retourner.

Jeanne et Baptiste les laissèrent partir au devant. On n'était pas encore au bout du chemin.

Notes de l'auteur

Les médecins en présence dans ce texte et les personnalités réfugiées à l'hôpital de Saint-Alban pendant la Seconde Guerre mondiale ont réellement existé, ainsi que deux des malades: Auguste Forestier et Marguerite Sirvins, dont j'ai gardé également les vrais noms. Cependant, ceux de la mère supérieure et de ses consœurs ont été changés. Le personnage de sœur Rolande m'a été inspiré par sœur Marie-Théophile qui a reçu la médaille de la Résistance à la Libération.

Auguste Forestier a été interné à l'hôpital de Saint-Alban de juin 1914 jusqu'à sa mort en 1958. Une partie de ses œuvres ont intégré la collection d'Art Brut de Jean Dubuffet après la guerre. Certaines appartiennent à présent au musée LaM de Lille, à la collection de l'Art Brut de Lausanne et au musée international d'art naïf Anatole Jakovsky de Nice.

« Bien sûr des hommes comme Auguste, on ne les oublie pas. Je retrouve chez d'autres malades et surtout chez les bien portants les mécanismes essentiels de cette quête de soi-même, de cette construction de soi-même, de cette découverte de soi, de cette offre de soi, de cette dissimulation de soi, de cet appel aux échanges qui sont, au fond, la condition, l'espoir, et l'angoisse: cet entre deux eaux qui est la source de l'aventure humaine » (lettre de François Tosquelles à Dubuffet de novembre 1965).

Marguerite Sirvins a vécu à l'hôpital de Saint-Alban de 1932 jusqu'à sa mort en 1957. On peut retrouver la plupart de ses œuvres textiles au musée LaM de Lille et à la collection de l'Art Brut de Lausanne.

Pour les besoins de la fiction, j'ai pris des libertés tant au niveau des dialogues que de certains événements.

La phrase « une véritable révolution consiste à reprendre son enfance » est extraite d'une interview de François Tosquelles, archives sonores reprises dans le film de Martine Deyres, *Les Heures heureuses* (Les Tambours de Soie).

Références bibliographiques

Chapitre 15

Rainer Maria Rilke, *Correspondance*, « La Lettre du jeune travailleur », trad. B. Briod, P. Jaccottet et P. Klossowski, éditions du Seuil, 1966.

Chapitre 25

Paul Balvet, *Informations psychiatriques (54)*, « L'ambre au musée », 1978.

Chapitre 25

Francis Jammes, *Le Deuil des primevères*, « Prière pour demander une étoile », Mercure de France, 1901, pour la première édition.

Chapitre 28

François Tosquelles, *Cours aux infirmiers de Saint-Alban (1943-1945) : Psychiatrie, Psychologie, Soins à donner aux malades*, éditions d'une, 2018.

Chapitre 33

Paul Éluard, *Les Sept Poèmes d'amour en guerre*, imprimé clandestinement à Saint-Flour fin 1943 sous le pseudonyme de Jean du Haut. Repris dans *Au rendez-vous allemand*, éditions de Minuit, 1945.

Chapitre 35

Jules Supervielle, *Le Forçat innocent,* éditions Gallimard, 1930.

Arthur Rimbaud, « Le Dormeur du val », 1870.

Chapitre 38

Arthur Rimbaud, *Illuminations,* « L'Éternité », 1895.

Chapitre 41

Walter Benjamin et Gershom Scholem, *Théologie et utopie. Correspondance 1933-1940,* trad. D. Renault et P. Rusch, éditions de l'Éclat, 2011.

Remerciements

Mireille Gauzy, Martine Deyres, Joana Masó, Florian Sidobre, Bernard Vanel.

Liana Levi et son équipe formidable pour leur confiance et leur soutien, ainsi que Catherine Bonté-Godefroy pour sa lecture attentive.

La Comédie du livre de Montpellier Métropole grâce à qui j'ai bénéficié d'une résidence d'auteur à Lattara au printemps 2023.

Remerciements aux poètes qui m'ont accompagnée. En premier lieu Paul Éluard qui a déposé dans le nid de mes treize ans les premiers poèmes aimés pour la vie.

Charles Juliet pour sa fidélité et ses *Lambeaux* inoubliables.

Stanislas Rodanski interné à l'Hôpital psychiatrique Saint-Jean-de-Dieu à Lyon de 1953 à 1981.

CET OUVRAGE A ÉTÉ ACHEVÉ D'IMPRIMER
SUR ROTO-PAGE
PAR L'IMPRIMERIE FLOCH À MAYENNE
EN FÉVRIER 2024

N° d'édition : 605. N° d'impression : 104302
Dépôt légal : mars 2024
Imprimé en France